当代中国最具实力中青年作家书系

海飞 著

菊花刀

中国言实出版社

图书在版编目（CIP）数据

菊花刀 / 海飞著 . -- 北京：中国言实出版社，
2018.8
（当代中国最具实力中青年作家书系 / 付秀莹主编）
ISBN 978-7-5171-2870-0

Ⅰ . ①菊… Ⅱ . ①海… Ⅲ . ①中篇小说—小说集—中
国—当代②短篇小说—小说集—中国—当代 Ⅳ . ① I247.7

中国版本图书馆 CIP 数据核字（2018）第 173049 号

责任编辑： 李　岩
责任校对： 宫媛媛
责任印制： 佟贵兆
封面设计： 仙　境

出版发行　中国言实出版社
　　　　　地　　址：北京市朝阳区北苑路 180 号加利大厦 5 号楼 105 室
　　　　　邮　　编：100101
　　　　　编辑部：北京市海淀区北太平庄路甲 1 号
　　　　　邮　　编：100088
　　　　　电　　话：64924853（总编室）　64924716（发行部）
　　　　　网　　址：www.zgyscbs.cn
　　　　　E-mail：zgyscbs@263.net
经　　销　新华书店
印　　刷　三河市祥达印刷包装有限公司
版　　次　2018 年 10 月第 1 版　　2018 年 10 月第 1 次印刷
规　　格　710 毫米 ×1000 毫米　1/16　15.5 印张
字　　数　180 千字
定　　价　42.00 元　　ISBN 978-7-5171-2870-0

猛虎嗅蔷薇，或者密林里那些身影

　　作为同行，当我面对这一套"当代中国最具实力中青年作家书系"的时候，心里既有感佩，亦有骄傲。这些当代作家中的佼佼者们，他们活跃在中国当代文学现场，以他们的文字，以他们对时代生活的深刻洞察、对复杂人性的执着追问，以他们对小说这门艺术的理想追求，抵达了这一代人所能够抵达的高度。作为女性作家，当我面对这些男性作家作品的时候，心里既有惊诧，更有震动。相较于女性，他们看待这个世界的眼光是如此的不同。在某种意义上，他们的视野更加宽阔，更加辽远。他们的姿态更加从容，更加镇定。有时候，他们也犹疑，彷徨，踌躇不定，他们在那些人性的罅隙里流连，张望，试图从习焉不察的细部，窥见外部世界的整体图景。然而更多的时候，他们是自信的，确定的。他们仿佛雄鹰，目光锐利，势如闪电，他们在高空翱翔，风从耳边呼啸而过。山河浩荡，岁月绵延，世界就在他们脚下。

　　在读者眼中，李浩或许属于那种有着强烈个性气质的作家，具有鲜明的个人标识。多年来，李浩近乎执拗地致力于小说艺术的探索，建构起独属于自己的艺术王国。他是谦逊的，又是孤高的，貌似温和家常，其实内心里饲养着野生的猛兽，凶猛而傲慢。

他是野心勃勃的小说家，不甘于通达却庸常的大路，深山密林的冒险于他有着更大的诱惑。

同为"河北四侠"，刘建东则属于藏在民间的高手，大隐于市，是另一种不轻易露相的"真人"。低调，内敛，甚至沉默。他深谙小说之道，是得以窥见小说堂奥的有幸的少数。以出道时间计，刘建东成名甚早。对于创作，他是严苛的，审慎的。他只肯留下那些精心打磨的宝贝，他绝不允许自己有半点闪失。从这个意义上，他是悲观的吧。时间如此无情，而又如此有情。大浪淘沙，总有一些东西终将远去。

骨子里面，或许叶舟更是一个诗人。他在文字里吟唱，醉酒，偃仰啸歌，浪迹天涯。莫名其妙地，我总是在他的小说深处，隐约看见一个诗人的背影，月下舞剑，散发弄舟，立在群峰之巅，对着苍茫天地，高声唱出心中深藏的爱与哀愁，悲伤与痛楚。叶舟的小说有一种浓郁的诗性的气质，跳跃的，不羁的，沉迷的，有时候柔肠百转，有时候豪气干云。

从精神气质上，或许胡性能与刘建东有相通之处。他不张扬，不喧哗，在这个热闹的时代，他懂得沉默的珍贵。他的作品也并不算多，却几乎篇篇锦绣，字字留痕。大约，他是爱惜自己的羽毛的吧。他从不肯挥霍一个小说家的声名。生活中的胡性能是平和的，他只在小说里暴露他与世界的紧张关系。他是复杂的，正如他的小说，又温和又锋利，又驳杂又单纯。

刘玉栋则显然具有典型的山东人的精神特质，沉稳，有力，方正而素朴。他以悲悯之心，注视着大地上的万物。他的文字里饱含着深切的忧思，对故乡土地的深情，对前尘往事的追念，对人间情意的珍重，对世道人心的体察，他用文字构建了一个自足的精神世界，他在这世界里自由飞翔。小说家刘玉栋飞翔的姿势耐人寻味，不炫技，不夸耀，却自有动人心魄的力量。

广西作家群中，田耳和朱山坡是文学新势力的优秀代表，同为七〇后一代，田耳有一种与生俱来的小说家的敏感气质，外部世界的细微涟漪，都有可能在他内心深处掀起惊涛骇浪。他看着那浪潮起起落落，风吹过来，鸟群躁动不安，俗世尘土飞扬，一篇小说的种子或许由此慢慢发芽，生长。他期待着与灵感邂逅时的怦然心动，享受着一个小说家隐秘的不为人知的幸福时光。朱山坡则一直坚持在"南方"写作。他丝毫不掩饰自己的执拗，也不打算解释自己的"偏狭"。南方经验，南方记忆，南方气息，南方叙事，构成了丰富而独特的文学的"南方"。他执着地构建着自己的"南方"，也构建着自己的小说中国。这是一个小说家的自信，也是一个小说家的强悍。

江南多才俊。同为浙江作家，东君、海飞、哲贵却有着强烈的差异性。多年来，哲贵把温州作为自己的精神起源地，信河街温州系列成为他鲜明的文学地标。他写时代洪流中人心的俯仰不定，精神的颠沛流离。他在文字里仰天长啸，低眉叹息。生活中的哲贵，即便是酒后，也淡定而沉着。作为小说家的哲贵，他只在文字里喧哗与骚动。而海飞，文学成就之外，近年来更在影视领域高歌猛进，声名日炽。敏锐的艺术触角，细腻的感受能力，赋予了他独特的个人气息，黏稠的、忧郁的、汹涌的、丰富的暗示性，出人意料的想象力，看似波澜不惊，实则激情暗涌，成为独有的"这一个"。与海飞、哲贵不同，东君的写作，却是另一种风貌。他的文字浸染着典型的江南气质，流淌着浓郁的书卷味道，古典的，传统的，温雅的，醇正的，哀而不伤，含蓄蕴藉。东君深受中国传统文化浸润濡染，深得传统精髓之妙。从某种意义上，他既是传统的，又是现代的。在人们蜂拥"向外"的时候，他选择了"向内"。他是当代作家中优秀的异数。

在同代作家中，黄孝阳有着强烈的探索勇气和激情，他以自己充满野心的文本，努力拓展着小说的思想疆域和艺术边界。他是不甘平庸的写作者，永远对写作的难度心怀敬畏。他飞扬跋扈的想象力，一意孤行的先锋姿态，以及由此敞开的内部精神空间，新鲜的，陌生的，万物生长，充满勃勃生机，挑战着我们的审美惰性，也培育着我们的阅读趣味。

中国当代文学现场，藏龙卧虎，总有一些身影隐匿，有一些身影闪现。无论是显是隐，他们都是这个世界的在场者、亲历者和创造者。他们以斑斓的淋漓的笔墨，勾勒着我们这个时代复杂蜿蜒的精神地形图。或者高歌，或者低唱。或者微笑，或者流泪。他们在文字的密林里徜徉，奔跑。心有猛虎，细嗅蔷薇。

是为序。

戊戌年盛夏，时京城大热

（作者系当代作家，《长篇小说选刊》主编）

目录

鸦片

　　你知道什么叫鸦片吗？唐成低缓的声音，像很远的地方流过来的一条河一样。唐成开始为李卉讲述许多鸦片的典故。这是一个初春的上午，新开张的新梧桐咖啡吧二楼靠窗的地方，坐着唐成、李卉和我。我在看着窗外不远的地方，那里有条穿城而过的江。我一直在思考着一个问题，为什么会有这样一条江把城市劈成两半。上午的咖啡吧生意清淡，除了我们三个人以外，没有其他人了。是唐成把我拖来的，我和唐成落座后，一个穿着浅蓝毛衣，披着一头秀发的女人走了过来，笑着和唐成打招呼。唐成说这是李卉，唐成又说这是海飞，唐成补充说，海飞是作家。我的脸在这时候红了一下，我没有想到唐成会说我是作家，我不算一个作家。李卉笑了笑说，作家好。李卉笑了笑又说，我对作家没兴趣。唐成把身子稍稍前倾，那你对什么有兴趣。李卉再次笑了笑，李卉说，对你有兴趣。

　　窗外开始飘落雨丝，很小的雨丝，有一些落在了窗玻璃上。唐成开始讲述鸦片的典故。我仍然看着窗外，但是我的耳朵没有拒绝唐成发出的音符。唐成说，你知道什么叫鸦片吗？我说的鸦片是一种香水，是法国圣罗兰的第一瓶世界级香水，诞生于一九七七年，七七年你多大？李卉说，我三岁。唐成笑了，说你比我小三岁，我七一年。李卉没有说话，只是轻轻笑了一下。唐成又补充说，我是属猪的。李卉说，属猪跟鸦片有关吗？唐成愣了一下，说，无关的。

唐成接着开始讲。唐成讲话的过程中，有四个女人上了楼，她们也挑了一张临窗的桌子。她们不年轻了，也不老，二十七八岁的样子，说话的声音很轻。我把目光从窗外的江面上拉过来，我认为烟波浩渺不如美色当前来得现实。我对每一个美女都充满了好奇。四个女人发现我在看她们，窃窃私语了一番，然后又一阵轻笑。我也笑了，我喜欢女人的轻笑，不喜欢女人的大笑。咖啡吧是适合女人轻笑的地方。唐成说，鸦片香水的造型参考了中国鼻烟壶的造型，是暗红色的，你说暗红色是不是充满了危险与神秘的诱惑力，我就喜欢暗红色。它的香氛是东方琥珀调的，前段是柑橘的果香调，中段以芍药和茉莉为主调，最后则以香草为基调。外盒包装上的色彩和流苏，以及精致的瓶身，像一件精巧的工艺品。

李卉在用吸管吸着一杯芒果星冰乐，她已经喝了一半的果汁。她一边吸着吸管，一边拿眼睛瞅着唐成。李卉说，你说完了？唐成说我说完了。李卉说你约我来，就是为了向我介绍一款香水？你不会是推销香水的吧？有两样东西我是不缺的，香水和男人。唐成尴尬地笑了，他的手在相互搓着，他说我只是想请你坐坐而已，也没想到，怎么就说起了鸦片香水。对了我忘了告诉你，鸦片香水的创始人伊夫·圣罗兰出生于一九三六年八月一日，出生

当代中国最具实力中青年作家书系

地是法属北非的阿尔及利亚，他的家境很富裕的。李卉皱了一下眉头，她显然不太愿意听到唐成再说鸦片香水的事，她显然是对唐成的谈话内容感到失望了。

接下来让我来为唐成叙述事情的经过。唐成那天晚上就把李卉带回了家。我对唐成的居室了如指掌，当唐成告诉我那个晚上的风月时，我完全能够想象他们发生的每一个步骤。唐成是在一次酒会上认识李卉的，李卉不说话，只微笑，穿得干干净净。李卉很快就吸引了唐成的视线，唐成想办法弄到了李卉的电话号码，唐成说能借你手机用一下吗，我的手机没电了。李卉把手机给了他，一只小巧的爱立信手机。唐成就用手机拨通了自己的电话，在自己电话上留下了李卉的号码。唐成把手机还给李卉时，李卉笑了一下，斜着头说，你留下号码了。唐成笑了起来，像一个孩子。唐成说，你是个聪明的女人。

唐成和李卉的第二次见面，是在新梧桐咖啡吧里，我也在场。除了唐成讲了一大通的鸦片香水以外，我和李卉都几乎等于没说话。这天晚上，唐成把李卉带回了家。唐成为李卉倒水，放音乐，开红酒。唐成是个花花公子，熟谙俘虏女人的三十六招。李卉喜欢看唐成的影集，她喜欢看唐成小时候的照片，她说唐成小时候长得还是可以的。唐成哑然失笑，说你的意思是我现在长得不好是不是。李卉没说话，只是吃吃地笑。后来唐成就把手放在了李卉的肩头，李卉的肩头躺着一丝乌黑安静的头发。唐成的手指开始触摸李卉的头发，他用手指头缠起李卉的头发。他的手指头后来渐渐爬上了李卉的头顶，然后又从额头跌落下来。

手指头像一粒粒甲虫，缓慢地爬动。爬上李卉的眼睛时，眼睛合上了，唐成只感到眼睫毛的轻微抖动。李卉是坐着的，所以唐成俯下身去，他的嘴轻轻触了触李卉的耳垂。唐成嘴里的热气呵在了李卉脸上，李卉的身子抖动了一下。唐成的手指头从李卉的眼睛上滑下来，滑到高挺着的鼻子上。然后，从鼻子上跌落到嘴唇上。唐成的手指摩挲着李卉的唇，李卉的唇轻轻开启了，她雪白的牙齿咬住了唐成的手指头。唐成后来把唇盖在了李卉的唇上，唐成轻微的吮吸，使李卉的嘴唇慢慢开启，温热的舌尖最后被唐成吸入嘴里，两个舌尖就搅在了一起。

后来李卉手里的影集掉到了地上，她的两只手伸上来攀住了唐成的肩。唐成睁着眼，他看到了掉到地上的影集，以及影集里的童年。影集里一个孩子，笑着看唐成和一个女人接吻。唐成不由得在心底笑起来，看着地上的影集无异于同一个人在不同年龄的相互对视。唐成把李卉轻轻抱到了床上，唐成缓慢而坚硬地进入李卉，唐成让李卉有了一声轻微的呼叫，然后李卉一把抱紧了唐成。当李卉松开唐成的时候，李卉哭了起来，她钻在唐成的怀里哭。唐成有些不知所措，说不会吧，这样也会哭。李卉抬起头，用手擦了擦眼泪说，不哭了，哭过就没事了。

唐成这天晚上要了李卉好几次。李卉是个好身材，这让唐成非常迷恋。唐成突然发现自己竟然如此健壮，李卉轻微的欢叫让他很兴奋。后半夜，灯开着，薄被半盖着两个赤着身子的人。后半夜像前一天一样，也落起了淅沥的春雨，唐成迷迷糊糊地想要睡着。他累了，所以他想睡着。这时候李卉却不让他睡了，李卉说不许睡，唐成就没敢再睡。李卉给唐成讲她的故事，李卉讲得很慢，李卉讲了许多的细节。唐成望着床边的灯光，想要睡着了，眼睛皮直打着架。他看到灯光里李卉讲的那个故事，李卉说她是大学里的图书管理员，每天都钻在图书里，每天图书都把她包围或者淹没了。她爱上了一个大他二十岁的男人，是一个中文教授。她疯狂地迷恋着这个男人，男人却不爱她，男人有着自己的老婆和孩子，男人的孩子也小不了她几岁。她苦苦纠缠着男人，不要名分，只要男人有空的时候，去她那儿。但是男人始终不答应。她的热情终于经不起一次次的冷遇，她的热情像潮水一样退去。她不再纠缠着男人了，她想和男人最好不要有一点点的关联。这时候男人找到了她，男人跪地抱着她的腿，说其实是深爱她的，只是不敢爱而已。她沉醉在幸福中，她沉醉在幸福中不能自拔。两个月后，男人死了，是猝死的。医生告诉过他家属，他有心血管病，要防止猝死。男人死了，她为他痛哭了整整两天，她再也爱不起来了，她爱不上别人。

李卉把她的故事讲完了，唐成也睡着了，他忍不住睡着了。唐成醒来的时候，看到李卉已经起床，坐在床边梳着头。这是一个温暖的镜头，这个镜头可以温暖唐成的心灵。这时候唐成想，不如结婚吧，不如找一个女人结婚吧，让女人天天坐在身边梳头。李卉看到唐成醒来，笑了一下，说我走了。唐成说，慢着，我送你一样东西。唐成赤着身子从床上跳下来，在柜子里翻找了一阵。他把一瓶香水给了李卉，那是一瓶五十毫升的香水。唐成说，你说过不缺男人和香水，今天我就送给你男人和香水。这是鸦片女用，你带回去。女人得像鸦片一样，妖娆而且迷离。

李卉走了。李卉走的时候雨还没有停。唐成仍然赤着身子，他站到了窗前。一会儿，他看到了楼下的一位撑着伞的女人走过。女人走路的姿势，带着一种风韵。女人后来在雨中消失了。

忘了说唐成的职业了。唐成是个温文尔雅的医生，医生一般都温文尔雅的，就算是收红包的医生，也长得温文尔雅。唐成喜欢看书，他的书看得很杂，除了医药书外，他还看文学、音乐类的书，他甚至看汽车修理，看保险业的书。有一天他看到了一本小说，他本来只想翻翻的，后来一看就着了迷。最后，他把这本书看完了。看完后他才发现，书中的情节，和李卉讲给他听的故事，几乎一模一样的。唐成给我打来电话，他说海飞，你知道有一本书叫作《悲情主义的花朵》吗。我说知道的。他说李卉说的故事，和这本书中的故事是一样的。是不是李卉看了这本书后，就把书中的故事套到自己身上，然后讲给我听。我想了想说，是的。唐成说，那她为什么要骗我。我说，我也不知道。我说你给李卉打电话吧，你证实一下。没多久，唐成又给我打来了电话，唐成说，他存在手机上的李卉的电话，不小心被删除了。我说你们不联系吗。唐成说，那天以后，就从没联系过。

　　唐成后来又出现在新梧桐咖啡吧的一次聚会中。他认识了一个光彩夺目的女人。唐成认识这个女人，是因为他闻到了一种气味。就像电影《闻香识女人》中的史法兰中校，靠闻对方的香水味能识别对方的身高、发色乃至眼睛的颜色。唐成就像史法兰中校一样，穿梭在聚会的女人们中间。和史中校不同的是，唐成没有双目失明，唐成游在女人中间，就像一条鱼游在水里一样。唐成后来告诉我，那天他闻到了一种冰薄荷的味道，这种味道夹杂着淡淡的苦柠檬以及葡萄柚果的气息。唐成像一条狗一样，在人群里寻找带着这种味道的人。后来，那味道渐渐化成了灰琥珀、杉木与檀香的混合，那是前者悄悄变化后的味。唐成终于找到了那个女人，那个女人手持红酒，身材高挑，臂弯上缠满了薄如蝉翼的轻纱。唐成笑了一下，说，我找到你了。女人也笑了一下，说，为什么要找到我？唐成说，我闻到了你身上的香水味道，你用的是鸦片。女人说，你真像史法兰中校。唐成说，你看过那电影？女人说，不仅看过，而且喜欢。

女人和唐成谈得很投机，他们坐在二楼靠窗的位置谈，我想象他们坐的地方，一定是上次我和他以及李卉坐过的地方。唐成说，你很像我以前的一个朋友，我朋友是大学里的图书管理员，叫李卉。女人妩媚地笑了，说，你们还有联系吗？唐成摇了摇头说，我找不到她电话号了，她笑起来时，和你一模一样。女人说，可惜我不是李卉，我叫黄菊，这是我的名片。唐成拿过了女人的名片，名片小巧而且精致，散发着鸦片香水的味道。唐成看到上面写着天宝汽车城/业务经理/黄菊等字样，还有一串手写体的阿拉伯数字，是黄菊的手机号码。唐成也递了一张名片给黄菊，说，我们多联系好吗？黄菊笑了，说，好的。

唐成后来就经常想念那个叫黄菊的人。先是淡淡的思念，后来思念越来越强烈了。唐成打来电话问我，他说海飞，我想给她打电话，但是又想忍着不打。我笑了起来，那时候我正在赶一个叫作《花雕》的长篇，里面堆满了旗袍、酒、女人、江南的水以及人们的欲望。我说，你给她打电话吧，你请她喝花雕，别老是请人喝茶了，都喝腻了。唐成说，好吧，那我试试。一会儿，唐成又打来电话，说电话接通了，一个女声莫名其妙地说，女人，最容易受鸦片的诱惑。女人本来就长得和鸦片一样，女人的全身都充满了鸦片。女人迷离、艳丽、笑靥如花。有时候女人是盛开的花，有时候女人是美丽的毒药。忘了我吧，可爱的人。

唐成接着就一次次地给这个全身充满鸦片的女人拨电话，一直都是关机。几天以后再拨打，这个号码已经停机了。唐成通过朋友，去查天宝汽车城一个叫黄菊的销售员，汽车城说，她走了，去上海嫁人了。唐成的日子就一下子不好过了，我去他家里看他的时候，他的眼睛是通红的，他的胡子疯狂地生长着，他的衣服有几天没有换了。我说，你是不是爱上那个人了。你不是一向不相信爱情的吗，你只相信一夜情。唐成说，我开始相信爱情了，我爱上了李卉和黄菊，她们一定是同一个人。我相信爱情的时候，爱情像花一样，凋掉了。女人，真的就像是鸦片一样。

唐成的医生做得有点不太像样，给病人动手术的时候，出了好几次差错。院长骂他说，你属猪的啊。唐成愣了，说院长你怎么知道我属猪的。院长被搞得哭笑不得。唐成最后还是离开了医院，他在这座城市里无声无息地消失了，像水蒸气一样，蒸发到空中，我们就谁也看不见了。

一年后我收到了一个寄自云南丽江的速递包裹，包裹里是一小瓶鸦片男用香水，和一张鸦片香水的宣传页。画面上是一个全裸的模特，她佩着金色项链、钻饰手链，穿着一双黑色的高跟鞋，身子向后仰躺着，这是一种撩人的姿势。在黑色的毛皮上，雪白的裸体呈现出一种醒目的美丽，半睡半醒的朦胧神情，半开半合的双唇，演绎着女人花。包裹是消失了的唐成寄来的，他没有在丽江做外科医生，而是和当地的一个女人一起开了一间酒吧。他们相爱了，但是说好不结婚。他说男用香水是送给你的，他说他到现在还爱着那个李卉或是黄菊，他说女人真的是花，女人中的女人，叫作鸦片。遭遇鸦片，他情愿中毒的。

一年以后我仍然去新梧桐咖啡吧二楼靠窗的位置坐坐，我固执地爱上了卡布其诺的味道。我对出没在咖啡吧里的漂亮女人充满了好奇。有一天我看到了四个女人，也坐在了临窗的位置上。四个女人发现我在看她们，窃窃私语了一番，然后又一阵轻笑。

我也笑了，我喜欢女人的轻笑，不喜欢女人的大笑。这时候，我发现楼梯口一个穿薄毛衣的女人，她的头发是微黄而且卷曲的，她长得跟一年前的李卉一模一样。我走过去，对她说，唐成说我是作家。女人笑了，拢了一下掉在前额的头发说，我对作家不感兴趣，我也不认识什么唐成。我也笑了，我说女人像鸦片，这是唐成说的。女人想了想，点了点头，认同了这样的说法。这让我感到开心，感到一次小小的胜利。我一回头，看到玻璃窗外，又有一场春雨开始绵绵不绝地飘落下来。

青花

　　房间里摆放着两件青花瓷器。屋子收拾得很干净，德国的真皮沙发，一套山水迷你音响，进口的台灯，一台康柏笔记本，等等，以及摆放在洗手间里的整套的兰蔻化妆用品。是单身公寓，高度是第十八层。一切，很现代，所以那两件青花瓷放在床头柜上，显得有些不伦不类。一件是元青花扁壶，壶身上盘踞着一条张牙舞爪的青龙。一件是清康熙的青花盘，盘上是一个坐着的微笑着的女人，蛾眉淡扫，显现着一种贵气。两件青花瓷住在十八层的高楼上，显得有些寂寞。透过窗的一角，它们偶尔能看到飘过的云，它们最多只能看到飘过的云。

　　主人是一个叫花无衣的女人，一家外资公司的技术总监。每天晚上她都回来得很晚，她脱掉那件黑色的风衣时，会随风飘起淡雅的香水味和淡淡的烟味。然后她开亮台灯，灯光有些昏暗，只能把房间照得半明半暗，花无衣就在半明半暗里走来走去。她走到厨房，倒一杯开水。她端着杯子喝开水，把身子靠在窗边，两条腿交错着站立。她的脚上已经换成了一又棉拖鞋，鞋上绣着

当代中国最具实力中青年作家书系

两只小猫，小猫在静夜里显得很安静，像是睡着了。我知道花无衣的每一个章节。花无衣在洗手间冲热水澡的时候，门总是半开半掩的，热气像一团云一样，从那半扇玻璃推门涌出来。花无衣穿着棉布睡袍出来，她用干燥柔软的毛巾擦着头发。她的头发染成了栗色，一种安静而又不本分的颜色，像水底下涌动的暗流。花无衣还抽烟，她抽的是骆驼牌，一般女人都不抽这个牌子的烟。香烟壳是黄色的，有骆驼在画面上呈现。花无衣就幻想，自己骑着骆驼穿过了撒哈拉，穿过了尼罗河。花无衣像一朵瘦弱的花，升腾的烟雾就在花的旁边。暗夜里，有着昏暗灯光的暗夜里，烟雾升腾的样子，有些像一匹扭来扭去的绸缎。

我本来不知道她叫花无衣。但是有一天一个男人叫她花无衣了，我才明白原来这个常在深夜出没的女人，有一个与花有关的名字。花无衣二十六岁？二十八岁？女人的年龄是你不太能准确猜到的。但是不管她是几岁，总之不会超过三十岁。花无衣常去蹦迪、喝酒和泡吧。她从十八层高的房间里出去，然后走出这座花园小区的大门，走出大门口保安的目光，就会隐没在车流中，隐没在城市的灯光中。花无衣像一滴高贵的水，每一个夜晚来临时就隐入一条河里。有时候花无衣会醉眼惺忪地回来，洗澡，泡一杯玫瑰花茶，打开碟机看文艺电影，有时候也看韩国的三级电影。花无衣是寂寞的，看三级电影的时候，她会躲在被窝里，发出轻微的声音。夜是一件黑色的衣裳，我看到了这件巨大的衣裳，把整幢楼都包裹起来。我想我是爱上了花无衣，我的目光充满着爱怜的成分。

花无衣有时候会带高高大大的帅小伙进来。他们在床上亲热。这样的时候，往往是花无衣酒有些喝多的时候。小伙子亲她的裸体，她的裸体像是白瓷。小伙子有多大了？二十？二十二？小伙子俯下身从花无衣的脚趾头开始亲，然后是小腿，然后是膝盖，然后是大腿，然后是小腹，然后是胸部和脖子。再然后是她的额头。小伙子会把头埋在花无衣的股腹间，发出咿咿呜呜的声音。花无衣也会发出这样的声音。花无衣在这个时候还抽烟，她让小伙子替她点上烟。她有一只 ZIPPO 的女士火机，很精巧的白板打火机。小伙子伏到她身上的时候，她就不停地吐着烟。花无衣还会拍打小伙子瘦小的屁股，像赶着一匹马，像对马说，你跑快点就给你加草料。花无衣还会用双腿夹紧小伙子的腰，花无衣就像在草原上奔马。

我不太能记得清小伙子的脸，是因为在烟雾里小伙子的脸显得有些虚幻。小伙子一律都很高大，身材匀称且浓眉大眼的。小伙子一般都会在清晨离开，走的时候，他们会在窗口微弱的晨光下点钱。钱是从花无衣手里递过来的，花无衣的手从被筒里伸出来，递过一只黑色的钱包，说，拿走你应得的部分。小伙了穿上名牌的衣裤和皮鞋，高高的身影晃动了一下，就开门走出去了。一年之中，这样的情况会发生四五次，直到有一天男人出现了，才没有小伙子们的出现。

花无衣长得并不是很好看，但她性感和妖媚，这不是装出来的，她是天生的。有一次她被她的上司堵在电梯里，上司先是向她微笑，然后伸过长长的手，把她揽入了怀中。上司是个老外，老外坚硬的美国牌胡子扎痛了花无衣。花无衣的脸涨红了，她愤怒地推开了老外，愤怒地用手中捧着的资料狠狠击打着老外的头部。老外摸摸头笑了，花无衣也笑了，花无衣说，我对你没兴趣，所以以后请别惹我。但是花无衣对男人有兴趣。男人大概已经四十岁了，或许还不止。男人是个大胡子，他的大胡子刮得青青的，给人干净的感觉。他不太说话，花无衣就喜欢着他的不太说话。花无衣和他是在一个酒会上认识的，花无衣喝醉了，是男人把她送回家的。花无衣喜欢男人的眼神，男人的眼神很忧郁的，像一个叫尼古拉斯·凯奇的外国影星。

　　男人常来，轻轻地敲门。花无衣就像一只燕雀，飞到门边打开门。男人和风以及烟草的气息一起进门。男人也抽烟，男人抽的是国产烟，一种叫白沙的香烟。这种香烟会让人想到一双像翅膀一样柔软却有力的手，那是电视广告里的一双手，这双手舞动的时候，有一个沉沉的男低音响了起来，鹤舞白沙，我心飞翔。一个下午花无衣跪了下来，花无衣跪着去解男人的皮带扣。花无衣的脸却是仰着的，她在看着男人的表情。男人在微笑，男人的大手罩下来，罩在花无衣的脸上。花无衣就张嘴咬住了男人的手指头。裤子掉了下来，是男人的裤子，一条笔挺的圣宝龙裤子。裤子掉下来，像是电梯的急速下坠。男人的腿上多毛，像水草一样。花无衣就把脸贴在了水草上。然后，男人弯下腰，他把花无衣拉起来，然后开始解花无衣的衣服。花无衣的衣服和裤子，就像一片片枯叶一样飞起来，然后又落下去。一会儿，枯叶就凌乱地落满了房间。男人抱起花无衣，他们进了卫生间，拉上玻璃门洗澡。他们出来的时候，水上还有来不及擦干的饱满的水珠。

　　男人和花无衣在床上做爱，很长时间地做爱。他轻易地滑入了一片温暖的沼泽地，然后他就在沼泽地里走来走去。男人走出沼泽地的时候，听到了花无衣无所顾忌的大叫。男人的走路方式和速度，令花无衣满意。花无衣唱歌，嘴里念念有词，说着一些不着边际的话，或者问男人一些问题。花无衣问男人，你老婆现在会想到现在你正在另一个女人的身体里面吗？男人哑然失笑，男人说，不会想得到的，她很信任我。然后他又说，你怎么问这么奇怪的问题。花无衣也笑，说，我一定不会是你妻子以外的第一个女人，而奇怪的是你的老婆对你如此放心。女人既敏感又迟钝。

渐渐安静下来，他们就坐在床上抽烟。他们赤着身子，一人手里夹着一根烟，一人手里拿着一只法国产的玻璃烟缸。国产烟和外国烟的烟雾就在床上纠缠在一起，升腾着。他们相互往对方的身上喷着烟，花无衣说，你的皮肉上留着骆驼香烟的气味了，好像骆驼踩了你一脚。男人也说，那要这么说，你的乳房上留下了白沙烟的气味，难道可以说成是一只白鹤在你的乳房上咬了一口？花无衣就笑了起来，很轻的那种笑。抽完烟，花无衣翻身上了男人的身子，继续做。他们停停做做，就等于是停停走走，他们的样子，好像是要到很远的一个地方去，比如从这座城市出发，去一个叫伊犁河的地方。

他们终于累了，累得不能再动的那种累，眼皮还能勉强张开。他们不吃东西，只喝水和抽烟。然后，男人看到了风卷窗帘的样子，看到了窗帘扭捏着，不时把光线漏到屋子里。然后，男人还看到了元青花扁壶和清康熙年间的青花盘，它们并排站在床台柜上，它们被擦得很干净，透着一丝丝青亮。男人说，你的房里为什么有青花？花无衣笑了，花无衣笑起来的时候，眼睛弯弯的像一轮新月一样。花无衣说，我喜欢青花。

男人常来。结识男人以后花无衣的脸色变得更加红润，精神也好了许多。男人像是一场雨，男人的雨是从江南的某个郊野的亭子边上飘来的斜雨，男人的一场场斜雨令花无衣感受着做女人的幸福。在十八层的屋子里，他们在微露的晨光里做爱，在黄昏夕阳照进窗子的时候做爱，他们的皮肤也泛着爱的颜色，光亮、柔软而细腻。他们其实都是安静的人，所以他们才会安静地吸烟和喝水。他们再一次赤着身子坐在床上抽烟的时候，男人的声音响了起来，男人的声音穿越烟雾，男人说，你的青花瓷是祖传的吗？花无衣看到男人的目光，就落在了两只安静的青花瓷上。花无衣说是我祖母留下的，我祖母是大户人家的女儿。

花无衣说，我不懂青花瓷的，康熙青花盘里那个女人的表情，从容而恬淡，我想她的生活一定安逸，我渴望像她这样的生活。离开你以后，我想要嫁人。我总有一天会离开你的是吗？花无衣的手缠在男人的身上，男人的皮肉因为年龄的关系，已经略有松弛了。花无衣说，我祖母说，这是一只名贵的青瓷盘，而那只元青花扁壶，可以说是稀世珍品了。你知道在元朝不到百年的历史里，能留下的极品瓷器是少之又少了。报纸上都说了，两大故宫，皆无重器。据说八件传世扁壶中，有七件流失国外。

男人吐出一口烟。男人说，那你的意思是国内仅存的一件，就是你房里的这一件了。女人妩媚地笑了，说，我不知道，是不是珍品并不重要，我只是把这两件东西，当作是对祖母的纪念。我小时候，是祖母带大的。男人再一次把目光落在了扁壶身上，这是一只扁长方形的壶，上面有着一个筒形的小口，卷着唇。扁壶的两侧圆弧形的肩膀上，各有一个龙形的双系。男人看到花无衣的手伸了过去，落在了龙形系上。手指头爬过去落在壶口，再爬过去，又落在了另一个龙形系上。手指头像一只白胖胖的蚕宝宝，它在扁壶上慢慢爬动着。男人看到壶口已经呈出略微的黄色，那是岁月打磨的痕迹。壶口以下的壶身上，是一个青色的如意图案，再下面，才是张牙舞爪在云里翻滚的龙，才是翻腾着的水。男人看到了一种遥远的力量，来自于七百年以前的岁月，来自于一座民间的窑，来自于一双粗糙的手。扁壶是用来灌酒浆和水的，男人就闻到了酒的清香，从壶口丝丝缕缕地飘出来。花无衣的手指头落回到男人胸前的皮肉上，让男人感到有些微凉。微凉是一种好感觉，它不是冷，也不是温热，它是让人清醒的微凉。男人笑了起来，他的头侧过来，唇盖在了花无衣的唇上说，你想什么时候离开我。花无衣唔了一下，她的嘴被堵住了，这让她发不出声音来。舌头与舌头在一片温湿里相遇。花无衣推开男人时，才说，总有一天的，难道不是吗？

　　男人终于不见了。男人是一个月以后不见的，男人和花无衣都喝醉了。他们醉倒在床上，一会儿，就都睡着了。花无衣醒来的时候，是一个安静的清晨。她看到了风吹开的窗帘。掀开被子的时候，她才发现是裸身的，身体上落满了斑驳的光线，让她成了一条花蛇的形状。这时候，花无衣才想起男人是和她睡在一起的，现在男人不见了。然后花无衣的目光落在床头，花无衣看到康熙青花盘和元青花扁壶都已经不见了，花无衣就傻傻地愣在了床上，很久都没有动一下身子。两件青花瓷，一定都是和男人一起消失的。花无衣后来把手伸向了床边的红色电话机，花无衣拨男人的手机，手机说，机主不在服务区内。花无衣就想，恐怕不会再拨得通男人的手机了。而除了手机号码以外，花无衣不知道男人的任何联系方式。花无衣在床上坐着，抽烟，看烟雾飘来飘去。花无衣一直坐到黄昏，黄昏的时候她才起床，趿着拖鞋去洗手间冲澡。花无衣在热水龙头下冲着自己的脸，抬头的时候，她突然大喊了一声，王八蛋你不得好死。

男人在花无衣身边彻底消失了，这令花无衣感到寂寞。女人离开男人，她就会很快枯萎，花无衣感觉自己就快枯萎了。她和朋友们去蹦迪，出一身汗回来，把自己放到热水龙头下冲着。她坐在床上抽烟，看碟，把夜搞得支离破碎。她的床头柜上，出现了一只鼻烟壶，一只青花的鼻烟壶。鼻烟出现的年代并不久远，那么鼻烟壶当然也是近期的青花瓷了。花无衣在一个静夜里抽着骆驼牌香烟的时候，电话铃响了。花无衣接起了电话，是男人打来的，男人的声音从扬声器里传出来，在夜里很响亮。男人说，我是男人。花无衣说，我知道你是男人。男人说，你想到我会打电话给你吗？花无衣说，我想到的。男人说，你那两件青花瓷是赝品，你被你祖母骗了。我找的那位专家说，如果是真品，价值将是几千万。男人的声音里充满了可惜的成分。花无衣淡淡地说，我知道，我祖母没说过那是真品，我也没说过那不是赝品，是你把它们当作真品了。男人沉默了一会儿说，我想你。花无衣就笑了，花无衣说，你的一句我想你，真廉价，随口就来。你还有事吗，我想休息了。男人迟疑着说，我能来你那儿吗？花无衣说，永不可能。花无衣把电话挂了，她看到香烟已经自燃了很长的一截，白白的烟灰下垂着，终于掉落下来，掉在被子上，像一具灰色的尸体。花无衣看着这灰色的尸体，发了一会儿呆。

花无衣仍然常常到很晚才回到家里，她又恢复了以前的那种生活。打开十八层这间屋子的门，把皮鞋胡乱地甩开，倒水，趿着拖鞋走动。目光就一寸一寸地落在地板上，目光像水一样把地板浸湿。有时候花无衣拿起床头柜上的鼻烟壶，放在鼻子下抽闻着。她抚摸着烟壶，光洁而滑溜的表面，上面的青花是不规则的花纹，没有具体的图画。一个很合适的软木塞子，一个可意的舀匙。花无衣不知道是什么时候的哪位贵人，曾经使用过这只烟壶，很时尚地在年代久远的从前闻着鼻烟。那些细小匀称的烟的细末，加入了香料或药草，温和地进入鼻腔，让人会突然间兴奋起来。烟壶就躺在花无衣的手中，握紧，松开，再握紧，再松开。在花无衣无所事事的每一个夜晚握紧与松开烟壶的过程中，一个瘦而高的男人出现在花无衣的生活中。

男人叫子归。男人的名字多少有些怪，他居然叫子归。我听见花无衣坐在床边说，你为什么叫子归。子归说，没有为什么，就叫了子归了。子归又补充说，子归是一种鸟，一种很苦的鸟，它的另一个名字叫布谷，就像我，也很苦的。我不知道子归是怎么认识花无衣的，反正花无衣把子归带回了家。子归也抽烟，他抽的是中南海。他和花无衣一起抽烟，就像以前男人和花无衣抽烟一样。有时候他们拥抱，接吻，一起坐在床上看碟。看文艺电影和韩国三级片。但是他们从不做爱。男人有时候在屋子里走来走去，烟就跟着他走动，他就在烟里面晃动，或者穿行。更多的时候，他抱着花无衣，好像花无衣没有了他的拥抱就会感冒一样。当坐在床上的花无衣伸出手，把床头柜上的鼻烟壶拿过来，放在鼻子下面闻的时候，子归很淡地说，这个东西，值几百万。花无衣笑了，斜着眼睛，轻佻地笑。花无衣说，子归你怎么知道。子归说，因为我在博物馆工作。我像一件古董一样，生活在博物馆里，我和古董们成了朋友，我经常和它们说话，我也可以和你的鼻烟壶说话。

鼻烟壶是花无衣的祖母留下来的，而元青花扁壶和清康熙青花仕女盘却是花无衣从陶器市场买来的。花无衣让它们都出现在房间里，房间里就充满了青花的气息。花无衣常对着鼻烟壶说着话，有时候她掀开窗帘，跪在窗口下的一堆光影里，对着手里捧着的鼻烟壶说话。花无衣把鼻烟壶当成了祖母，花无衣说，奶奶，我想嫁人，我寂寞，我已经三十岁了，我想要一个孩子。青花鼻烟壶就发出了一声叹息，像是从遥远的地方传来的。花无衣又说，我骗过男人，男人也骗过我，我不知道骗来骗去，我的一生会骗到几时，我要找一个不会骗人的人做我的朋友，我还要找一个可以为我挡风遮雨的人做我的老公。青花鼻烟壶又叹了一口气，在遥远的天边叹气，并且伸出了一只手，那只手抚摸了一下花无衣的头发。花无衣的身子，就一下子暖起来，像细软的麦芒扎遍全身。

我的日子很平静。我是花无衣白领岁月中男女恩怨的见证人。我看到子归来了好几次，来了，就坐大沙发上静静地抽烟，他把整个的身子都埋在沙发里。他们认识了好几个月了，子归甚至有了花无衣房间的钥匙。我无数次看着子归用钥匙开门进来，然后为自己泡茶，坐在沙发上看碟。我也无数次看到花无衣回到屋子里，第一步必定是去看那只青花鼻烟壶，捧在手里摩挲着，好像长长地舒了一口气似的。一转眼就到了秋天，十八楼看不到秋天的颜色，十八楼只看到风的颜色。秋天的风，它的颜色有些灰黄。子归就一次又一次地被灰黄的风吹拂着。花无衣站到了子归的面前，花无衣说，子归，我要嫁人了。子归愣了一下，说，这么快？花无衣说，我想嫁人了，我已经三十岁，我想要个孩子。我的未婚夫是个皮草商，我们认识才两个星期，但我们已经在酒店里上了好几次床。子归吸了吸鼻子，他点了一支烟，吐出一口烟说，怪不得我闻到你身上有一股皮草的气息。子归说完，眼角有了一滴泪。他用食指把那滴泪擦掉了。

花无衣也坐下来，坐在子归的腿上。花无衣点上了一支骆驼烟，她吐出的烟和子归吐出的烟纠缠在一起。花无衣轻声说，子归，你多大了？子归说，我二十六。花无衣转过身，现在她是面对着子归的脸坐在子归的腿上了，她吻了一下子归，说你还那么小啊。子归说，不小了，我每天和博物馆里的老古董在一起，已经不小了。花无衣扭了一下身子说，对我来说，你还是小的。子归没有说话。花无衣在子归脸上喷了一口烟，花无衣说，你叫一声姐。子归就叫了一声姐，子归说，姐。花无衣把嘴放在子归的耳边，轻声说，想不想要姐，姐在结婚前还可以给你。子归想了想，轻声说，姐，你是我姐，我就不能要你。花无衣的眼泪突然就下来了，说，子归，我想送你一样东西，我把青花鼻烟壶送给你。还有，我搬出去嫁人以后，这间屋子给你住。产权是我的，但是你拥有使用权。答应我子归，我想让你住到这儿来，和青花鼻烟壶住在一起，它很寂寞的。

子归答应了花无衣，他本来就租住在一间狭小的房子里，花无衣让他住，他很开心。花无衣说，子归我是怎么认识你的，我已经忘了。子归说，我也忘了，怎么认识的并不重要。花无衣说，子归，你有没有女朋友？子归说，有过的，但是她嫌我穷，我在博物馆的收入，只有八百块钱一个月。花无衣坐在子归的腿上，开始计算自己的收入和子归的收入，她的月收入，相当于子归月收入的十多倍。花无衣苦笑了一下，她想，没办法的，收入就是那么悬殊。

花无衣终于嫁人了。走的时候，只带走一只皮箱和几件衣服。花无衣走的时候，穿着红色的毛衣和银灰的风衣，下面穿着一条黑色的长裤，一双咖啡色的靴子。花无衣离开十八楼的房间以前，把鼻烟壶拿在手里，轻声说着什么。我不太能听得清，我只是大

当代中国最具实力中青年作家书系

概听出她在和奶奶告别，她在诉说着什么，说她曾经无缘无故跟人上床，只是为了感官的刺激。说她曾经骗得男人晕头转向，也被男人骗得晕头转向。说她爱得累了，累得苦和痛并且哭了。花无衣迈出家门的时候，子归就站在门口。子归把身子靠在墙上，右手指间夹着一支烟。花无衣从屋里出来，子归就说，我在这儿站一会儿，算是送你走上嫁人的路。花无衣放下皮箱，抱了一下子归，然后拍拍子归的背，把子归推开了，又在子归额上印下了暗红的唇印。花无衣说，子归，你和青花鼻烟壶做伴吧，那里面，装着我无数的心情和心事，装着我的爱恨和情仇。花无衣说完就走了，拖着皮箱就像拖着她从前的岁月一样。子归仍然把身子倚在墙上，他的手里多了一串钥匙，他的目光斜过去，罩在花无衣的背上。电梯的门开了，花无衣走进去，像是走进一张大嘴。电梯门又关了，花无衣就消失在电梯里。

子归的生活很平静。子归是一个忧郁的年轻人，许多时候他都坐在床上吸烟。当然他也看碟，在夜深人静时，看花无衣留下的那些文艺片和韩国三级片。子归后来有了一个女朋友，一家工厂里的女工，长得不好也不坏，却性感。女工是个实在的过日子的人，她为子归打扫房间，她对这套十八层上的小房间很满意。她说，花了多少钱？子归笑了起来，说，不是我的，一个朋友让我住的。我没有房子。女朋友愣了一下，但是很快就笑了，说，我也很穷的，但是穷没有关系，照样能活着。子归突然就愣住了，他看了女朋友很久，他后来紧紧抱住了女朋友，把嘴贴在女朋友的唇上。女朋友后来推开他说你怎么啦？子归说，你是好人，我怕我对你不够好。女朋友说，傻，你真是傻。

女朋友看到了床头的青花鼻烟壶，说这是什么东西。子归想了想说，鼻烟壶，以前人们在烟壶里装上一种不用点火的烟，拿着放在鼻下闻的。可以算是古董吧，我是博物馆工作的，我知道如果是真的，这个年代生产的鼻烟壶很值钱。可惜是赝品，赝品懂吗，就是假货。女朋友惘然地摇了摇头说，不懂，我也懒得去懂。后来，子归就抱起了女朋友，把她抱到床上。他慢慢脱掉了女朋友的衣服，在进入女朋友的时候，女朋友轻声说，子归，你得对得起我。

这是我亲耳听到的一句话。

第二年初夏。我实在不是一个讲故事的高手，明明是秋天的，就算是深秋吧，怎么就一下子到了第二年初夏。我应该讲讲漫长的落雪的江南冬天，或者是江南那绿油油的、连风都是绿油油的春天。但是我却一下子讲到了初夏，不如接着讲吧。花无衣在初夏回了一趟十八楼的屋子，她穿着宽大的孕妇装，她明显地胖了不少。她推开门的时候，看到子归盘腿坐在床上看碟，看一张叫作《宠爱》的韩国三级片。花无衣笑了起来，子归也笑了，他从床上跳下来，光着脚站在花无衣的面前。他的手伸过来，触摸着花无衣的肚皮。他还蹲下了身子，用耳朵贴着花无衣的肚皮，轻声说，让我听听，让我听听小皮草商的声音。好像里面的孩子，是他的孩子一样。花无衣的目光抬起来，她在搜寻着什么，她看到了那只青花瓷鼻烟壶，那是一只价值不菲的正宗的古董。她和子归都很清楚。当子归站起身子的时候，花无衣吻了一下子归的脸说，你是好人。又吻了一下他的脸说，我爱你。

初夏的风从窗口急急地赶来。初夏的风掀起窗帘。子归坐在床边，花无衣坐在沙发上，他们都没有说话，他们在看着十八层房间的窗外。子归的女朋友出现了，她出现在门边，敲了一下门，然后就走了进来。子归和花无衣看了她一眼，都没说话。她也就没说话。女朋友走到了窗口，她看着窗外好久，然后口齿清晰地说，子归，往这个方向以南一百八十里的地方，是我的故乡。她的声音那么纯净，她转过头来，看看花无衣和子归，她的目光也那么纯净。花无衣笑了起来，说，子归你女朋友吧，你女朋友叫什么名字。子归说，杜鹃。

花无衣说，杜鹃，你真好，我也爱你。杜鹃是小地方来的，不会说爱，杜鹃的脸就红了一下。这时候子归把青花鼻烟壶拿在了手里，对着鼻烟壶轻声说，还记得你的前世和今生吗，你看时光那么快，我们正在等着老去呢。子归说话像诗人一样。我想起了多年以前，一个官宦人家，把我捧在手里，拿到鼻下闻了闻，他的脸上就漾起了红光。我，就是那只青花鼻烟壶。

纪念

　　纪到胜利电影院的路程大约是一里多路，纪其实已经有很久没有留意这个破落的电影院了。纪从链条厂里下了岗，有些无所事事的样子。某一个清晨纪一早就醒来了，醒来了坐在床沿上发呆。他看到老婆梅像要去买菜的样子，就对老婆说，今天我去买菜，今天让我去买菜吧。老婆梅愣了一下，她还有些睡眼惺忪的味道，她说纪你怎么啦，你怎么突然喜欢买菜啦。纪轻轻地笑了一下，纪说，我快闷死了，我想去买一回菜。

　　那个雾蒙蒙的清晨纪走向了去菜场的路，走在一堆缠缠绕绕的雾中。纪觉得心情好了许多。他喜欢被雾包围着，人看不清人，只看清有一个影子在不远的地方飘过。这是一座多雾的小城，纪在这座城市生活四十多年了，纪的儿子可可已经上了初中。可可有一双旱冰鞋，他像一个运动员一样，弓着身穿行在城市。许多时候纪听不到声音，一点也听不到，他只看到可可很像一把年轻的匕首，把大街刺啦啦地划开了。可可不太爱说话，这有点像纪，纪也不爱说话。纪从可可这个年纪开始就不太爱说话了。其实纪有许多话想说，但是话到嘴边，纪就忍住了，纪觉得说了没意思。纪走在雾中，纪走在去菜场的路上，这时候，纪看到了胜利电影院。纪走过电影院的时候，突然停住了步子。电影院像伸出了一只柔软的手臂一样，或者像是抛过来一根藤将他缠住。他走到了电影院陈旧的木门前。

纪想起了这其实是一座废弃的影院，纪在影院门口站了很久。纪自言自语地说，这儿，这儿应该是一个小窗口，专门卖票的，窗口里坐着一个胖乎乎的但是笑容和蔼的阿姨。这儿，是贴招贴画的，《春苗》《卖花姑娘》，许多许多。这儿，是一个棒冰摊子，一个流鼻涕的老头守着摊子。薄雾仍然一团一团向他袭来，他就那样站着，然后他开始扳着手指头计算自己与电影的距离。纪吓了一跳，因为纪已经十多年没看电影了。他记得很清楚，那时候厂里发了两张电影票，他带着老婆梅去看的，就是这家电影院。梅那时候大着肚子，等梅生下小孩后，他们就生活在一堆孩子的哭闹声里。很多时候，纪被尿布微温微腥微膘的气味围住，还有锅盆碗瓢的声音，哪里还有心思看电影。纪喜欢为儿子洗尿布，喜欢把在清水里漂洗干净的尿布挂到一根铁丝上，再用一只只小夹子夹住。在阳光下，那些尿布蒸腾着一种热气，像是一种生命一样。纪甚至在有一天，把脸贴在了尿布上，闻那种略膘的，夹杂着布的温软味道的气息。现在，儿子可可好像被风一下子吹大一样，儿子可可已经是一把年轻的匕首了。

纪就愣愣地站在影院门口。纪有些像是一棵即将在秋天枯黄老去的草，立在雾中，有些无助的样子。纪后来醒过神来，太阳已经升得老高了，他想起他是代老婆梅去买菜的。梅一直只会买些便宜的菜，梅神经衰弱，有轻微的忧郁症，一直在居委会拿着每月一百多块钱的低保。纪下岗后，梅的病情似乎有些加重了。纪半夜醒来的时候，会看到已经不再年轻的梅，蓬乱着头发，呆呆傻傻地坐在一堆从窗口漏进来的月光里。纪说，梅你怎么啦，梅你怎么不睡觉。梅诡异地笑了，她的笑容呈青色。梅说纪，你说有一天我们这座城市会不会被水淹没。纪吓了一跳，拿手在梅的额头上摸了摸。过了很久以后，纪才说，不会的，怎么可能会被水淹掉呢。你睡下吧。梅说，但是报上说了，今年的天气受厄尔尼诺的影响，会发生水灾的。纪跌入冰窟里，一句话也不想说。

纪知道梅的忧郁症和自己的下岗也有一定的关系。纪打算买一条鱼，从小到大纪一直以为鱼是营养最好的，生活在水里，吃那么多的微生物，营养会不好吗。纪买回了一条胖头鱼，还买回了一块豆腐，还买了西红柿、鸡蛋和青菜。纪买菜回来的时候，仍然路过了胜利电影院。这时候电影院已经完全呈现在阳光下了，它陈旧的面容更加清晰地呈现，墙上斑斑驳驳伤痕累累，像一个年老色衰的妇人。电影院四周其实是很安静的，不太有行人。电影院不远处是一条弄堂，弄堂里飘出许多生煤炉时产生的烟雾，有一些细碎的咳嗽声透过烟雾传来，像是一道偶尔从树叶间隙漏下来的阳光。纪又在电影院门口站了很久，纪离开电影院的时候，始终感觉这座废弃的电影院就像一个人一样，也有着两道目光。目光落在纪的背上，纪感到后背有些凉飕飕的。

纪走到自己的家门口。纪的家在老城区还没有拆迁的一条弄堂里。纪看到了撅着屁股的梅正在生煤炉，梅给了他一个肥硕的背影，让他想到了梅浮肿的眼睑。但是纪还是心动了一下，这个屁股曾经令纪在某一个年龄段着过迷，所以纪拍了一下梅的屁股。梅吓了一跳，一回头看到了纪的笑脸，梅就白了纪一眼。纪说梅，今天我们吃鱼，鱼的营养是很好的，我要给你补一补。梅说你买这么贵的鱼干吗，你发神经了你。后来两个人都不说话，一个使劲地扇着煤炉，一个在家门口的自来水龙头下剖鱼。梅突然问，纪，你说会不会有一天发大水，把这座城市给淹了。纪不再理她，只是回头看了她一眼，纪的眼神里几乎有些绝望了。很久以后，纪才举着已经开膛破肚，鲜血淋淋的胖头鱼说，如果发大水了，我们就做鱼好了，鱼能游泳。梅这才笑了，说那就做鱼吧，鱼又淹不死的。她看到纪手中的鱼挣扎了一下，这个时候，念还没有出现。念其实也是和胜利电影院有关的，只是，念还没有出现而已。

梅托了娘家人为纪找一份工作，哪怕是看传达室也可以。纪不太愿意坐传达室，在链条厂里，纪是公认的技术骨干，每次技术比武总是拿第一名。现在，纪最风光的时候过去了。纪想坐着总不是办法，纪也托了朋友为自己找工作。在漫长的等待一份工作的过程中，胜利电影院牵引了纪的脚步。纪在一个夜里醒来的时候，就再也睡不着觉。纪把双手枕在脑后，想，怎么一下子就没有工作了呢。儿子可可仍然不声不响，早上起来穿上旱冰鞋就滑进这座城市的雾中。纪转头看到了老婆梅的脸。梅的脸已经不再年轻了，梅已经四十岁，梅的脸上有了皱纹，皮肤松弛，头发也变得粗糙了，而且眼角挂着眼屎，嘴角流着口水。梅睡得很香，而且时不时发出梦中的呓语。其实在年轻的时候，老婆梅也是这样的，但是那时候纪一点也不觉得老婆丑陋。纪睡不着，纪就想起来，纪披衣起床，纪打开门，像一个梦游者一样，纪来到了胜利电影院门口。纪想，我怎么喜欢上这破旧的电影院了。

离天亮还有一段时间，天亮之前有些微的寒冷，所以纪就紧了紧自己的衣衫。纪开始抚摸电影院，实际上他只是抚摸电影院的一扇木门而已。木门有些松动，纪轻轻摇了几下以后，掉下一些锁上的细小铁锈。纪的心里忽然热了一下，他开始摇晃木门，像抓住一个仇人的衣领，想要把他吃掉一样。门打开了，纪闻到了一股霉味，并且夹杂着阴冷的气息。纪走了进去，合上门，这时候纪完全站在一堆黑暗中。纪开始想象电影院里是什么样子，一排排陈旧的木质椅子，老鼠和蜘蛛在这儿自由生活。灰尘们一动不动地躺在地上椅上，台上还挂着一块变成灰黄色的或者已经破烂的电影幕布。纪的眼睛终于渐渐适应了光线，他看到有极为黯淡的月光从屋顶一个大洞中漏进来。纪在电影院里小心地走动，纪老是要想起一些什么来，但是又老是想要拒绝想起一些什么。纪后来坐在了一张椅子上，纪被一堆巨大的安静和巨大的黑暗吞噬了，像掉进一个深渊里一样。在急速下坠的过程中，纪找到了一种快感。纪想，这儿真好，像一个天堂。

纪离开电影院的时候，天还没有大亮。他把木门弄成平常的样子，一点也看不出来这门其实是透明和虚无的，随时可以进出。他把门照原样弄好以后，一转身看到了一个女人。女人穿着一件棉质的袍子，齐肩的长发，头发好像还稍微烫了一下。女人不年轻了，也不显老，三十七八的样子。女人对纪笑了一下，女人说你是从里面出来的吗。纪看了她一眼，纪说我从里面出来关你什么事。女人又笑了，很柔顺的，像一根软软的草一样的笑容。女人说，你叫什么名字。纪想了一下，说我叫纪。女人说，我叫念。

念终于出现了。他们在胜利电影院门口的一小块空地上站了很久，其实他们并没有说话，他们只是那样站着。天开始渐渐亮起来，念转身走了，离开之前又向纪笑了一下。纪被念搞得一头雾水，他朝家里走去，拐进他家所在的弄堂之前，看到一个十多

当代中国最具实力中青年作家书系

岁的少年弓着身子疾行，那是他穿着旱冰鞋滑行的儿子可可。然后，他看到了一个在家门口自来水池里洗脸的女人，这是他的老婆梅，梅把自己的整个头都伸进水池了。梅一转身，看到了灰头灰脸的纪。梅说，你死到哪里去了，你去偷东西了？怎么一脸都是灰。纪看到梅的脸上还挂着水珠，他笑了一下，没说什么。

纪后来常去胜利电影院。电影院附近有一条弄堂，电影院的正门口有小块的空地，空地上还长着一棵枝繁叶茂的法国梧桐。许多时候纪就站在法国梧桐的阴影下。纪第二次见到念，就是在这棵树下。念穿了一件短袖上衣，下身穿了一条米色长裤。念说你一定不认识我了吧。纪说，你叫念。念说，你是不是小时候喜欢看电影，所以才一次次跑到电影院来。纪想了想，他终于想起小时候喜欢看电影，常顺着屋顶一个天窗爬进来，在电影院楼上的座位里看电影。纪说是的，我喜欢看电影，但是我有十多年没看电影了。纪说话的时候搓着手，天气还没有变寒冷，但是他却搓起了手。念说，我以前也喜欢看电影，后来不喜欢看了。他们仍然在法国梧桐下站了很久，都没有说话，但也没有离开。终于念打破了寂静，念说你在哪儿上班？纪说我没有班上了，我以前是在链条厂里上班的。你呢，你在哪儿上班？念说我在棉纺厂里上班，我以前是个挡车女工，现在不挡车了，现在厂子都快关门了。

又是一长串的沉默。沉默以后，念将了将自己的长发，看着纪笑吟吟地轻声说，你带我进电影院好不好，我想看看电影院里是怎么样的。念的神态有些娇嗔，这激活了纪的某根神经。纪觉得刚才念看他的眼神都有些暧昧，这让他想起了家中并不显老但是已经毫无光泽的老婆梅。显然这个念和梅是完全不同的两个女人，或许，应该说梅不解风情更确切些。有风走过去，又有风走过去，纪在风中沉思了好久以后说，好吧。

纪去开门，纪轻易地把门打开了。电影院门口很少有路人走过，就是有，他们也不去在意有人在开电影院的门。他们一定以为这人是文化局的什么人，开门进去一定是有什么事。念跟着纪进了门，门又合上了，这让他们的视线在短时间内有些不适应。过了一会儿，他们看清了电影院里的一些细节，比如一根根粗大的木质柱子，比如一张老旧的分不清什么颜色的幕布，比如积满尘土，并且已经有许多断腿缺胳膊的椅子，比如游走在空气间的让人忍不住打喷嚏的酸霉气味。纪和念果然开始打喷嚏，先是纪打了一个喷嚏，接着念也打了一个喷嚏，念的喷嚏显得有些细碎，然后他们接连打了好几个喷嚏。

纪说，你让我带你进来干什么，你想要干什么。念把两只手绞在一起，轻声说，我不想干什么，我就想在这儿看看，坐坐。后来纪和念都找了一张椅子坐了下来，念变戏法似的从她随身带着的包里拿出了两张报纸。接过报纸的时候，纪愣了一下，感到念进电影院在一定程度上是一种预谋。纪把报纸铺在凳子上，然后两个人坐了下来。他们没说话，他们先是抬头看了看电影院的顶部，顶层上有许多破碎的小洞，漏进的光线就像是点亮的一颗颗小星星。有些小光斑落在了他们的身边，光斑里浮动着一些灰尘。念就把手伸进光斑里轻轻挥动。那是一双白皙的，充满质感的手，这双手令纪感到惊讶。念说，你看，我抓住了灰尘。纪没说话。念又说，你看，灰尘是不是有生命的，它们游浮在空气中，多么像是一条条细小的鱼啊。纪好像被触动了一下，想了好久才想起来，他想吃鱼。

电影院里太安静了，是一种可怕的安静。纪老是觉得这儿像是一座鬼楼，到处都会有看不到的鬼从他们身边走过，说不定还在望着他们俩偷偷地笑呢。纪老是回头看，纪想会不会突然之间，身后站了一个穿袍子的看不到腿的绿毛女鬼呢。念很轻地笑了一下，念说你是不是怕鬼。纪摇了摇头，说我怎么会怕鬼呢，鬼怕我才对。但是纪的话显得有些苍白，明显的中气不足。念又笑了一下，她忽然把手按在了纪的手上柔声说，我就是鬼，我是诱你进入电影院的女鬼，你怎么不怕。纪的心一下子跳到了喉咙口，脑子里突然就空了，什么都没有。过了很久，他才感到了念的手传递过来的柔软的温度，这让他回过神来，并且壮壮胆说，有什么好怕的，鬼有什么好怕的。他知道鬼的手是冰凉的，他也知道其实自己已经起了一身的鸡皮疙瘩。

后来纪不知道念怎么把身子靠在了他的身上。念的身体是柔软的，温暖的，像水草一样。念微闭着眼，念说我有些困了，纪你可不可以给我讲讲故事，纪你是不是以前常来这儿看电影。纪不说话，但是纪的记忆却被勾了起来，像是在一块土地上挖起小时候埋下的一个玩具一样。纪看到了自己少年的影子，有些像躬着腰在这座城市里滑行的儿子可可。纪说，你想听什么故事。念说，你讲什么，我就听什么，我困了，最好是你讲着讲着，我就睡着了。我想睡一觉。纪就开动脑筋想，讲什么故事好呢。其实纪是一个不会讲故事的人，纪想了很久，终于说，很多年以前，有一座电影院。电影院是新的，许多人都喜欢看电影。对了，那应该是七几年的时候，有一个男孩子也喜欢看电影……

男孩望着排队买票的人，但是他没有钱，也就用不着去排队。男孩看到售票窗里那个笑容满面的胖阿姨，她是一个很受欢迎的阿姨。七十年代的天空下，男孩有些落寞的样子。男孩站在一棵小树的身边，那是一棵法国梧桐，有时候男孩就觉得自己和法国梧桐一样落寞。男孩没有钱但是他必须要看电影，他在寻找着每一个入口。终于在一个闷热的午后，穿着汗背心的男孩爬上了高大的电影院的屋顶，他进入了一扇木窗，翻身进入木窗，那里面有狭小的通道。他就蹲在那个通道里往下看电影。他看了许多场免费的电影，他没有把这个秘密告诉任何人。有时候他还可以俯视看电影的人群，看着他们吃东西，说话，看着一个男人的手摸向女人的大腿，看着那个女人挣扎了一下，最后却不动了。看着电影散场时人们离开时的情景，看着那个扫地的男人，一个个子很高但却并不显得挺拔的年轻人，扫除一场电影放完后电影院里多出来的东西。比如瓜皮果壳，比如遗落的电影票，甚至还有装着一些零钱的塑料袋。

男孩有时候连续看几场电影，有时候看着电影就睡着了，但是他仍然无比热爱着那个从楼上小洞洞里射出来的光柱。这些光柱变幻莫测，投在了屏幕上，屏幕上的人就有了声音，就活了，就打仗，谈恋爱，破案，吵架和喝酒，等等，好像是在看着别人的生活一样。男孩有时候睡着了，做一个梦，睡醒了就接着看。男孩看朝鲜电影《卖花姑娘》的时候，流了许多的眼泪。他不知道自己为什么有这么多眼泪，他只是怀疑自己身体里怎么会有那么多的水分。男孩能看到楼下的座位上那位用手绢擦眼睛的人，他突然想，电影怎么会有那么厉害。他看到了屠夫吴大，这是一个粗枝大叶的男人，他就坐在头排，他把整个身子窝在座位上，这是一种很难看的坐姿。吴大老婆被淹死的时候，吴大很想哭的，但是吴大一点也哭不出来。县城里的人都在背后说，吴大看样子一定是巴不得老婆死了，怎么一滴眼泪都没有流出来。就

当代中国最具实力中青年作家书系

算是鳄鱼，也会流一滴眼泪呀。就是挤，也要把一滴眼泪挤出来呀。但是吴大就是挤，也没能挤出一滴泪。男孩却在电影院里看到吴大哭了，他先是把那个难看的坐姿纠正了，然后坐直了身子，一直盯着银幕。然后，他突然开始用手擦眼睛，他一直都在用手擦眼睛。这时候窝在楼上那条小小通道上的男孩就想，看来朝鲜人拍的电影，比中国电影要厉害多了。男孩一共看了八场《卖花姑娘》，男孩把自己看得头昏脑涨的。男孩从电影院里溜出来，走在阳光底下的时候，突然觉得有些不适应，像一条鱼搁浅在岸上一样。他走路都有些东摇西晃了，许多看到的人都问他，你怎么了，你这么小的年纪一定是偷偷喝酒了吧。男孩不愿抬头看阳光，阳光太刺眼，会把他的眼睛刺痛，会把他的头劈开。

男孩爱上了电影院屋顶的那条小小通道。一个落雨的日子里，男孩又窝进了小通道里。男孩就那样半躺着看一部叫作《春苗》的电影，里面有一个赤脚医生，好像形象很高大。那天下了雨，雨就落在男孩头顶的瓦片上，距离如此之近。男孩觉得很惬意，他想，如果住在这儿该有多好。在雨声里，男孩睡着了，等男孩醒来的时候，电影院里很安静。电影散场了。男孩看到了那个扫地的年轻人，只是这个年轻人这时候并不在扫地。男孩又看了看他爬进来的那个小窗口，窗外的天气告诉他这已经是一个雨天的黄昏。男孩躺在一堆黄昏里，身子骨突然一点劲也没有了。

男孩看到那个年轻人没有扫地，而是在做着另外一件事情。一个长头发的女人，娇柔地被他拥在怀里。这个雨天男孩的身子开始发热，他想为什么有这么热呢，他解开了自己衣服的扣子，希望能有风吹进他的身体里面去。他看到年轻人蹲下身子，不紧不慢地脱女人的鞋子，不紧不慢地解女人的扣子，不紧不慢地解开女人的裤带。后来男孩只看到两团白光，这让他的呼吸突然急促起来。他看到那个女人，是豆腐店里的阿芳。阿芳的老公在当兵，阿芳带着一个女儿一起生活，但是阿芳现在抱着一个年轻男人的头，阿芳发出了咿咿唔唔的声音，像是被人谋害了似的。这些声音像一条条小虫，这些小虫一张嘴就咬住了男孩的神经。男孩不敢看座位上的人影，两团白光合在了一起，渐渐模糊成一团光。男孩的手在墙壁上摸索着，他觉得自己身体上长出了一种关不住的东西，像要从体内冲出来。他不知道自己什么时候握住了自己，那是潮湿的自己。这个黄昏，男孩像一个运动员冲向终点一样，让自己得到了一次宣泄。他看到墙上明显多了一些东西，这些东西在瞬间冷却，他一直盯着这些自己制造出来的东西看，并且心中突然升起一种失落感。他觉得自己像一团棉花一样，一下子轻了不少。阿芳和年轻人已经从座位上起来，阿芳在走出电影院的侧门以前，又被年轻人顶在了墙上，阿芳仍然发出了含混不清的声音。年轻人的手在阿芳身上摸索着，阿芳一把抱住了年轻人，男孩感觉年轻人就像一只百足虫一样，他的脑海里，到处都是年轻人上下乱动的手。男孩从那个小窗口下来，一级级往下爬。然后，男孩开始奔跑，男孩越跑越快，他像一把小剪子一样冲向黄昏，把一堆黄昏给撕裂了。就像是多年以后的可可，穿着旱冰鞋无声无息地滑行在这个县城一样。

男孩在上课的时候，脑子里仍然晃动着那双手，那双上下乱动的手。男孩有一天站在了电影院门口的那棵幼小的法国梧桐树旁，对梧桐说，阿芳怎么可以这样，阿芳怎么可以这样呢。男孩仍然去偷偷看电影，直到有一天那儿的一扇窗被封死，男孩无法再进入电影院的内部。那是因为，男孩对别人说，他可以看到免

当代中国最具实力中青年作家书系

费的电影，可以看到一个叫阿芳的女人和一个年轻人在电影院里干事。当许多人笑着向他围拢来，一定要让他告诉他们关于阿芳的细节的时候，男孩才吓坏了。他突然觉得这些人都那么可恶，他们究竟想要干什么？

有一天，老师把男孩叫到办公室里，两个满面笑容穿着呢制服胸前插着钢笔的人，问了他一些问题，并且迅速地在纸上记录着。男孩一直看着墙上的毛主席像，由于墙壁受潮的缘故，毛主席像的一角明显地泛黄了。男孩不知道说了些什么，只知道后来他出汗了，他一下子说了许多话，把什么都说了。然后他跑出办公室，跑向操场。他不知道自己在操场上跑了几圈，反正他跑累了，他看到许多同学都在奇怪地向他张望着，并且指点着什么。这让他有些愤怒，他对着他们吼，你们想干什么，你们想要干什么。

念好像睡着了，她半躺在纪的怀里，一动也不动，连睫毛也没有抬一下。纪轻轻搂住了念，纪觉得念有些像孩子，纪的心里一点杂念也没有，只是搂着念。纪轻声问，念你睡着了。念唔了一下，念说没睡着，但是很想睡，你接着讲吧。纪就开始接着讲。

其实纪很快就把结尾讲完了，纪把结尾讲得很潦草。纪说阿芳突然被挂上了一双破旧的鞋子出现在大街上，她穿着花衣服笑吟吟地在豆腐店里卖豆腐的样子已经不见了。那个年轻人，突然被剃了头。他们都不知道自己为什么突然成了这个样子，他们都在心里寻找着一个神秘的男孩子。他们抬头望着天的样子，像是要把天望穿。总之，阿芳和年轻人像鬼一样生活着。终于有一天，人们发现了阿芳和年轻人，他们在老鹰山的一棵树下躺着，身边放着一只打开的瓶子。瓶子里溢出了刺鼻的气味。他们的眼睛大大地睁着，望着天空。这是一件令县城里的人足足谈论了一个月的事。据说阿芳的老公从部队赶来了，在阿芳的墓地前一站就是一个下午，像一枚钉子一样。

纪讲的故事潦草收场，但是纪的故事是完整的。纪惊奇地发现，并不热爱说话的自己，竟然讲了那么一大堆话，像是吐出了一地的瓜子壳一样。念在纪的怀里动了一下，念抬起了头，微微睁开眼睛，像睡不醒的样子。念说，那个男孩就是你对不对。纪点了一下头。

纪和念走出电影院的时候，念拉了一下纪的手指头。念拉的是纪的中指，念说，谢谢你给我讲故事。那个时候已经是黄昏了，纪被拉住指头的时候，有了许多的感慨。他发现自己有些喜欢上了棉纺厂女工念。他们走出了电影院，走进这个县城的黄昏里。电影院前有人走过，也有自行车驶过，他们都没去看纪和念一眼。纪和念走出电影院的样子，就像夫妻双双要到朋友家去吃饭一样，锁上门，离开家。

几天以后纪又去了胜利电影院。纪想今天会不会碰到念？纪走到电影院门口的时候，看到了念。这一次念穿了一套黑色的棉布裙子，她的皮肤很白，所以看上去念就是一个黑衣美人。念就站在那棵法国梧桐树下，用那双纤秀的手抚摸着树上的一个疤，就像抚摸一件陈年往事一样。念笑了一下，露出一排白牙。念说我知道你会来的，我等了你好多天。纪也笑了一下，纪用无声的笑代替了和她打招呼。纪仍然打开电影院的门，两人大摇大摆地进去了，他们连门也没关。没有人去关心他们，没有人去关心这个白天有人打开了电影院的门。路人们肯定以为，这两个人一定是文化局或是电影公司的，来看他们的业已废弃的产业。

念跟着纪走进了电影院，走进昏暗的空间。她忽然皱了一下眉头，她说纪你看看我们的电影院怎么这样脏，到处都布满了灰尘和蛛网。纪也皱了一下眉头，因为他不习惯念说这个电影院是我们的电影院。电影院是国家财产，怎么变成我们的了。所以纪没说什么，纪想脏就脏吧，有什么关系。但是念却接着说，纪，不如我们来搞一次卫生吧，我们把电影院打扫干净怎么样。纪想了想说，如果你一定想搞，那么我和你一起搞。

纪和念借来了皮管，借来了扫把和拖把，他们开始光着脚丫用水冲，用拖把拖。一连一个星期，他们都在电影院里干着活。有些人过来看，都说这个电影院是不是又要派用场了。念说是的，电影院要租出去了，给一家服装厂租去了，马上要改造成厂房的。纪和念打开着门搞卫生，一个星期以后，电影院里没有了灰尘，没有了蛛网，很干净的样子。他们还把台上的幕布取下，换成了一块棉白布。最后一天他们把门关上，坐在干干净净的椅子上歇息。

纪说，我们累了一个星期了，我们一分工钱也拿不到。念说，累一个星期有什么关系，我们以后可以安安静静地在这儿坐着，我可以在这儿听你给我讲故事。纪说，我没有那么多的故事，再说我这个人不适合讲故事的。念说，你上次的故事不是讲得很好吗，我就喜欢听这样的故事。纪就无话可说了，纪总觉得要讲些什么来打破这样的宁静。纪想起了他看了八次的那场电影《卖花姑娘》，纪就说，你有没有看过《卖花姑娘》。那个花妮和顺姬多苦啊，她们要给地主还债，要为母亲治病，所以她们就要去卖花。她们的哥哥被地主抓去坐牢，妈妈被地主踢倒，含恨死了。双目失明的妹妹顺姬又被地主推进山沟，姐姐花妮历经了磨难，终于等到了当上革命军的哥哥。他们重逢的时候，悲喜交加。念，我好像又听到花妮在唱的卖花歌了，我好像又看到了那个眼睛并不大的漂亮女演员。那个演员叫洪英姬，现在一定成了一个老太婆了，但是那时候她那么年轻漂亮善良，她让我流了许多眼泪。念说，花妮虽然可怜，但是我们就不可怜吗，我们就活得舒心吗。念说这些话的时候有些气呼呼的，这让纪感到有些奇怪。

纪在黄昏的时候和念告别，纪说我要回去了。念拉了一下他的手指头，念好像有些喜欢拉纪的手指头。念说，今天晚上再来这儿给我讲故事好吗，我要听你给我讲故事。纪想了想，他想不起来自己还有什么故事好讲，但是他最后还是点了一下头，他至少还可以给她讲讲卖花姑娘花妮。念说你先走吧，我想在这儿多呆一会儿，这儿多安静，这儿像一个天堂一样。纪转身走了，他听到念一直在念叨着什么，纪没有听进去。纪打开门，又合上门。外面已是黄昏，但是光线比电影院里强多了。他先是在法国梧桐树下站一会儿，不知道为什么，他爱上了这棵梧桐。这个时候他看到了一个滑旱冰的少年，少年从他面前经过，又停下来，向他滑来，在他面前停住，看着他，说，爸，你在这棵树下干什么，你有些莫名其妙。纪想要发火，他认为儿子可可是不可以说这样的话的。但是他想不起来该怎么样发火，这个时候可可已经一转身滑远了。

纪是步行回家的，走到离家不远的弄堂口时，他看到了老婆梅。梅穿着一件宽大的汗衫，汗衫上印着她以前没下岗时的厂名。她正拉住一位年纪稍大的女人问，大姐，你说我们这个县城会不会被水淹掉。那个女人温柔地捋了捋梅的头发，梅的眼神里有一丝绝望，女人好像在安慰着梅。这时候纪却真正绝望了，纪抬头望了望弄堂口的那座高楼，那是这个县城的财税大楼，一共有十七层。纪想，如果从十七层上跳下来，那么一定会像一只鸟一样，有飞的感觉，耳朵里会灌满呼呼的风。纪被自己的想法吓了一跳。

晚上梅又躺在床上问纪，梅说纪报纸上都说了，今年可能要闹灾，你说我们这个县城会不会被水淹掉。纪静默了一下，突然坐直身子对着梅吼了起来。纪不知道自己吼了些什么，纪只知道，自己发火了，自己不想再听到如此无聊的话。梅显然是受了惊吓，她开始哭了起来，她的头发蓬乱着，皮肉耷拉着，她已经不是一个年轻女人了。她是一个臃肿的、不太令人注意的女人。纪有些后悔了，他不该对着这个可怜的女人吼。纪一翻身睡下，这时候念的笑容就跳进了他的脑海，念向他招了招手，念一招手纪就睡不着了。半夜的时候，纪披衣下床，纪听见梅粗重的呼噜声，纪就皱了一下眉头。纪走出家门很远了，仍然好像能听到梅的呼噜声一样。

纪看到了念。念仍然站在法国梧桐树下。很远的地方亮着一盏路灯，光线斜斜地投过来，让念看上去有些单薄和苍白。念手里拎着一只硕大的纸袋，念仍然笑了一下，去拉纪的一个手指头。念用了一下力气，让纪感到些微的疼痛，疼痛从手指头的末梢神经传达到纪的脑部，却让他的心脏也痛了一下。他们没有说话，进了电影院。

这一次他们不用在椅子上垫报纸，因为他们的电影院是干净的。念仍然像上次一样，倚在纪的怀里。念说你今天给我讲一个什么故事。纪想了想说，我想不出来我可以讲什么故事了，我不太会讲故事，要不我给你讲一个黄色的笑话。念拍了拍掌，说好呀好呀，黄色的也没关系的。纪就开始讲，纪其实讲得并不生动，但是总算还是表达完整了。纪说有一头白色的母狼，去一个地方。

在第一个岔路口碰到了一头黑狼，母狼问路，黑狼说我为什么要告诉你，除非你让我搞一下。母狼就让黑狼搞了一下。母狼继续走，又到了一个岔路口，碰到一头黄狼。母狼问路，黄狼也说，我为什么要告诉你，除非你让我搞一下。母狼就让黄狼也搞了一下。快到目的地的时候，母狼要生产了，现在要问的是，母狼生的小狼应该是黄颜色的，还是黑颜色的？纪说你猜一猜吧，你把答案告诉我。念就开动脑筋想，念想的过程中，纪感到了寂静之中忽然有了一些外来的力量，让他感到害怕。念想了好久也没能想出来，念说，那你告诉我，究竟是什么颜色的。纪笑了，纪说，我为什么要告诉你，除非你让我搞一下。

念大笑起来，她的笑声在电影院里回荡，让纪有些害怕。纪捂住了她的嘴，纪说轻点你轻点，让电影院外面的人听到，还以为这儿闹鬼了。念突然脸色一沉说，你知不知道，我就是鬼啊，我是一个女鬼，我是一个冤死的女鬼。纪的脸一下子白了，但是他不相信念是一个女鬼，因为念的身体是热的，而且他能听得到念的心跳。鬼能有心跳吗？纪只是被念的这句话吓了一跳。纪有些后悔在半夜三更的时候跑到电影院里来了。

念变戏法似的从纸袋里掏出一瓶酒，掏出了一包牛肉。念说纪我们今天一起喝酒吧，念又变戏法似的掏出两只高脚玻璃杯。纪听到了酒倒入杯中的咚咚声，纪看到一只白皙的手伸了过来，手中举着一杯酒。月光很好，月光隐隐在漏进来，月光下纪看到了两只安静的淑女一样的酒杯，两只酒杯碰了一下，发出清脆的声音。纪是不太能喝酒的人，但是他把杯中的酒喝尽了，并且咂了咂嘴。念说，现在开始，你给我放一场电影吧。纪说怎么放，念说用嘴巴放啊，你用嘴巴解释，用嘴巴放片。纪说这有什么意思。念说这怎么就没有了意思。念的眼光斜斜的，有些意乱情迷。念说，我有一个同学在建设局工作的，他告诉我，明天，就会有一队人马开来这儿，明天，这座电影院就不见了，就要变成平地。你给我放一场电影，算是纪念吧，纪念我们的少年时代，纪念我们的相识，纪念曾经发生在影院里的故事。

纪突然感到有些惋惜。纪想这个电影院怎么说拆就拆了呢，这时候他才想起其实半年前，电影院的墙上就写上了一个大红的拆字。纪主要是为了自己白白在电影院搞了一次卫生感到惋惜，一个星期就白忙了，只是为了在这个晚上和一个女人能在干净的电影院里喝一次酒。纪说，好的，我给你放电影吧。

纪开始放电影，从倒片开始，嘀嘀嘀机器转动的声音，他都描绘出来了。纪说，观众进场，吵吵闹闹的，电影院顶上的大灯都开着。纪说，开始放音乐了，是运动员进行曲，然后，放幻灯，放了许多幻灯，最后出现了一个大大的静字。然后影片开始了，大灯熄了，观众席里有窃窃私语的声音。纪说，朝鲜电影《卖花姑娘》开始放了，花妮受苦，花妮卖花，花妮向老百姓们哭诉，花妮的妈妈死了，花妮的妹妹顺姬被地主推进山沟，花妮找到了参加革命军的哥哥。对了，花妮的卖花歌响了起来，观众们都哭了，都开始掏手绢，都在心里痛恨着万恶的旧社会。对了，念你知不知道，我当年看八遍《卖花姑娘》的时候，流了八次眼泪，把我的眼泪都一下子流干了。对了，念你知不知道，《卖花姑娘》的作者是金日成呢，是当年朝鲜的领袖。念一直没有回答，她将脸贴在纪的胸口。纪觉得胸口有些凉，纪就用手摸了摸念的脸，他发现念的脸也湿了。纪问，念你是不是也被感动了。念说没有，念说我在想，那个时候，屋顶窗口下那条小小的通道里，蜷缩着一个想看免费电影的少年。他看到了一个男人和一个女人偷情的场面，他害了一个男人和一个女人，其实他应该是一个罪人。纪的脸一下子白了，纪说你别提好不好，你一提这事，我就难受。这事是我的心病了，你别揭我的伤疤。念说你信不信，我就是那个女人，我化成了鬼，这些年一直都在这儿游荡着。纪闭起了眼睛，纪仍然不相信她会是女鬼，纪说，如果你就是她，你就把我带走吧，我也没觉得活着有多少快乐。

念笑了，拍了拍他的脸，念说你也是无意害我的，我放过你吧。念站起身来，在电影院里来回走动，她快速走动的样子，看上去有些像是飘飘欲仙。纪开始正式怀疑念是一个女鬼了，纪望着从屋顶破洞里漏下来的月光发呆。纪想，怕什么，已经碰上她了，不用怕什么。纪突然想到了一个问题，纪说，那你的身体为什么是热的。念笑了，念说，屈死的冤鬼身体都不会冷去。纪不再说话，而是拎起酒瓶咕咚咚地灌起酒来。纪的酒量并不好，也不喜欢喝酒。纪捋了一下嘴巴，把酒瓶扔掉了，酒瓶落地破裂的声音，很刺耳地在电影院里响了起来。

念站到了他的身边，念把他揽在怀里，念替纪拭去了挂在纪眼角的一滴眼泪。念把纪的头贴在自己的胸前，很快，她的胸前就被纪的眼泪打湿了。纪开始哽咽，甚至是轻微的号啕。念俯下身来，吻着纪脸上的泪水，念说好孩子，我不说你了，我不怪你了，你也是一个苦孩子。纪抱紧了念，纪哽咽着，开始解念的扣子。纪不知道自己为什么会这样做，纪一寸一寸地剥去了念的衣衫，纪把自己的脸埋在念温软的胸口，纪仍然在低声哭泣着。念像面条一样软下来，她坐在纪的腿上，她让纪进入了自己。两个人在夜里颤抖，并且一起哭泣。念的头忽然朝后仰去，然后一下

当代中国最具实力中青年作家书系

子抱紧了纪的头，她的指甲陷入纪脖子上的皮肤里。

纪和念就这样，哭了做做了哭，他们都不知道自己为什么会这样，这个场景让纪想起了自己当年看到的一幕，也是在这样的座位上再一次重演。纪始终觉得有一双眼睛，像当年他盯着另一对男女一样盯着他们。纪抱起了裸体的念，纪把赤脚的念放倒在墙边。然后纪把念顶在墙上，吻她，抚摸他。纪想，多年以前的电影院里就是这样的，就是这样的。这时候一扇门忽然无声地打开了，一些淡淡的光线涌了进来。一个女人青色的脸出现在门口，她一步步向纪走来。纪停下动作，站在念的面前。念没有离开，也没有去拿衣服，念知道门口有了淡淡的光线，那么一定是天快亮了。念的长发遮住了自己的脸，但是她的目光仍然可以透过头发的缝隙看到一个脸色青青的女人。女人有些臃肿，女人头发蓬乱，还散发着一股女人睡觉后才会有的体味。女人走到他们面前，女人凄惨地笑了，女人说，纪，你是不是嫌我老了，嫌我不中用了，才会去干别的女人。纪和念同时皱了一下眉头，他们都不爱听"干"这个字，他们都不理解他们刚才的事，怎么可以说成是"干"。女人对念说，你知不知道，我们的日子都不长了，报纸上说今年有厄尔尼诺现象，我们这个县城很快会被水淹没的。

女人走了，走向门口一堆淡淡的光线。纪坐下来，一言不发。纪觉得自己一个晚上经历了一生所要经历的事。念很慢地穿衣，并且梳发。念走的时候没有带走酒瓶，念说我走了，再过几个小时，工程队就要来拆房了。谢谢你，谢谢你让我纪念了一下过去。我告诉你，我是棉纺厂的女工，我让我们厂长老婆把厂长的脸挖破了，厂长想吃我豆腐，我就让他瞧瞧我的厉害。我已经快四十岁了，但是我还没结婚，我不想结婚。男人有几个是好东西。我妈就是让两个男人害的，一个是和她一起在老鹰山上喝药死的，另一个就是你，是你杀了他们俩。

念走了，迈着不紧不慢的脚步。纪坐在安静的电影院里一动也不动。纪像一个呆子一样，纪想象着《卖花姑娘》，想象着当年他所看到的一切，想象着一个男人和一个女人的故事。纪不知道自己坐了多久，纪只感觉到门没有关，感觉到有光线进来并且越来越强，感觉到有人声传来，有一些人进来了。有人奇怪地说，怪了，这儿怎么这么干净。然后他们看到了呆呆坐着的纪。他们看到纪站起身来，纪从他们身边走过，纪一言不发，纪目不斜视，纪走出了电影院。然后，纪像一个失去知觉的人一样，一脸木然地站到电影院门口的法国梧桐树下。推土机和铲车轰鸣起来，他看到墙被推到，灰尘涌起来，看到许多工人们在忙碌。他的眼睛闭了一下，像要隔断一段往事一样。他的手搭在梧桐树干上，他抚摸着树皮，他想，这棵树，不久也会被砍掉的。许多工人不再理会纪，他们想，这个人的脑子一定是有了问题了。纪站在梧桐树下，一下子觉得自己变得苍老了，像过去了十年。他想，自己的头发一定已经变白了。他想，自己用一个夜晚的时间，纪念了一段往事。

纪往自己家中走去。纪想回到家告诉老婆梅，纪想对她说，他曾经在少年时代害苦了一对男女，纪想对她说，如果不想一起过，就散了吧。纪的眼前浮现梅青色的脸，浮现梅闯进电影院时的情景。纪突然想到，梅是一个忧郁症患者，那么她怎么可能在晚上睡得那么死，可以让他从容地半夜起床来到电影院呢。想到这里纪才知道，原来自己才是最笨的人。

纪一直向前走着，纪没有去看任何人，纪只是凭直觉往前走。

快到弄堂口了，他看到弄堂口围了一群人，正抬起头指指点点地说着什么。纪一抬头，看到财税大楼上的一个人影。纪就想，一定是梅了，一定是梅了。警车，救护车都开进了他的视野。一个穿旱冰鞋的少年滑到纪的面前，看了纪很久，又滑走了。纪把自己靠在一棵树干上，他看到许多人都对一个警察说着什么，然后警察向他走来。警察说，你叫纪？是楼上那个女人的丈夫？纪微笑着点了一下头。警察说，你昨晚在哪里，居民们说这个女人一早就出现在楼顶了，你昨晚在哪里？纪说我昨晚在胜利电影院里。警察愣了一下，过了好久才说，你跑到那个废弃的电影院里去干什么，你发神经啊？纪把自己的身子蹲下来，纪想如果从财税大楼十七楼跳下来，一定像一只飞翔的鸟一样，耳边能听到呼呼的风声。纪想，其实他像梅一样，也想爬到楼顶去。纪突然哭了起来，像一个小孩子一样地哭。警察说你别哭了，我在问你呢，你跑那个破电影院去干什么？纪念抬起头来，他的脸上都是泪水，他很清晰地对警察说，为了纪念。

化妆课

一

欢听不知道刀子一样狭长的灯光是什么时候亮起的，那灯光那么瘦长，像是会把一些东西切割。在跟着罗管教往外走的时候，欢听回头看了一下他的床铺。所有的兄弟们都在这个漫长的黑夜里进入了梦乡，他们把四肢随意地摊在床上。欢听的床上，放着整理好的行李，像一头沉默的黑色的羊。只等天一亮，欢听就要离开这儿。在监狱，专用的名词叫作：释放。

欢听跟着罗管教走出了二分队的小门。罗管教突然转过身来，笑了，说最后一个了，你好好帮人家写，算是送人家上路吧。人家不容易，明天，她老公要一起被毙掉。欢听点了点头，他的心里惊了一下，一下子毙掉了夫妻俩，那小孩怎么办？凌晨还没有到来，却有了一丝丝的寒意，欢听不由得把自己的膀子抱紧了。罗管教说，走吧，你跟我走。

欢听跟着罗管教走，他们将要走向重刑犯集聚的重刑监舍。

在四年里，有多少个夜晚，欢听跟着罗管教这样走过，欢听已经记不清了。欢听的目光在这个夜晚，像一只将要起飞的鹰一样抬了起来。欢听好像是听到了黑夜之中传来翅膀振动的声音，那是一双隐匿的翅膀。欢听看到了高墙上朦胧着的貌似遥远的灯光。灯光的背后，藏着高高的哨楼。哨楼上，是背着枪的武警。

欢听的耳畔一直有翅膀的声音在响着。他把这种声音，想象成夜间的蝙蝠在黑色之中隐身飞翔。欢听的眼中却闪过一道白光，仿佛看到了二〇〇三年春天的阳光。阳光像瀑布一样直直地泻下来，让他感到有点儿眩目。欢听用自行车载着女朋友小蒙，他喜欢听小蒙吃吃地笑。吃吃吃，吃吃吃，在吃吃吃的声音里，大街上细碎的青春光阴被自行车狭长的轮胎，裁成了一截一截。那时候欢听在一家中型水泥厂的财务科工作，而且是一个文学青年。欢听把脸上的青春痘，也长得充满了文学的气息。小蒙喜欢听欢听念诗，欢听的声音低沉，在一架小得像一块巴掌一样的放音机的伴奏下，欢听一次次为小蒙念自己写的诗。然后在欢听集体宿舍的床上，小蒙俯卧着，却把一双脚跷起来，不停地摇摆着。她把头仰起，对着一面小镜子涂口红。不远的书桌边上，欢听沉浸在他的诗情里不能自拔，一次次地念关于爱情与青春的句子。窗外，水泥的粉尘铺天盖地，一下子罩住了欢听还没有来得及发芽的爱情。

罗管教带着欢听出了大门。欢听突然觉得自己很困，真想美美地睡上一觉。在无数个夜里，欢听被罗管教叫醒，让欢听跟着他去各个重刑监舍里串门。欢听给那些行将被毙的人写遗书，欢听是这个世界上写过遗书最多的人。那些死囚在临死前的晚上，整晚不睡觉，发呆，流泪，骂娘，要烟抽要酒喝。他们的目光变得了无生机，惊惶如小兔或木讷如一截行将腐朽的木头。在落笔写下每一个字前，欢听都知道，这些人都对生有着无比的留恋。欢听把那些字写得很工整，并且会在写完以后，给死囚用不太标准的普通话念一遍。欢听记得第一次给人写遗书，是因为一个死囚是个文盲，于是管教们在整个监舍里开始寻找写字出彩的人。欢听就是一个，欢听能把文字组成诗，欢听难道就不能把文字组成遗书吗？后来，很多死囚不愿写遗书，管教们就叫来欢听给他们写。欢听的文字之路，没有终结。

钢铁的声音在黑色的夜里显得沉重而且坚硬，门打开了，两位女管教站在不远处，很安静的，像两朵清晨开放在院里墙角的凤仙花。她们看了欢听一眼，说，跟我来。罗管教笑了，罗管教止住了步，点了一根烟。他用手甩灭了火柴，欢听在听到嗤的一声以后，只看到一道亮光被黑暗在瞬间吞吃。罗管教对欢听说，小子，去吧。最后一次，你得写认真点。

欢听跟着两位女管教往前走。欢听望着她们身上合体的黑色警服，她们很年轻，身材姣好。欢听就想，回到家，脱了警服，她们只是普通的女人。她们一定也会撒娇，或者哄孩子，或者烧菜做饭，更或者，和自己的老公做爱。二〇〇三年春天的阳光，在欢听经过长长走廊的一盏灯下的时候，又泻了下来。欢听笑了，因为他听到了小蒙的声音，吃吃吃。

阳光斑驳的绿化树下，欢听和小蒙手挽着手去百货商场。百货商场在这座城市的一条江边，欢听非常喜欢那条江。那条江里，有鱼们在自由地生活。小蒙也喜欢这条江，但是小蒙更喜欢化妆品，她让欢听买了很多化妆品和时装给她。小蒙说，你是男人，欢听，你是男人，我是你的女人。你要对我好的。欢听很感动，听了这话他觉得自己真的成了一个男人。欢听的钱不够用了，欢听不知道什么时候就开始用公家的钱。公家的钱太多了，怎么用都还是没有用完。欢听在两名警察带走他的时候，仍然感到稀里糊涂的，心中一片懵懂。他确信自己是拿了水泥厂的钱，但是他怎么会去拿钱的？他拿了多少次？他拿了以后怎么就一点也无知无觉。这些，他都记不清了。他突然觉得，这真像是命运和他开的一场玩笑。

欢听在这儿呆了四年。欢听在四年之中想得最多的是，小蒙她现在怎么样了？会不会已经嫁人了。小蒙只来看过他一次，小蒙说，你怎么就那么傻呀？欢听笑了一下，他的笑声内容苍白。在小蒙来看他的时候，欢听甚至想不出该和小蒙说些什么。欢听知道如果他没有钱帮小蒙买这买那，小蒙肯定会不开心。但是现在小蒙说，欢听，你这么傻呀，你怎么就那么傻呀。欢听只好笑笑，欢听想，这是天注定的。

两名女管教停住了脚步，她们转过身来，望着欢听。欢听看到了打开的铁门，他走了进去，看到一个美丽的女人。女人的脸色有些苍白，她长长的黑发低垂着。她正对着一面小圆镜，很认真地涂着口红。在她的面前，是一张小桌子，小桌子上有刚上来的几个菜，还有几张白纸，一支笔。

女人笑了，女人说，你来了。你叫什么名字。

欢听说，我叫欢听，欢喜的欢，听话的听。

女人又笑了，说你的名字真有意思。那你知道风是什么颜色的吗？

欢听摇了摇头。

女人说，告诉你吧，风是蓝色的。

欢听也笑了，在桌子边坐了下来，写下了几个字，他很想把这几个字作为标题：风是蓝色的。

女人说，我叫杜木。

杜木开始把玩自己的长发，不时地在自己的手指头上绕起来又松开。她甚至开始斜着身子晃荡着唱歌。欢听认为杜木的声音出奇的好，她简直是一名歌唱演员。欢听看到杜木的手里，还抓着那支刚使用过的口红。一名女管教咳嗽了一声，说，开始吧。

杜木说，好，开始吧。我给你说说化妆的事。

欢听扭头看了看两位表情木然的女管教，轻声说，我是，为你来写遗书的。

杜木说，化妆就不能写进遗书吗。我的遗书，写给一个叫清的女人。

二

欢听不停地记录着，那些黑色的文字，蝌蚪一样从笔管里流出来，一会儿就铺开了一大片。欢听望着那些文字，突然想起了多年以前的露天电影。露天电影放映的时候，欢听喜欢坐在放映机边，因为放映机沙沙转动的声音，让欢听感到安宁。有时候欢听会闭起眼睛，露出微笑，只是听着放映机的声音。那是一种奇怪的机器，可以在光线之中，把一场又一场的生活随意地抛在一块白布上。欢听其实很喜欢生活在白布之上，因为他觉得那样的生活安全，从容。

放映机的声音仍然沙沙响着。欢听看过的许多黑白片又开始在他的脑海里不断地翻滚。他抬眼看了一下面前的杜木。杜木的手里举着一瓶绿色的香水。欢听微微地闭起了眼睛，他看到了微

当代中国最具实力中青年作家书系

笑着的杜木，在她十六岁的时候梳着一对小辫。她穿着白色的短裙，那些光线在她青春的大腿上流泻。杜木向前走去，走到一小堆阳光里，然后回过头来说，欢听，我是杜木，我现在十六岁。现在，是一九八六年。

1986

十六岁的杜木是暨阳中学的初三学生。杜木身材高挑，她走动的时候，那些男同学的目光，像一只只鸟一样栖息在她的身上。杜木知道那些目光，她并不讨厌那些目光，只是会有意无意地像抖落身上的灰尘一样，把这些目光抖掉。

一个上海来的高个子男生，脸色有些苍白，身材略显瘦长。他总是把普通话和上海话结合得很好，在和同学们的交谈中一次次地轮番使用。他有一辆崭新的山地自行车，在一九八六年的暨阳小城街道，这辆车子像锋利的刀子一样，一次次地把城市切割着。他的自行车后座上，总是换着不同的女生。她们在他的身后，发出小母鸡一样兴奋的声音。她们叫，卢小波，卢小波你骑快一些。他叫卢小波。

杜木从来没有机会坐上卢小波的车。但是她一点也不觉得难过，她走路的时候，挺着刚刚发育起来的胸。她一直都在微笑着，她的微笑让卢小波很苦恼，他想要引起杜木的注意，但是杜木却好像从来都没有注意过他。

在一九八六年的暨阳中学校区的月湖边，杜木抬起头看到了一棵枝繁叶茂的大樟树，那些蝉声在风中时隐时现，那是一种在杜木听来异常明亮的声音。卢小波骑在自行车上，脚踮着地，他看到了湖水波纹在不断地晃开来，很像是他慌乱的青春。卢小波伸出手去，慢慢地展开了手心。杜木看到一瓶绿色的香水，就躺在卢小波的手心里。杜木笑了，说，我看到你掌心上的爱情线了，像一条鱼。

杜木没有想要香水，但是卢小波还是把香水放进了杜木的掌心。然后，卢小波骑上车子走了，他在杜木略略有些近视的目光中，屁股离开坐凳，奋力蹬车。

后来，杜木坐在了卢小波的后座上，她的手紧紧挽着卢小波的腰。卢小波的腰，细长而有力，腹部没有一点儿多余的肉。月湖的湖水，在不停地晃荡着。卢小波在初中毕业后就去了上海。他给杜木来了几封信后，就没有了音讯。杜木把那些苍白的信件收起来，在月湖边上烧了。那些纸在火中卷起了边，像无精打采的蝴蝶一样翩飞起来。杜木对着火光笑了，她把那还没来得及真正开始的初恋给烧了。杜木的手心里，紧紧握着那瓶香水。那是一瓶廉价的绿色香水，浓烈的香味在杜木的十六岁飘荡着。本来杜木要把它投进月湖，但是杜木最后没有投，杜木想，香水没有错。

欢听喜欢上了十六岁的杜木，她让欢听的心里产生了一浪浪的温情。欢听的眼睛眯了起来，微笑着，像在看着一个蹦蹦跳跳女孩。欢听抬起头的时候，看到杜木把香水瓶打开了，在自己的衣领上滴了一滴。香水在白衣领上沁出淡淡的绿，慢慢洇进去，颜色淡下去，像是淡了下去的一九八六。

1988

现在让我们来讲讲粉饼吧。你知道粉饼最大的功效是什么？

欢听摇了摇头。欢听只记得，自己也给当年的女朋友小蒙买过进口的粉饼。

当代中国最具实力中青年作家书系

杜木的手里抓着一盒粉饼。杜木把粉饼盒打开了，她开始往自己的脸上轻轻拍粉。杜木说，粉饼可以让人变得年轻。不过，这盒粉饼，早已结成块了。

一九八八年的暨阳县城街道上，杜木和清是两只蝴蝶。她们无话不谈，和小蒙一样，同样会发出吃吃的笑声。清是一个戴着眼镜的姑娘，在一九八八年的那个文学年代里，清奋不顾身地爱上了诗歌。清在热爱诗歌的同时，也爱上了一个叫陈小跑的警察。那是一个刚从警校毕业分配来的警察，他总是动不动就像从地里冒出来一样，突然出现在清的面前。清笑了，说，陈井水，陈井水。陈小跑说，你为什么叫我井水。清说，因为你会突然从地里冒出来，我总不能叫你陈石油。

陈小跑笑了，陈小跑经常和清还有杜木在一起。好些时候，杜木插不进话，杜木就只能郁闷。杜木想要离开清，清说，不行，杜木你要保护我。杜木说，警察会保护你。清大笑起来，清说你看他像是保护我的人吗？那要按你这样说，猫会保护鱼。

其实后来清没有成为陈小跑的鱼。清让陈小跑的摩托经常去接杜木。杜木坐在车后面，风把她的头发扬起来。车子在浦阳江边奔跑，那些江边的绿色一抹一抹地向后掠去。不知道为什么，杜木感到了无比的忧伤。她紧紧地抱住了陈小跑的腰，她一下子听到了两颗心发出的声音。后来她哭了，在这个风很大的清晨，她的眼泪把陈小跑的警服后背后打湿了。陈小跑在一片柳树林边停了下来，问，你怎么了？杜木说，没什么，现在好了。陈小跑看杜木的目光就有些异样。但是他仍然去接清，接完了清又接杜木，有时候他是两个一起捎上。

一九八八年夏天一个普通的清晨，微凉，杜木刚刚走下楼，她的手里捏着一包豆奶。她看到不远处刚刚升起的嫩嫩的阳光底下，立着一辆摩托。摩托的身上，倚着陈小跑。陈小跑说我来接你，我们一起去接清吧。杜木点了点头，她跨上了摩托的时候，陈小跑把一盒粉饼交给了她。

杜木说，你给清。

陈小跑说，这是给你的。

杜木说，你给清。

陈小跑说，为什么一定要给清。

杜木说，你给清。

陈小跑说，我不想给清。我和她没有什么。

杜木笑了起来，说男人真是没良心的东西。

陈小跑说，现在我看上的是你了。

杜木没再说什么，把粉饼放进了包里，然后，她把陈小跑抱得紧紧的。杜木的心里知道，自己在有意无意地走近陈小跑，她看不得自己的同学比自己更甜蜜。摩托呼啸着，看上去挺兴奋的。摩托一头扎进了风中，然后，摩托看到了不远处站着的清。清斜着一双眼，冷冷地望着摩托停了下来。

杜木从车上下来，望着清的目光。杜木想，如果我说假话，鬼也不信。

但是杜木还是说假话了。

杜木说，我们没什么。

清笑了，说鬼才信。

杜木说，我们真没什么。

清笑了，说我就是变成鬼也不信。

杜木说，真的，我们真的是没什么的。

清笑了，我相信你的话是真的的话，我还不如去做鬼。

杜木就叹了一口气。杜木望着陈小跑，陈小跑说，杜木，没关系的，我就是喜欢你。喜欢你又不犯法的。

清走了。清什么话也没有说，在走出大概十步远的时候，她开始唱一首叫作每次走过这间咖啡屋的歌。清走得很远的时候，杜木才上了摩托。摩托发动了，发出尖利的声音。在风中，摩托像风一样地奔跑。杜木把自己想象成一幅扁扁的画，杜木想，这幅画会不会被风刮走。

杜木只用了一次粉饼。学校开联欢会的时候，杜木用粉饼给自己的脸打了底。在聚光灯下上台时候，杜木感到自己脸上戴着一个厚重的面具。她在台上朗诵诗歌，陈小跑站在很远的地方，一直听着杜木朗诵。朗诵结束的时候，杜木走到了清的面前。

杜木说，清。

清没有理她。

杜木说，清，你别不理我。

清说，我看错了你，我现在是在不理自己。

杜木说，清，我觉得真没劲，算个什么呀这。

清说，我也觉得，真没劲。

杜木轻轻招了招手，陈小跑就跑了过来。

陈小跑说，杜木，你刚才朗诵得真好。

杜木把手伸进口袋里，然后慢慢地掏出了粉饼，抓过陈小跑的手，放在陈小跑的掌心里。

杜木说，小跑，我觉得真没劲，我怎么什么感觉都没有。我走了，以后给你的摩托车省点油吧。

半天，陈小跑才回过神来说，我的油用的全是公家的。

清笑了。清对小跑说，我失去了两个人，你也失去了两个人，杜木也失去了两个人。我们把这一年，给丢失了。

陈小跑说，我不懂。

清说，你当然不懂。这可是诗。

电影机的沙沙声仍然在欢听的耳畔不停地响着，欢听怀疑这是不是一种耳鸣。当欢听听到清说这可是诗的时候，欢听眼前一下子闪过一些圆圈和一条条的痕迹，很像是每卷电影片尾时跳出的图文。在一卷拷贝放映结束的时候，欢听看到的是杜木把粉饼塞给陈小跑以后，一直向前走去。她走出了礼堂，走向了校门口那条拥挤而狭长的街道。她一直双目平视，表情木然地向前走。

一会儿，远处的人群将杜木隐没。像是一滴水突然之间，掉入了大海。

1992

杜木的手里，变戏法似的多出了两样东西，一支眉笔，一管口红。它们显得很安静，在暗淡的灯光下像两个熟睡的婴儿。杜木笑了，欢听抬眼望了一下杜木，他发现杜木的笑容其实很妩媚。站在门口的女管教，好像有些累了，其中一人细微地咳嗽了一下，像是一枚针掉在地上。这个时候，杜木举了一下眉笔说，这是马小明的。又举了一下口红说，这是赵小呆的。

欢听的目光再次抬了起来。欢听的目光在监狱的围墙之上，看到了在哨楼里打瞌睡的哨兵。欢听的目光跨山越水，抵达了一九九二年的暨阳县城。那时候下着一场绵密的春雨，县城的那些曾经飞腾的灰尘，现在安静地伏在湿漉漉的地上。空气新鲜，而略带腥味。一个叫马小明的年轻人，留着很长的头发，看上去他有些瘦弱。他没有撑伞，那些雨丝均匀地洒在他的身上。在不远的地方，赵小呆站在一个雨棚下，他抽着烟，身材粗壮，像一堵墙一样。他的脖子上套着一串和他的身体一样粗壮的黄金项链。这让马小明想到了课本中的少年闰土。马小明笑了，马小明还想到了月光，想到了柔情主义的绍兴农村。

马小明缓慢地向前走去。一辆拖拉机冒着黑烟从他的身边经过，这让他感到无比的厌恶。马小明是一个没有职业的人，很多人都不明白，马小明没有工作，怎么还能活下去。其实马小明自己也不知道是怎么活的，他交了一个叫杜木的女朋友。他交上这个女朋友是因为他在冷饮店喝冷饮的时候，看到了杜木也在喝冷饮。马小明就坐了过去，笑了一下。杜木也笑了一下。在很长的一段时间内，两个人都没有说话。后来杜木起身走了，马小明说，我叫马小明。

这是一次奇怪的认识。杜木觉得马小明挺有意思。那时候杜木长时间没有恋爱，马小明带着杜木去了一趟很偏远的乡下后，杜木就和马小明恋爱了。在那个乡村里，杜木看到了生活得很不如意的山民，他们的目光是死去的目光，他们为了生活像一架不停的机器，在山上和土地里运转着。杜木后来哭了，她让马小明背她下山。

马小明住在化肥厂的宿舍里，那是他的父母留给他的。马小明喜欢安静，他不太说话，他能在宿舍的窗前一坐就是一天。马小明送给杜木一支眉笔，并且在一个停电的夜晚，点起了蜡烛，花了一个小时的时间，亲自为杜木画眉毛。杜木笑了，推开马小明说，你一动不动地画我的眉毛，人家以为你在搞微雕。

马小明的身上差不多已经全湿了。马小明走到赵小呆跟前的时候，赵小呆正好点起一支烟。赵小呆美美地吸了一口烟，那烟头的红光，像一滴醒目的血。他的台球店生意很不错，五张台球桌上，全部趴满了那些少年。赵小呆看到了马小明，在这个和村庄差不多大的县城里，赵小呆几乎认识县城所有的年轻人。赵小呆笑了，说，马小明，你是不是想要打台球。

马小明走到墙边，他看到了几根台球棒。马小明大笑起来，马小明说，小呆，小呆你的这些球棒怎么一根根长得像牙签似的。

所有的人都吃了一惊，他们从来没有听到过马小明这样的笑声。马小明是一个好静的人，现在马小明怎么像喝醉了一样。他的身上全湿了，他像是从水里捞起来似的。马小明走到了赵小呆的身边，马小明说，小呆，听说你送了杜木一管口红。

赵小呆愣了一下，说，是。

马小明说，你为什么要送她口红呢？

赵小呆想了想说，我姐多了，就送了她一管。

马小明说，那你为什么不送别的女人呢？

赵小呆又想了一想说，我不认识别的女人。

马小明说，那你为什么不送你妈呢？

赵小呆有些发火了，他丢掉了烟蒂。烟蒂落在一汪水洼中，发出一声轻轻的嘶声，然后熄灭了。

赵小呆说，你他妈的，你想干什么。老实告诉你，我昨天晚上请杜木看电影了，我还摸了她。你想怎么着？

马小明看到赵小呆因为激动，脖子上的青筋都变粗了。马小明没说什么，他开始流眼泪，一会儿，他眼里看出去的雨，就变得迷蒙起来。又一辆拖拉机冒着黑烟，从台球店的门口开过。马小明轻声说，小呆，你看这拖拉机多讨厌啊，怎么老是喷着黑烟。

当代中国最具实力中青年作家书系

赵小呆没有说话。

马小明又说，小呆，其实我们还是同过学的，你有没有记得，中考的时候，我们初三三班和四班合并了，我就和你坐在一起。

赵小呆终于想了起来，说，对呀。

赵小呆笑了，笑得一愣一愣的。这时候马小明手里的球杆一下子举起来又落下去，赵小呆的笑容还没有退下去就躺在了地上。赵小呆躺在地上，身子在不停地抽动着。他的眼睛睁着，脸上露出幸福的笑容。这让所有打台球的少年们都吓了一跳。

马小明把球杆丢在了地上，他说，牙签。

马小明后来走进了雨中，他一直都在慢慢地走着，他要走到化肥厂的宿舍里去。他感到有些累，虽然他只是挥了一下球杆，但是他还是觉得累了。在三十六洞附近的停车场门口，和化肥厂其实只有几步之遥了，一辆破旧的警车在他身边停了下来。

一个警察走了下来，在他面前站住说，你是马小明。

马小明点了点头。

警察举起了手铐，马小明就木然地举起了手。

手铐套在了马小明的手腕上。马小明上了车。警察也上了车。

警车开走了。警察说，马小明，你看你浑身都湿透了，会感冒的。

马小明说，又不是没有感冒过。马小明又说，小呆怎么样了。

警察说，送医院了，没什么事，可能把他神经敲坏了吧，眼睛白过来，嘴也斜了。你为啥敲他？

马小明说，为了杜木。他送杜木一管口红，杜木是我的女朋友，为什么要让他来送口红？

警察没有回答他。警察沉默了许久，在快到派出所门口的时候，警察才说，我叫陈小跑。

欢听的目光慢慢收回。他的脑海里飘着的是那些欢快的雨。一个县城像一座被遗弃的冷清的村庄。村庄里一个叫杜木的姑娘，她二十二岁，左手握着眉笔，右手握着口红。她经过台球店门口的时候，看到一个叫赵小呆的人，脖子上仍然套着金项链，只是他笑起来的时候，嘴巴会斜到一边去。

欢听想，那真是一个倾斜了的，岁月。

1993

一九九三年的暨阳县城离杜木已经很遥远了。

一只普通的花露水瓶子，呈现在欢听的面前。花露水的气味飘出来，让欢听打了一个喷嚏。他看到自己面前那张写满了字的纸上，有了细密的水珠。这让欢听感到有些不好意思。杜木在自己的手心里，洒上了一些花露水，并且拿到自己的鼻子底下闻了闻。门口那位女管教又咳嗽了一下，另一位女管教说，能不能快点。

杜木和欢听都没有理女管教。一个将要走向刑场，一个在天亮以后将被释放回家。他们不怕女管教。

一九九三年的县城，离杜木已经很遥远了。它睁着一只昏黄的眼睛，看着杜木拎着一只半新半旧的皮箱，离开了这个大村庄一样的县城。然后，杜木看到了一潭柔软的湖。那是西湖。

杜木二十三岁的青春开始重归嫩黄。有很长一段时间，杜木在南山路一家叫作城堡的酒吧当酒水推销员。她穿着短裙，穿梭于客人中间。有很多双手，不经意地触碰到了她的胸和屁股。杜木的推销业绩，在销售员中是一流的。杜木想，我不要回去了，我要忘了那个叫暨阳的县城。

当代中国最具实力中青年作家书系

杜木在一九九三年的夏天认识了丁小朋。丁小朋理着很短的头发，眼睛小小的，但是很精神。他常来喝酒，却好像从来都喝不醉。丁小朋的手轻轻一招，杜木就像一只燕子一样飞过去。

杜木说，丁老板，你要什么。

丁小朋说，我要你。

杜木说，丁老板真会开玩笑。

丁小朋说，我没有开玩笑。

杜木说，那你说百威还是喜力。

丁小朋说，你想给我什么就什么。

然后，一些酒像手榴弹一样排开了，在吧台上，被丁小朋一个又一个地消灭。

丁小朋是像风一样的男人，杜木觉得他就像一只黑色的蝙蝠，潜入黑夜就等于消失。这个闷热的夏天，丁小朋让人把杜木接到了雷迪森酒店。在酒店里，杜木看到了一个穿睡衣的、脸色有些苍白的男人。他的眼睛里布满了血丝，好像很久没有睡好。他坐在沙发上，笑了。他轻轻地挥了一下手，那个男人就消失在门外。然后，门悄然合拢，像是合拢了一个世界。

丁小朋的床上，堆着一大堆的钞票。丁小朋说，杜木，你是我的女朋友了。

杜木转身去开门的时候，发现门已经不能打开。

丁小朋说，杜木，你真的已经是我的女朋友了。

丁小朋是在第二天清晨消失的，他像一阵风一样走了。杜木醒来的时候，发现自己浑身酸痛。她有些佩服丁小明的精力，他简直是一架机器。丁小朋消失了，但是那堆钱没有消失。那堆钱足可以让杜木不再去推销酒水。

杜木果然不去推销酒水了。杜木去城堡酒吧喝酒，一次次地在那儿喝酒。丁小朋很少找杜木，丁小朋来找杜木的时候，会给杜木带来一些钱。

杜木问，丁小朋，你是做什么生意的。

丁小朋说，你别问。

杜木问，看上去你像一个倒爷。

丁小朋想了想说，说对了，我就是一个倒爷。

丁小朋不想说，杜木也就不再多问。丁小朋给杜木买了一辆车，杜木开车，逛时装店，喝酒，把生活过得像梦一样。然后，在这样的梦里，杜木认识了一个叫郑向东的人。

郑向东在城堡酒吧里唱歌。郑向东的歌声其实并不怎么好，但是杜木喜欢上了他。杜木喜欢郑向东扎在脑后的小辫，短小而有力。喜欢郑向东在唱歌时的神情，那是一种莫名其妙的忧伤。而更多的，是喜欢郑向东弹的吉他。没有歌声的吉他声，让杜木迷恋。

杜木在城堡酒吧里灌酒，和客人聊天，然后把郑向东送回家。郑向东来自东北，但是却长得像一个韩国人。他们其实从来都没有过肌肤之亲，在一个温暖的落雨的夜晚，郑向东下车的时候，轻轻地吻了一下杜木的嘴角。那时候雨从窗口飘进来，让杜木感到了一丝微凉。杜木突然感到了幸福，她望着郑向东摇晃着走向楼道，然后被楼道的黑暗所吞没。杜木的车一直停在小区内泛黄的路灯下，她在想着一个问题，是不是自己每走一步，都是不知道的，都是命定的。

第二天晚上，杜木送郑向东回来的时候，郑向东给杜木一瓶六神花露水。那是一瓶价值五块八毛的花露水。花露水瓶的脖子，像是长颈鹿的脖子，泛着绿的色泽。杜木一下子喜欢上了这瓶最最廉价的香水，她打开瓶盖，让清凉的花露水滴在自己的手心里。车子里立马就被清凉包围了。

那天晚上，杭州发生了一件小事，一个在城堡酒吧唱歌的歌手，被人切断了一根手指。

在杜木的房里，丁小朋坐在沙发上抽着烟。那些烟雾在一九九三年显得很稀薄，它们很快像一团透明的棉花一样，把穿着睡衣的丁小朋包裹了起来。杜木的声音，穿透了烟雾，一条丝线一样钻进丁小朋的耳朵。

杜木说，是你干的吧。

丁小朋说，没有。

杜木说，骗人。

丁小朋说，真没有。

杜木说，那是谁？

丁小朋说，是我手下。

杜木说，那还等于是你。

丁小朋说，那不一样，如果是我，就有失我的身份。

杜木生气了，她开始颤抖起来。原来丁小朋去动手切人家一根手指头，让人家永远弹不了吉他，是有失身份的。杜木的身体在颤抖。

杜木说，你究竟是干什么的？你简直是流氓。

丁小朋笑了，说，流氓太小儿科了，你一定要问我干什么的，那我还是告诉你吧。我是贩毒的。

杜木说，真的？

丁小朋说，真的。不然我哪儿来那么多钱。所以，以后你还是跟我一起贩毒吧。有两个好处。

杜木说，什么好处？

丁小朋说，可以不再让别的男人掉手指头，也可以惊险刺激一把。因为，是你自己要知道我是干什么的，不是我硬拉你下水的。

丁小朋说完，在烟灰缸里揿灭了烟蒂，站起身，轻轻拍了拍杜木的脸，说，乖乖，咱们是一匹马上的人了。杜木闻到了丁小朋手上散发出来的烟草的气息，她突然感到一下子失去了重心。杜木想，人生就要变化了。就要变化了。

杜木不知道郑向东是什么时候离开杭州的。听说是给了一笔补偿金，他没有报案。杜木只是想象了一下，比如在杭州火车站，郑向东抱着吉他，手上缠着纱布，他回头望了一眼生活了并没多久的杭州，匆匆地汇进了人流。他的下一站，或许是广州，或许是内蒙，或许是乌鲁木齐。

杜木在那天晚上喝醉了酒，醒来以后，她给自己冲了一个澡。然后，她长长地吸了一口气，决定和丁小朋一起贩毒。丁小朋是贩毒头子，杜木就是压寨夫人。杜木在一九九九年，为丁小朋生下了一个女儿。跟了妈妈的姓，取名杜若。

2006

二〇〇六年杜木已经三十六岁。

欢听看到两名女管教有些不耐烦了，她们在不时地看表。也许，天色渐渐就要亮堂，离杜木走向刑场，和欢听释放回家的时间越来越近。杜木望着欢听，轻声说，谢谢你，你是好人。

欢听的脸红了。

杜木笑了起来，她把后来的事说得很潦草。她在香港的时候，突然想到了清。那时候清已经生活在香港，杜木找到了清的联系方法，约她见个面。就在杜木住的酒店里，杜木遭到了警方的伏击。

　　给杜木戴上手铐的是陈小跑，陈小跑从派出所调到了缉毒分队。这是暨阳县公安局和杭州刘江公安分局联手的一次扫毒行动。

　　清看得心惊肉跳，说，小跑，怎么是你。

　　陈小跑淡淡地说，怎么不能是我。

　　陈小跑押着杜木上了车，一到车上，就给杜木解开了铐子。

　　陈小跑说，杜木，丁小朋已经在杭州刘江看守所等你了。

　　杜木一下子流下泪来。这时候她突然发觉，自己是爱着丁小朋的。多年夫妻，血早就溶在了一起。

　　清一直没有来监狱看过杜木。倒是陈小跑来了，陈小跑掏出了粉饼，说，这个我没丢，现在，仍然请你收下。另外，我一直单身着，因为我忘不掉你。

　　杜木说，你这样说是不是想要让我有一点歉疚。

　　陈小跑笑了，他笑得很腼腆。陈小跑说，没有，我只是让你知道，你真的很美，让人忘不掉你的美。

　　杜木最后和欢听说的是：你能经常去看看我的女儿吗？她叫杜若，在刘江福利院。

　　欢听很沉重地点了点头。他把那几页纸给收了起来，交给了女管教。天色已经发白了，突然之间，欢听回过头去看时，发现杜木已经在认真地化妆了。每一样化妆品，她都用得小心翼翼。她没有再说什么，只是在欢听离开的时候笑了一下。

　　因为她听到欢听说，我记住了，刘江福利院，杜若。

三

欢听是在上午九点半的时候出狱的。罗管教来带他的时候，他还赖在自己的行李上，眯着眼想着昨天晚上的事。同舍的犯人都去劳动了，欢听不用去。欢听在扳着手指头计算着自己给多少人写了遗书。欢听把手指头扳到二十八的时候就不再往下扳，欢听想，是个吉祥数。

罗管教说，走吧。欢听就跟在罗管教的屁股后头走。罗管教说，回去后，重新开始吧。你给人写过那么多遗书，该怎么活，其实比任何人都懂。欢听笑了，欢听抬眼看到了细碎的阳光，从大铁门上方漏下来。罗管教走过去，和站岗的武警说着话，并且递过了一张纸条。

沉重的铁门打开了。欢听走出了铁门，走出铁门的时候，他都有些不太相信，铁门以外，飘浮着自由的新鲜空气。欢听对自己说，自由啦，自由啦。这时候欢听突然觉得，自己的身体又开始发育，像是一颗粗糙的谷粒正在发芽一样，有一种向外的力。

铁门又合上了。欢听只看到半个罗管教挥着手的样子，半个罗管教露出了半个笑容。然后，欢听在很久以后，才缓步地向外走去。现在，他是自由的，他很想大吼一声，又怕吓坏了路上的人。最后，他只在心里暗暗叫了一声。

欢听在去刘江的路上，一直在想着杜木。他想着杜木在一声脆响以后，趴在了地上。欢听突然就很想为一个美丽的女人哭一哭，欢听果然就哭了。那时候他坐在一辆突突叫着的三马里，三马长得很像驴，可以坐三四个人。欢听不停地抹眼泪，一个老太太也跟着抹眼泪。后来老太太问欢听怎么回事儿。欢听说，没什么。接着欢听又说，我听见一声响。坐在三马里的人，在不停的颠簸中，面面相觑。

欢听在刘江福利院见到了杜若，一个长得白白净净的小女孩。欢听一下子就喜欢上了她，他把她抱在怀里，轻声问，你是杜若吗。

杜若的手里抱着一只玩具狗。杜若说，是的，我就是杜若。

欢听说，那你知道风是哪种颜色的吗？

杜若摇了摇头。

欢听说，那你记好了，风是蓝色的。

杜若说，可是，我没有见到过蓝色的风。

欢听说，你以后会见到的。

欢听后来找到了院长，说，我要把孩子接走。院长说，你要交抚育费的，你还要办领养手续，在符合条件的情况下，才能领养。欢听说，我还没结婚呢，我没有小孩，我肯定能领养。

几天以后，欢听带着一万六千块钱去接杜若。杜若的手里拿着一管口红，杜若说，福利院的刘妈妈要带我们去演出呢。

欢听说，杜若，跟叔叔走。叔叔是妈妈派来的，专门来接你。

杜若笑了，说，你骗人。我听别人说，我妈妈被枪毙了。

欢听的心里一下子涌起一阵难过。欢听把杜若搂在了怀里，说，叔叔带你走。叔叔一定要带你走。叔叔先看你演出，然后叔叔就带你走。

下午三点，在一个叫红石板的社区里，孩子们为老人们的表演结束了。欢听拉过了杜若的手，两个人和其他福利院的小朋友告别。欢听突然就想，这一定是上帝送给他的一个女儿。在路上，欢听买了一个手抓饼给杜若吃，还给杜若买了一架彩纸织起来的风车。

欢听带着杜若逛商场。在化妆品柜前，欢听突然看到了前女友小蒙。看上去，小蒙已经苍老了许多。小蒙正在整理货品，看到欢听过来，她把欢听当作顾客了，非常客气地介绍着产品。欢听很失望，其实他希望小蒙能一眼就把他认出来。

但是小蒙后来还是认出了他。小蒙说，原来是你呀。你出来了呀。

欢听说，你希望我不出来吗？

小蒙瞪大了眼睛说，你出不出来和我没关系呀。

欢听想了想说，是没关系。你是不是嫁人了？

小蒙说：嫁是嫁了，可是也只是个出租车司机，唉，来钱少，这房子也不知道猴年马月能买到。不过，我可以推荐你买这套姿生堂的新品，这套产品，适合中年女士。不信的话你可以试试……

欢听不再说什么。他眼里盛装的爱情已经没有了，他奇怪自己怎么就认识了小蒙，而且还曾经有过那么一段。欢听看到杜若透过柜台玻璃，看那么多的化妆品。她的眼睛清澈如水，那些化妆品在她的眼眸里映成了倒影。

小蒙还在喋喋不休地说着化妆品，她的意思是如果愿意的话欢听可以买一些回去。欢听没有买，而是牵着杜若的手往外走。

小蒙的声音跟了上来，说，喂，你身边那小女孩是你什么人呀。

欢听笑了起来，他的目光无比慈爱。他说，她是我女儿。再见。

当代中国最具实力中青年作家书系

美人靠

　　打开房门的时候，唐模看到了美人靠。确切地说，唐模是在一个下午三点零四分的时候打开房门的。起先她的眼睛有些不适应，她只看到灰黑色的一片，片刻以后，老太太打开了日光灯，房间里一下子变得白亮起来，是那种苍白的白。老太太无声地退到一边，她的手里夹着一支烟，是一种叫中南海的烟。唐模搞不清楚，在南方的这座不大不小的城市里，老太太是怎么样找到这种烟的。唐模闻到了腐败的气息，那一定是长久没有住人的缘故。空气是腐败的，灰尘腐败，连那些老式的家具，以及早已变得灰黑的墙壁，也有了一种腐败的味道。唐模吸了吸鼻子，她把一只随身带着的少了一只轮子的滑轮箱放了下来。老太太露出了微笑，轻声说，你是不是想租下来，你想要租的话，我给你钥匙。老太太开始在裤袋里摸索，她把烟衔到了嘴里，脸上露出一种喜悦。唐模走到窗边，把一扇常年关着的木窗打开了，她看到了外面像麻雀一样跳跃着的阳光，有一些还跳到了她的脸上。她眯起眼睛，看到了一个热烈的夏天就夹杂在阳光里悄悄地来临了。这个时候，她看到了屋角里躺着的一件积满了灰尘的家具。唐模问，这是什么？这是美人靠，老太太枣皮一样的脸舒展开来，她喷出了一口烟，祖传的，她说。

　　唐模花了整整一天时间打扫房间。这是一间老式的二层小楼，唐模租到的只是其中一间而已，面积不大，也不小，够一个人住，唯一不如意的是没有卫生间。所以，唐模在很短的时间里，就为自己添置了一只搪瓷的痰盂。那是一只高脚痰盂，中间凹进去，像一个细腰的女人一样。唐模用湿布擦去了所有灰尘，用水一次次地洗着地板，这一天让她的身子开始呈现酸痛的迹象。老太太把自己略显臃肿的身子靠在门框上，边吸烟边看着唐模整理房间，并且小声地不停地说话。唐模对老太太堵住了门口的光线感到非常恼火，但是她并没有发作，她只是在老太太细碎的灰尘一样的话语中，知道了老太太姓魏，叫魏月朵，已经七十多岁了。她看到魏月朵弹掉了手上的烟灰，白白的烟灰落在她刚刚擦洗过的湿漉漉的地面上，顷刻间因为受潮而变得灰暗。老太太说，以后你就叫我月朵好了，我的儿子媳妇都在北京呢，他们想让我去北京住，我不愿去。北京有什么好，风沙遍地的。这个时候，唐模才想到，她抽的中南海牌香烟，一定是她的儿子从遥远的北京给她寄过来的。唐模在北京呆了三年，她对那座伟大的城市有些微的了解，包括每一缕风中掺杂着的水分和沙的比例。唐模手里捏着一块抹布，袖子高高卷起着，露出了白白的胳膊。唐模望了望房间，现在她需要的是阳光从四面八方涌进来，把她潮湿而干净的房子晒干，把屋子里的霉味蒸发。她看到窗口涌进来的阳光，落在了美人靠上。美人靠已经被擦洗过了，擦洗的时候，唐模就知道，这是一件精致的古董。唐模说，这个美人靠是从哪儿来的？

老太太笑了一下，说，祖传的，祖传的美人靠。后来老太太的身子就飘走了，她留下了很细碎的脚步声。唐模又在屋子中间站了很久，她不知道为什么会那样呆呆地站着，她想不起来应该做一些什么，脑子里出现了短暂的空白。

唐模每天上午九点多的时候，就会跑出去。她的身子很快消失在这座南方中等城市的人流中。阳光很均匀地分布给每一个人，也会偶尔投在她的身上。有时候在站台等公车的时候，她一抬头看到明晃晃的太阳，就会想，这太阳的距离多么遥远啊，这是一种遥远的温暖。唐模按照报纸上的招聘广告一家家地跑着，带着她的学历和身份证明。每次她都会略略化一下妆，把自己假假的笑容呈现在别人的面前。有几家公司同意录用唐模，但是唐模最终没有去，不是嫌薪水低，就是嫌公司不是很理想。有时候唐模会觉得自己多么像一滴水，而这座城市就是一座湖。唐模害怕自己会在突然之间被阳光蒸发掉。她在拥挤的湖水里挣扎着，和其他的水滴碰撞，这样的想象让她一下子变得没有方向。唐模那天在公车站台上等车的时候，突然很想抽烟。她看到了不远处的一家烟店，一个肥胖的女人在打瞌睡。烟店像一个微笑着的男人一样伸出一只宽厚的大手，牵引着唐模。唐模看到了花花绿绿的香烟安静地躺在柜台里，唐模挑了一种叫作白沙的香烟，她在电视广告里看过一双手像一对翅膀一样飞翔着，然后一个男人的声音告诉她，鹤舞白沙，我心飞翔。唐模的手指头轻快地敲击着柜台，像一匹鹿得得地奔跑。胖女人醒了过来，她显得有些不太情愿地问唐模需要什么。唐模说我要烟，我要那包白沙烟。白沙烟递到了唐模的手里，唐模付了钱，唐模把烟小心翼翼地放在包里，然后，唐模看到一辆公车开来了。

唐模的生活过得非常简单。在这座陌生的南方城市里，她没有朋友，更没有男朋友。唐模在夜里突然想起自己买了一包烟，她在包里寻找到了那包烟，小心地撕开封口的锡纸，弹出了一支。她把烟衔在嘴里，突然就有了一种瞬间的快感，这种快感催促她尽快找到火源。这时候她才想起，自己竟然忘了买一只打火机。黑暗里响起了敲门的声音，一个苍老而嘶哑的声音响了起来，小唐，是我。唐模突然笑了，老太太已经把自己的名字叫得如此亲切，像在叫着她的孙女一般。唐模去开了门，一阵风的气息和老年人的气息夹杂着向她奔来。唐模看到老太太的脸上漾着红晕，并且她闻到了一股淡淡的酒味。

　　唐模穿着一件宽大的睡袍。已经很久了，唐模一直喜欢在家里穿着睡袍，她喜欢那种宽大的怀抱。睡袍里面，唐模把什么都褪尽了，那让她觉得没有一点点的羁绊。老太太坐在那张美人靠上，她手指头上亮着一闪一闪的火光。唐模说，我想抽烟，你有火吗？我想抽一根烟。一小束火光就被老太太的手举了起来，唐模将烟对着那火苗，然后吸了几下。她能感觉到一缕烟进入了口腔和喉咙，然后温暖地下滑。她有些后悔自己为什么不早些抽烟，她知道烟是有害的，但是她一点也不怕这样的有害。老太太说，叫我月朵，你以后叫我月朵。唐模笑了一下，其实她从来都不曾叫过她什么，都是直截了当地说出想要说的话而已。现在，她试着叫了一下，月朵。月朵。一个脆生生的声音像暗夜里的露珠一样跌落下来。老太太应了一声。

　　唐模和月朵并排坐在美人靠上。日光灯发出惨淡的光线，镇流器的声音在静夜里异常夸张地响着。唐模突然听到一处遥远的声音像滚雷一样滚了过来。唐模说，这是什么声音，这是什么。

当代中国最具实力中青年作家书系

月朵说，这是火车，你趴在后窗台上可以看得到火车。唐模就离开了美人靠，她把自己的身子靠在了窗台上，果然看到窗口透出灯光的火车在远处缓缓移动。唐模很惊讶自己住了很多天，竟然不知道有一条铁路通过不远的田野。唐模后窗不远的地方就是田野，这儿以前是农村，现在城市在拼命扩展，这儿就成了城郊接合部了。唐模看着一列亮着灯光的火车在视野里消失，她想，窗子里面有着那么多奔跑在旅途上的人。一支烟抽完了，唐模把烟蒂丢进一个废弃的可乐罐里。有一缕残烟飘了出来，唐模就看着那缕烟出神。唐模想，有时候人就像是一缕烟。

唐模重又在月朵身边坐了下来。唐模看到一只满是皱纹的手伸了过来，这是一只皮肤已经松弛了的手。唐模看到手指间有一根烟，这支烟奔向了她，显然这是月朵递给她的。唐模接过了，然后她看到了一缕火光，被这只皮肤松弛的手举着，看到两支烟在火光上交会。唐模想，我怎么变成一个老烟鬼了。她把腿架起来，架起来的那条腿就不住地晃荡着。月朵一直在看着唐模抽烟的姿势，月朵说，其实你是一个风情万种的女人，年轻真是好啊。月朵在感叹声中伸出了那只皮肤松弛的手，摸了一下唐模的脸蛋。唐模的身子一下子起了一层鸡皮疙瘩，她的手下意识地扶在美人靠的一个圆雕鹿枕头上。那是一只光滑而且冰凉的鹿头。唐模想要说些什么，她想了很久，抽了无数口烟后才说，这个鹿头是不是高官厚禄的意思。月朵惊讶地看了她一眼，说你怎么知道。唐模仍然晃荡着一只架起来的脚说，猜的。

月朵后来说了许多话。那些话像水一样，缓慢地在房间里，在日光灯下流淌着。唐模没有去看这个老太婆一眼，她认为这是一个十分话多的老人。她只是盯着日光灯下一只趴在墙壁上的壁虎看了很久，那只壁虎一动不动，它在伺机吞食着蚊子和飞虫。她看着壁虎想，壁虎要生活下去也是一件不容易的事。比如它必须贴在墙壁上，而这一点人就做不到。等她收回目光的时候，看到了自己面前有了一大堆的故事。她开始莫名其妙地流泪，她是在泪光中看到老太太陈述的故事的。一个穿旗袍的艳丽女人，生活在森森的宅院里，她在院子里走动，微笑，看着花的生长，或者月亮从屋角升起。她的日子波澜不惊，一天天地过去了。有一天她看到了一个穿长衫的年轻人走进了庭院，手里夹着一把油纸伞。那天的阳光很好，阳光投在年轻人的脸上，她对着年轻人笑了一下。那个年轻人是老师，是来教魏府里头的少爷上课的。女人一次次出现在庭院里，一次次出现在长长的走廊。她把步子迈得不紧不慢，她的目光总是在院子的角角落落巡行。然后，她的耳朵里落满了年轻人教少爷上课的声音。每一个下午，她翻看着古旧的书籍，在线装书里闻着纸张的味道。或者，把自己像一只小猫一样，扔在那张精致的美人靠上。

女人热烈地爱着美人靠。她在那上面午睡，看书，幻想。终于有一天，她和年轻人相遇，并且生发出许多让人遐想的故事来。在魏老爷的咳嗽声里，女人被人提了起来，放进一只笼子，沉入了水中。然后，许多从很远的地方流过来的水就流到了唐模的面前，她清晰地看到了故事里的每一个环节，然后，她看到这个叫月朵的老太太熄掉手中的烟，把烟蒂塞进废弃的可乐罐里。月朵走出了唐模的房间。在很久以后，唐模才发现自己抱着自己的一双脚，而月朵却不知道跑到哪儿去了。唐模想，这是不是只是一个幻觉，或者月朵根本就没有在这天夜里走进她的房间。她看到那只壁虎还是一动不动地呆在日光灯下面的一小片光影里，显得

当代中国最具实力中青年作家书系

有些寂寞的样子。

　　唐模抽了许多烟。她不能一下子从那个湿漉漉的故事里走出来，她总是把自己想象成穿着旗袍在庭院里游荡的寂寞女人。这个夜晚显得无比漫长，始终有烟雾在唐模的身边缠绕。可乐罐里的烟蒂正在慢慢增多，唐模突然发现自己的嗓子有轻微的灼痛感，她的舌头开始发麻。于是她起身倒了一杯开水，她捧着一杯温热的水站到窗前，一列火车正在经过唐模的视野。火车很快消失了，它在空旷的田野里鸣叫的尾音落入了唐模的耳朵。一节一节亮着灯光的火车，多么像一条游动着的花蛇。温软的水顺着唐模的喉咙下滑，她捧着茶杯在屋子里走动，看看那只高脚痰盂，看看寂寞的美人靠，看看日光灯下面的壁虎。她的睡意突然之间就没有了，她很想睡觉，但是她想她一定是睡不着的。那个穿旗袍的女人的影子老是在她面前晃荡着，这让她裸露的手臂起了一层鸡皮疙瘩。对于月朵描述的女人，她隐隐感到有些微的惧怕。夜深人静，她怕传说中的人物突然闯入她的梦境。

　　其实唐模是热爱阳光的。白天她在阳光底下的大街上走来走去，她仍然在为自己找着一份工作。现在唐模开始站在街头感叹了，她在喝一杯可乐，她的嘴里含着一根吸管，这让她在别人眼里多了一份性感。她的骨肉匀称长相姣好，所以有许多目光会不自然地飘过来落在她的身上。阳光把她的影子拉得很长，她走过一条街，又一条街。走过一家公司，又一家公司。一个小个子男人在狭小的办公室里用金鱼眼盯了她很久，在和她握手道别的时候握了她的手很久。唐模对着那个男人笑了一下，男人也笑了一下。唐模说，你不用录取我了，我不想来你的公司。男人的笑容一下子凝固了，唐模把自己的手艰难地从那个男人的手中退了出来。唐模对寻找工作一下子失去了兴趣，她对自己说，找到工作又怎么样呢？

唐模被南方城市的空气和灰尘包围着。她变得不太愿意出门，她守着那间不大不小的房子，一遍遍地用清水清洗着房间里的尘埃。窗户和门一直打开着，便于潮气的挥发。所以涌进来的阳光会把她紧紧包裹起来，涌进来的风会掀起她宽大的袍子。她在屋子里走来走去，喝水和唱歌。老太太突然出现在她面前，她枣皮一样的脸呈现出枣皮一样的笑容。老太太的手里提着一只老式的台式电风扇，老太太说，天开始变热了。唐模的心突然被些微地感动了一下，像心脏的某个部位被一只温软的手摸了一下似的。唐模想，夏天到了，这个南方城市的夏天真正来临了。她果然看到老太太的身后，紧紧跟着一个夏天。

老式台扇一直陪伴着唐模，让唐模在夏天一点也不觉得热。唐模的心里很安静，她也不知道为什么会如此安静。每天下午，她会倚在美人靠上看书，或者小睡一会儿，然后穿着宽大的棉布袍子走来走去。有许多时候，唐模会蹲下身子，抚摸着美人靠。美人靠以前叫贵妃榻，这是老太太告诉她的，老太太还告诉她这是一张光绪年间生产出来的贵妃榻。这是一张不对称的美人靠，有着靠背和左边的圆雕鹿枕头，右边却没有了扶拦的任何东西。将身子微微蜷起来刚好可以躺下一个女人，那么它就是一张床。靠背上层层叠叠雕刻着松、竹、梅"岁寒三友"，鹿鹤同春、松鹤延年、群仙祝寿等吉祥画图。唐模的手指落下来，落在这些没有生命的植物和动物上，好像要用指尖传递的瞬间温暖来让这些动植物充满生命。月朵告诉过她，美人靠用的是优质的草花梨，红木的一种。唐模的手指掠过了草花梨的木板，她看到了这种木头

当代中国最具实力中青年作家书系

细腻的肌理，像狸斑一样的花纹。唐模开始有了轻微的颤动，她的呼吸变得急促，好像有一个男人和她面对面，或者是男人用蛮力将她揽入了怀中。她的手抚摸着美人靠每一处地方，像是抚摸着爱人的肌肤一样。

夏天的唐模变得无比寂寞。这座城市盛产天堂伞，据说可以防紫外线。唐模买了一把淡蓝的天堂伞，走在这座城市的街道上。月朵有时候会突然出现在她的房门口，唐模已经习惯了月朵这种神出鬼没的样子。月朵的脸上永远盛开着枣树皮般的笑容，手上永远夹着一支中南海牌香烟。这个老太太的全身，已经充满了香烟的味道。她看着唐模对着一面镜子涂着口红，然后脱掉宽大的棉袍，背对着月朵换衣服。月朵能看到唐模后背两根细小的带子，然后是瘦瘦的腰和浑圆的屁股，一双长长的白腿。唐模听到背后传来啧啧啧的声音，那是月朵发出来的。唐模知道那是因为月朵在羡慕自己的青春年少。唐模在心底里笑了一下，她换上干净的短装，像一只可爱的小兔一样带上门走出屋子去。月朵看着她的背影笑了，月朵说，女人，女人哪。

唐模的房间里开始有了男人的声音。其实在城郊接合部的许多地方，特别是低矮的平房里，更容易出现男人的笑声。唐模在房间里和人喝酒、划拳、抽烟，然后在每一个清晨穿着宽大的棉布袍子，睁着睡眼惺忪的眼，把不同的男人从这间屋子里送出去。月朵仍然在下午来到唐模房间里，有时候月朵一句话也不说，有时候月朵话特别多。月朵说我把房子租出去是因为我寂寞，我以为你来了我会减少寂寞，没想到你不仅让我减少了寂寞，还把这儿变得非常热闹。唐模把自己的身子横陈在美人靠上，她的眼睛瞪着屋顶。她总觉得自己的心里空落落的，好像少了什么东西似的。她的手抚摸着草花梨木板细腻的纹理，这个上面，有无数女人靠过，有无数女人流过汗，把它浸润得光滑无比。唐模冷冷地笑了一下，说，月朵，你不要管太多。我付你房租你就不能管太多。月朵叹息了一声，她站起身来，显得有些落寞地走出了唐模的房间。唐模看到了一个苍老的背影，多年以后她的背影就是现在月朵的背影，这让唐模感到了从心底里升上来的悲哀。唐模把目光抛在了墙角的一双皮鞋上，那是一双猩红得让人触目惊心的皮鞋，但是又透着一种热烈，像现在这个季节一样热烈。唐模把那只老旧的台式电扇放在地上，一天到晚不停地转着。空气在房间里以风的形式四处游荡，就像在庭院里游荡着的那个穿旗袍的女人。唐模想，这张美人靠上，一定还附着那个女人的灵魂。

　　这个骨肉匀称的女人，这个穿着棉布睡袍在房间里游走的女人，这个时不时地抽烟、喝酒并且大声唱歌的女人。夏天让唐模的生活有了一些变化，无所事事的下午，她喜欢对着那只老式电风扇坐着。坐在美人靠上，把腿蜷起来，为每一个脚趾甲涂上指甲油。现在，一个中年男人踏着午后的骄阳，开始出现在唐模的视线里。假定他就叫宋朝吧，宋朝出现在唐模的生活中，也完全是因为受了唐模绵软的手和柔软的目光的牵引。唐模的目光更像一张蛛网，她已经能熟练地把网抛向男人，看着男人们在网中毫无意义的挣扎。男人进来了，男人的目光却降落在美人靠上。他蹲下了身子，抚摸着这张古色古香而且古得有些红亮的老式家具。很久以后，他才把头抬起来，对倚在美人靠上的唐模说，这是美人靠，这张美人靠很值钱的。宋朝的话中充满着商人特有的味道。他说话的时候，一只手开始在唐模裸露的腿上奔跑。唐模呻吟了一下，她说我知道这是古董，但它不是我的，是房东的，是一个话很多的老太婆的。宋朝不再说话，他的手开始忙乱。这是一双灵活而纤长的男人的手，十个手指像是十只松鸡一样，在唐模的身上上蹿下跳。松鸡们钻进了唐模宽大的袍中，像捉迷藏一样躲躲闪闪，这让唐模感到有些庠，她忍不住笑出声来。她的笑声的尾音还没有完全退去，她的身子就被宋朝提了起来。她张开双腿，跨坐在宋朝的腰上，然后夸张地尖叫了一声。这个时候，她看到了窗外很远的田野里，一列冒着白气的火车不紧不慢地开了过去。火车的前行让她感到从未有过的兴奋，她说宋朝，要不要打个电话给你老婆，让她听听我们的声音。宋朝笑了一下说，打吧，你不怕我斩了你你就打吧。宋朝的话音刚落，唐模穿着的棉布袍子就被宋朝掀了起来，然后像一对巨大的翅膀一样飞起来，作了短暂的飞行后落在地上。唐模开始战栗，她被一双强有力的手钳住了，她被放倒在美人靠上。然后，她看到宋朝俯下身来，他的皮肤呈现出一种暗淡的光泽，那是一种健康的色彩。唐模一转头，看到老式电扇在不停地转动着。由于年代久远的缘故，它的机壳已经发出了很大的声响。在这样哐哐哐的声响里，唐模抱着宋朝的头闭上了眼睛。她看到了远方有水的痕迹，水慢慢从一个沙坑里渗出来，然后越聚越多，然后开始流淌，然后流成了一条大河。而她就像一只受惊的小鹿，不时地回头看着追上来的河水，她奔跑着，越跑越快。大河漫了过来，由远而近，最后终于追上了她并且把她淹没了。她抱紧宋朝的头，哽咽着说，宋朝，你来救我，你救我。她在水中挣扎着，手舞足蹈的样子。宋朝的汗水滴落在她的身上，她的汗水流到了美人靠上。她觉得喉咙很干燥，她想要喝水。她大大地吼了一声，然后，她看到了宋朝痛苦的样子。宋朝把头伏在了她的胸前，宋朝说，唐模，唐模，唐模。

唐模在这个安静的午后感到自己的身体和美人靠粘连在一起。美人靠让她战栗，让她觉得自己的生命也许都和美人靠有了某种关联，她甚至在迷迷糊糊中听到了一个女人遥远的叹息。宋朝伸出了长长的手，他把骨头架子都已经散开的唐模拉了起来。唐模没有离开美人靠，她只是坐直了身子而已，现在她像一只小兔，她的肋骨突了出来。她不想说话，目光有些飘飘忽忽地望着宋朝。宋朝已经平静了，他穿好了衣服，两只手藏在口袋里。然后他开始低头研究唐模身下的美人靠。宋朝很久都没有抬起头来。唐模伸出了脚，那是一只好看的脚，有光线投在上面，就有了完美的弧形显现出来。这只脚踢向了宋朝，让宋朝跌坐在地上。宋朝说你怎么啦？唐模没有说话，唐模不知道该说些什么。她只觉得窗口的风一阵紧似一阵，还听到了远处传来的火车的鸣叫。宋朝在她身边站了很久，在离开以前，他掏出了钱包，胡乱地把一些钱放在了美人靠上。宋朝看了唐模一眼，他推开了门。门晃了晃，又合上了。

　　宋朝消失了。唐模知道宋朝总有一刻会消失的，宋朝是一个成功的男人，这个世界就是为宋朝而准备的。宋朝留下了很多钱，钱在风中唱着歌，哗哗地掀起了角。唐模伸出了脚去，她用脚趾玩弄着那些纸币，有几张纸币飘落到了地上。然后唐模开始唱歌，她站起身，裸着身子在屋子里走来走去。她开了一瓶红酒，仰起头喝一口酒，然后唱几句谁也听不懂的歌。门又打开了，月朵闪进了屋里，她看着疯子一样的唐模。裸体的唐模穿着一双猩红的高跟鞋，这双鞋子让月朵感到恐怖，她的脸一下子就变青了。唐模让她想到了一个穿旗袍的女人，那个魏老爷的姨太。不知道为什么，她就是觉得唐模好像和旗袍女人有着一种关联。钱在地上乱舞着，像大街上的一片片秋天的乱叶。阳光隐进了云层，让这个下午有了一种黄昏的味道。没多久，月朵看到了屋檐上挂下的雨滴。有些斜雨洒了进来，洒在屋子里。月朵抓起了地上的棉布袍子，替唐模穿好了。唐模再一次拿着酒瓶倒在美人靠上。唐模说，明远，明远你不要走。月朵的脸再一次变青，她终于沉着一张脸离开了唐模的房间。

阳光普照的时候，宋朝再一次来到了这儿。他推开唐模的门时，唐模正坐在美人靠上看一本杂志。唐模的头发剪掉了，很清爽的短发，她的笑容也很清爽。宋朝笑了，他把胡子刮得青青的，这让他显得精神了许多。他看了唐模很久，他说这才是好孩子呢。他们坐在一起聊天，下棋，喝水和做爱。唐模还做酸辣土豆丝和番茄炒蛋给宋朝吃。阳光从四面八方漏进小屋的角落里，这座南方城市让唐模感到了一种与北方所不同的温暖。唐模没有再一次次地撑着那把天堂伞出门去，她在屋子里读书，来回走路，或者心气平和地和月朵老太太说说话。看样子月朵也很喜欢着唐模，月朵总是抚摸着唐模的脸，抚摸着唐模手上光滑的皮肤，抚摸着唐模的耳垂。月朵说，以前我也像你这样水灵，现在我变成一粒风干的枣子了。她的这个比喻让唐模笑了起来，她想，这个老太婆一定又想起了年轻时候的事了。

一个清晨月朵听到了争吵。月朵走到唐模的屋门口，她不知道里面在吵着什么，只是听到摔东西的声音。一只酒瓶碎裂了，然后好像有撕咬的声音。一个男人的声音说，你以为你是什么东西？男人怒气冲冲地打开了门，他看到门边站着的月朵时愣了一下。月朵平静地笑了笑，好像什么也没有听到一样。这个男人的名字叫作宋朝，宋朝下了楼。月朵想，他应该是在这儿过夜的，大概为一件什么事发生了争吵。门半开着，月朵走了进去，她看到了赤着脚哭泣的唐模。唐模的鼻子流着血，她任由鼻血流淌着，像面条一样地挂下来。显然在这之前，她受到了宋朝的伤害。唐模站起了身，她赤着脚向门口走来。她走到了那堆碎玻璃上，那是一只酒瓶的碎片，现在这只酒瓶已经完全是一把把锋利的刀子了。月朵的心一下子拎了起来，她看到唐模在碎玻璃上站定，然后很妩媚地对月朵笑了一下。月朵说，疯了。月朵说你疯了唐模你疯了。唐模感受到了一种深入骨髓的疼痛，玻璃片已经划进了她的脚底，然后血开始流淌。疼痛感稍稍有些减轻了，脚底热辣辣的，像站在一盆温水里。很快，唐模感到自己变得黏稠起来，那是因为她鼻子里的血和脚上的血。她看到了门外的太阳，渐渐变红了，那是一种铺天盖地的红。站在门口惊讶得合不拢嘴的月朵老太太也红了，这团红影一点点地向唐模走来。唐模笑了一下，她看到的是年轻时候的月朵。月朵长相姣好，一只手环着自己的腰，一只手向上竖着，长长的手指间夹着一支烟。那是一个温文的女人。唐模又笑了一下，然后她的身子软了下去，像是有人在她腿上的穴道上点了一下似的。然后，唐模什么也不知道了。

唐模醒来的时候，是在医院里。月朵坐在她的身边。唐模说，谢谢你。月朵说，谢什么呀谢，你没有亲人，我就是你的亲人了。月朵的这句话让唐模感动。她开始想念自己的亲人，那就是她的父亲和她的继母。她想了一会儿就不想了，她开始想自己大学时代的初恋男友，那个喜欢在脑后扎一只辫子的男孩子，有些瘦弱。现在，她已经记不清他的音容了。唐模想，那么，果然月朵就是她的亲人了，至少现在是的。唐模说，宋朝想要弄走那张美人靠，宋朝说让我偷偷和他一起偷走美人靠。我说不行。他说行的。于是我们就吵起来了。月朵没说什么，只是微微笑了一下，好像是料到什么似的。这天下午，唐模就出院了，唐模的伤势并不重，只是出了一点血而已。她的脚上缠着纱布，月朵叫了一辆车回到家里，又叫了一个熟悉的人把唐模背上了房间。

宋朝一直没有来。唐模的日子又显得平静了，有时候她望着门角的那双暗红色高跟鞋发呆。是不是离开了宋朝，她就得重新回到一种生活状态中去。宋朝没有来，雨却隔三岔五地来着。夏天就要过去了，夏天还在衣裳外边露着一根尾巴。唐模望着檐头的雨，这是南方城市的雨，和北方的雨是不一样的。北方的雨会洗去城市的灰尘，而南方的雨却是让每一棵树都鲜绿，每一缕空气都纯净无比的。没事的时候，她看书，有时候和月朵聊天。唐模想，宋朝一定是不会来了，一定是真的就不来了。宋朝没来，一个女人的身影出现在唐模的面前。女人说，你是唐模吗？女人穿戴得很得体，她的脸上始终盛开着笑容。唐模说我是的。女人说，我想和你聊聊，我是宋朝的太太。唐模就很深地看了女人一眼说，你想怎么样？女人说我不想怎么样，我不喜欢寻花问柳的男人，但是我想至少我和他年轻的时候是曾经爱过的。女人掏出一叠钱，女人说你可以把钱收起来，然后永远也别和宋朝在一起。你也可以把钱还给我，然后和宋朝在一起。我想守着婚姻，只是为了儿子而已。我可以告诉你的是，我也有情人，不知比宋朝好多少倍。女人的话让唐模无话可说，女人的眼睛一直望着窗外。说到最后，女人说，这间屋子窗外的风景真好，居然可以看到田野和火车。然后，女人转身离去了。唐模坐在美人靠上，久久没有说话。月朵的身影又出现在门口，月朵看到一个美丽的女人坐在美人靠上，美人旁边还有一叠钱。唐模见到了月朵，就凄惨地笑笑，说，月朵，我是输了还是赢了？

月朵没有说话，月朵的眼皮低垂着，看上去她的样子有些累。月朵把自己的身子倚在门框上，轻声说，我昨天梦见那个穿旗袍的女人了，她在哭，她在说我们魏家太狠心了。月朵的话很平缓，却让唐模感到了一丝丝的害怕。唐模忽然问，那个教书匠呢，他叫什么名字。月朵笑了，说，叫明远，他叫明远，是你上次和宋朝吵架时喊的名字。唐模一下子愣住了，说我怎么会叫明远呢，我该叫宋朝的，我怎么会叫明远呢。很长的时间里，月朵和唐模都没有说话。风一次次地掀起窗帘，一次次地掀起唐模的头发。月朵说，你出来吧，和我在门口晒晒太阳，你出来好吗？唐模就走出门去，站在了月朵的身旁。月朵说，我把美人靠送给你，你要不要？唐模就转头笑了，说，听说那是古董，我不要。再说，美人哪里来的好命，我不愿意做美人。月朵说，哪有你这么笨的人，给你古董你也不要，我说了，就送给你了。你不许再推。唐模想了想，就没有再推。唐模想，有一天我租期到了，离开了，不带走这个美人靠，看你有什么办法。

宋朝又来了一趟。月朵悄悄地离开。等月朵重新站到唐模的屋子里时，发现唐模穿着宽大的袍子，就坐在美人靠上。唐模说，他向我道歉，他让我重新跟他好。我说我收了你太太的钱了，我不能再和你好。后来，他就走了。唐模说了这样的话，但是她不知道这是说给谁听。月朵说，你知不知道，你坐在美人靠上的姿势，真像是那个穿旗袍的女人。那时候，我还只有五岁，我略略有了记忆。她坐在美人靠上的样子很安静，像一滴不会动的水一样。唐模说，是吗，怎么会呢。说完，她的手垂了下来，开始对美人靠的又一次抚摸。唐模已经养成了一个不好的习惯，就是喜欢抚摸美人靠的每一个构件。那些雕刻的动植物，在她的抚摸下变得光滑和生动。

唐模的日子一定和下午有关。一个小伙子出现在她的房间里也是在下午，小伙子的样子有些局促。月朵说，他叫小安，在电力公司里做工的。唐模正坐在美人靠上削一只苹果，她把这只苹果削得很精致。她笑了一下，她笑的时候就想象着这个叫小安的人爬在高高的线杆上作业时的情景。小安坐了下来，他仍然显得有些局促。月朵走了，月朵说你们聊聊吧。她点了一支中南海牌香烟，然后她带领着一堆缠绕着她的烟雾离开了。小安抬头笑了一下，小安说我二十八岁了。唐模张嘴咬了一口苹果，苹果上就留下了唐模绵密而细碎的牙印。唐模说，是吗。由于嘴里含着苹果，她的发音变得含混不清。小安说了许多话，小安大致的意思是，他的收入不高，也不低，能买房和娶妻。他能为她找到一份工作，而且最重要的是他能给她一个家，和她一起养一个孩子。小安的话有些像是为了生活而进行着一场相亲的战斗一样。唐模一直没有说话，唐模只是专心地吃着苹果，她想，这只苹果真甜啊。吃完苹果她就对小安说，你知不知道，这只国光苹果很甜的。小安说是吗，那我下次买苹果给你吃。唐模把那个形状已经极不完整的苹果扔进了一只塑料桶里，然后她站起身来在脸盆里洗手。她的手洗得很缓慢，边洗手边对小安说，你把电话留下吧，我可以做你的女朋友。小安突然高兴地站了起来，他听到了她洗手的声音。一双手在水里弄出的声音，在小安的耳朵里显得无比动听。小安说，你洗手的声音真好听。然后小安留下电话就走了。小安走了以后，屋子里一下子安静了。唐模坐在美人靠上，傻傻地坐了很久。因为小安能给他一个家，所以，她想要结束这样的生活了，她要做一个电力工人的老婆，买菜做饭生孩子，把日子过得和其他女人一模一样。她知道自己没有爱上小安，她其实更爱宋朝。但是她要和小安过日子，过别人眼里正常的日子。

唐模在一个月夜醒来。她看到了窗口的月光，那是一种银白色的光，像涂上去的一样，显得很不真实。光线还涂到了美人靠上。唐模起床，赤着脚下来，把整个身子蜷缩在美人靠上。秋寒让她感到了寒冷，所以她把自己抱紧了。她的头就枕在圆雕鹿上，她想，这样就可以在月光下感受一下高官厚禄了。她在半夜轻轻哼歌，在窗口看一列火车亮着灯光慢慢开过，看田野里那种没有一个人影的静谧。后来她从床下拖出了那只搪瓷痰盂。唐模坐了上去，她听到了一种细碎的声音，由远而近地传来。她忽然看到了月光映在她圆润的臀部，这让她裸露在外的屁股像一轮刚刚爬上山坡的月亮。她还在房间里喝酒，吃苹果，把一个安静的夜闹得不再安静。她的心里烦躁着，她总是觉得这个夜晚令人恐怖，令她一点睡意也没有。

第二天中午，她发现月朵已经死了，月朵的身边忽然涌现出许多亲人。唐模一点也不奇怪月朵的死去，她死的时候嘴角含笑，死得很安详。唐模就倚在门框上梳头发，许多人问她，昨晚你听到有什么响动吗。唐模摇摇头说，没有，我昨晚一点也没睡着，但是我没听到隔壁有什么响动。有人说，现在月朵老太婆死了，你得搬走了。唐模说，是的，等他儿子来了，我会搬走的。唐模微笑着说这话，她的整个身子都呈现在阳光底下，但是在这个时候她却哭了起来。有人说，你是不是悲痛了，一定是月朵老太婆以前对你不错。唐模没有承认也没有否认，她只是觉得月朵已经像她的好朋友了。好朋友离去了，终究是一件伤心的事。她想起那张枣树皮一样的脸和枣树皮一样的笑容，以及永远也抽不完的中南海牌的香烟。

月朵老太婆的儿子带着老婆和孩子们是黄昏的时候赶到的，他们乘飞机从北京赶来。儿子走进唐模的房间，他看到唐模侧着身子躺在美人靠上，脸上还隐隐约约有些泪痕。儿子说，我妈死了，等我们把丧事做完，你也搬走吧，我想把房子给卖了。我们不要你的一分钱租金，全部退给你。唐模说，我想买下你的美人靠。儿子说，那是古董，很贵的，我不想卖。唐模说，其实月朵已经送给我了，我不想白要你们魏家的东西，所以，我只是想买走它。儿子说，你让我怎么相信我妈说过把这张美人靠送给你。唐模说，用不着信的，你看着我的眼睛就知道这话可不可信。儿子果然看着唐模的眼睛，看了很久以后，他说，我不能给你，我妈没立遗嘱把这张美人靠送给你，我就不能给你。

唐模哭了起来。她不知道自己的泪水怎么一下子变得多了起来，她好像又听到了一声遥远的叹息。第二天的下午，秋阳很明媚，白晃晃的阳光让眼泡有些肿胀的唐模睁不开眼。唐模给小安打了一个电话，说，小安，我来你那儿住，你整理一下房间，我马上就来了。小安在电话那头很兴奋，说，我来接你吧。唐模说不用的，我自己乘三轮车来好了。唐模想，我要把自己嫁给小安了，因为小安说要给她一个家。我要把自己嫁给南方城市了，这座城市和北方城市一样不近人情，但是，她就要像一棵树一样在这儿扎下根了。唐模一边流着眼泪，一边拎着那只旅行箱离开了月朵的家。回头看的时候，突然发现月朵微笑着站在阳台上向她挥了挥手，呈现给她的仍然是枣树皮一样的笑容。唐模也回头挥了一下手。她突然听到了月朵儿子的声音，儿子正和他的女婿抬着一张美人靠匆匆下来。儿子说你等等。一辆人力三轮车停了下来，儿子和他的女婿把美人靠抬上了三轮车。儿子说，你带走吧，我们留着也没什么用，我相信你说的是真的，我妈一定会把美人靠送给适合坐在美人靠上的人。

唐模没有说谢谢，只说了再见。她坐上了三轮车，三轮车因为装上了美人靠而显得拥挤。她的手指又落在了美人靠上，美人靠显得无比的柔软和温顺，任由唐模抚摸。电话响了，是小安打过来的，小安兴奋的声音响了起来，说，唐模，我在楼下等了，你快点来呀。唐模想，这是一个完全沉浸在幸福之中的男人。唐模看到阳光灿烂，她就在阳光底下顺便想了想月朵，来去都显得有些匆匆的宋朝，和她有过一场潦草的爱情的初恋男友，已经对她不冷不热的父亲和继母。唐模听到了遥远的叹息再一次传来，然后她听到了一种刺耳的声音。她想了很久才想起来，那一定是汽车的刹车声。她想起这是哪一种声音的时候，她的头部正在汩汩地流着血，血水和头发都沾在美人靠上。她什么话也不能说了，她只能听到自己的心跳声异常沉重，像一个人穿着靴子在走路的声音。月朵的微笑又呈现在她的面前，于是她也笑了一下。她的两只手，一手捧着美人靠上的那只圆雕鹿，一手抚着雕满动植物的靠背。

这是一场下午的车祸。对于一座南方城市或者任何一座城市来说，这算不了什么。唐模也只是一个普通的女人，一个普通的女人的离去，并不是什么大不了的事。交警的车子和医院的车子响着不同的警报声都赶来了，交警在拍照，医生们在把唐模从美人靠上剥离开来。记者也来了，记者看到了那张美人靠和一个美丽女子挂在嘴角的最后微笑，他的任务当然就是在报纸刊登一篇新闻稿：本报讯，本市昨晚发生一起车祸……但是他没有发这则稿子，他一直在猜测着一个女人和一张美人靠的关系。

他把种种猜测写了下来，写成了一篇小说《美人靠》。这个记者就是我，生活在南方一座城市里。目前，仍然供职在报社。

菊花刀

一

　　吴为喜欢在菊园里发呆。阳光从很高远的地方跌落下来，阳光让吴为的眼睛眯了起来，他的目光就在花花草草间变得飘忽不定。吴为坐在菊园的田埂上，他被满园的菊花包围着。那些花儿，像是埋伏着掩过来似的，有那种想要把吴为给整个儿淹没的味道。吴为喜欢这样的淹没，吴为在心里说，来淹没我吧，淹没我！天气已经转凉了，那些菊花的清香，在园子里飘来荡去地追逐和嬉戏，像一群孩子。吴为的手指间转动着一把闪亮的小刀，那是一把用旧了的手术刀，闪着白光。是吴为用熟了的刀子，他喜欢亲近这把锋利的小刀，刀的光芒能带给他快感。他总是以为，刀的光芒，能够顺利地切开一些什么。

　　吴为是踏着晨雾来的，像踏着一头小兽的惊恐逃窜时的尾巴。进菊园的时候，他听到满园的杭白菊都轻轻笑了一下，很柔情的。吴为也笑了，他呆呆地站着，运动鞋已经被露珠打湿了。这时候菊园的院门又吱呀一声开了，一个女人出现在吴为的面前。女人笑了，轻声说，你又来了？女人叫黄小菊，是菊园的主人。黄小菊是来采杭白菊的，十一月，十一月是白菊收获的季节。黄小菊喜欢这个季节，喜欢听到白菊们离开枝头时叽叽喳喳的声音。黄小菊的耳朵，其实是听不到声音的。黄小菊很小的时候，生了一场病。病好的时候，耳朵却听不到声音了。有人放爆竹时，她能看到爆竹在半空中粉身碎骨的样子，像一朵花的花瓣被突然撕开，却听不到一点儿声响。黄小菊已经二十六岁，二十六岁对于女人来说，怎么样也算不上是青春年少。但是黄小菊的微笑却是动人的，这是一种女人味的动人。吴为笑看着她，低低地说，我真想抱抱你。吴为看到黄小菊点了点头，但是他知道，黄小菊其实是什么也没有听到。

吴为收起那把小刀，帮着黄小菊采杭白菊。吴为和黄小菊并不熟，一个是晨起散步走路的医生，一个是菊园的主人。吴为不时地和黄小菊说话，他称黄小菊为黄小菊同志，他说黄小菊同志，我昨天晚上去看了一场叫《十面埋伏》的电影，张艺谋应该把你的菊园作为片场才对。飞刀门的那些飞刀，如果在菊园里飞来飞去，那有多美。黄小菊没有说话，仍然只有微笑。吴为看到太阳出来了，他抬腕看了一下表，把手里的一捧菊花扔进黄小菊的提篮里。然后他举起手来闻了闻，花的香味钻进了他的身体。他的身体就颤动了一下，像第一次颤巍巍地搂住初恋女友的小腰一样。吴为说，我走啦，我要去上班。黄小菊笑笑。吴为说，我走啦，迟到要扣奖金的，奖金很重要，你知道吗。黄小菊仍然笑笑。吴为也笑笑，他突然伸出手，捏了一下黄小菊的鼻子，黄小菊的脸一下子红了。但是她没有说什么，只是眉眼含笑地看了吴为一眼。

她的笑容触动了吴为的某根神经，令吴为在黄小菊面前，呆呆地站了一分钟。然后，他离开了菊园。离开以前，他采了一些菊园四周养着的各色菊花，那种茎细长的，花细长的，色彩各异的，秋菊。

吴为捧着秋菊回到他在梅花碑的家。他把那束新鲜而清香的秋菊放在了客厅里的史坦威钢琴上。然后他就在钢琴边静静地站着，像是默哀一段远去的爱情。钢琴盖上积满了灰尘，吴为不想去擦，他想看看钢琴上的灰尘越积越厚的时候，自己的心上会不会起一个茧。他想心上起茧的时候，是不是心就不会疼痛了。心不会疼痛了，是一种幸，还是一种不幸？小麦离开了他，小麦是他的妻子，她不很漂亮，但是身材姣好，笑容纯正，优雅性感有女人味。小麦是浣江小学的音乐教师，她收了几名学生在家里练琴。小麦后来和一个叫大康的学生家长走了。大康是个小老板，开着一辆帕萨特。大康请小麦喝过咖啡吃过饭，还聊过几次。有一天小麦在整理自己衣服的时候，吴为悄悄地走到小麦的身后，轻声说，小麦，你要走了吗？小麦的眼泪一下子就掉了下来，小麦说，其实你什么都觉察到了，为什么一句话也不说，为什么不肯和大康斗一斗，你还算是一个男人吗？吴为说，小麦，没有用的，你的心拐了一个弯了。小麦说，心拐了一个弯，就不能再拐回来吗？吴为没有再说什么，他看着小麦整理好衣服，看着小麦提着包离开家门。离开家门的时候，小麦站在门边，对吴为说，吴为，你是一个懦夫。然后，小麦关上了门。门里面只有吴为一个人了，他微微地笑了一下，缓缓地蹲下了身子，然后，慢慢地蜷缩在地板上，扭成一团麻花。一会儿，吴为的额头上就满是汗珠，吴为说，我不是懦夫，我是坚强的。

当代中国最具实力中青年作家书系

这是一个月以前的事了。吴为和小麦很顺利地办了离婚手续，小麦什么也没要，就连心爱的钢琴也没有带走。小麦想，带走钢琴就等于带走记忆，带走记忆就等于不能对吴为挥剑断情。从法院门口出来，小麦哭了，她在阳光下用双臂环抱自己的身体，酣畅地哭着。吴为没有哭，吴为走到小麦身边说，小麦，我记得我们谈恋爱的时候，每天都要见一次面。小麦的哭声就更响了起来。吴为说，小麦，我明白了一个道理，爱情是随时都可能发生的，所以，最好别为爱情承诺什么。就像我们两个恋爱时，不是都有过承诺吗？现在想来，多么傻啊。吴为又说，小麦，你不要哭，你哭了我会难过。我得赶去上班了，我只请了两个小时的假，迟到要扣奖金的，再说今天还有一个手术在等着我呢。吴为离开了，小麦却还在原地耸动肩膀哭着，一直哭到一辆帕萨特开到她的身边。小麦上车的时候，车里的大康说，小麦，不知道我们谁是对的，谁是错的。这时候，一片手掌大的黄叶从路边的枝头掉下来，掉到车窗上。小麦的视线就一直被黄叶阻挡着，小麦想，爱情有没有叶片，如果也有的话，那么，今天对于她来说，是一次落叶。

　　吴为站在钢琴边，他看着那束美丽的菊花发呆。菊花像一个娴静的女人，她躺在琴盖上，像是要睡着的样子。吴为想，你要睡就安心地睡吧。吴为的目光抬起来，他看到了墙上挂着的镖靶。他喜欢在家里投飞镖，后来，他把医院办公室里收藏的那些手术刀带回了家当飞镖用。那些手术刀，仍然锋利。练到后来，吴为可以三刀齐发。这时候，吴为的心里就异常地开心，他想到了一个叫叶开的飞刀客，还想到了飞刀高手李寻欢，当然，还有一部他刚看过的电影《十面埋伏》。里面飞刀门的刀客们，飞刀嗖嗖，像蝗虫破空奔飞。

骑着自行车去人民医院上班的路上，吴为的耳畔就老是响着嗖嗖的声音。吴为喜欢这样的声音，所以他的脸上就漾起了笑容。吴为是人民医院脑科的业务骨干，尽管他的职称并不高，但是许多高职称的同事，还得求教于他。吴为想到这件事就心底里暗笑，这是一个多么奇怪的现象。吴为从自行车上偏腿下来，吴为牵着自行车走进医院的大门。这时候吴为抬眼看到了头顶上灿灿的阳光，吴为就想，飞刀，阳光像一把把飞刀。

二

吴为走到门诊大楼的大厅时，看到了一个五十多岁的男人，在挂号窗前举着一张发票高声叫嚷。他的唾沫星子飞溅了起来。有几个人傻呵呵地包围着他，主要是想听他在嚷些什么。吴为停下了脚步，他的两只手插在口袋里，他想自己多么像一枚出现在大厅里的一动不动的钉子。男人在说医院乱收费，多收了他一些钱。男人举着发票像举着罪证，他起劲地叫嚷着，说要找领导。收费窗里的女职员涨红了脸，她跑了出来向着男人道歉，但是几个人拦住了她，他们大笑着，他们想要看看事情的结局会是怎样的。吴为走了过去，吴为在那个男人面前站住了，笑笑说，你想干什么？人越来越多了，他们把男人和吴为围了起来，像汹涌而来的潮水。男人愣了一下说，你是谁？吴为说，我是吴为。男人说，吴为是谁？吴为说，吴为是个医生。男人就冷笑了一声，男人说你是医生你当然为医院说话，我想你们赔偿，我要你们道歉。你们医生一个个只知道开高价药，收红包。你们医院，简直就是地狱。男人说最后一句话的时候，紧紧地咬了一下牙，面容就略

当代中国最具实力中青年作家书系

略有了狰狞的味道。吴为看了看周围的人群，低低地说，你别再叫了，好吗？男人说，为什么不让我叫？我就是要叫。吴为说，你多么像一条叫嚷着的狗啊，你知道医院需要安静吗，有事你可以找院领导谈的，今天我不想你在这儿叫。所以，你赶快停住叫声，因为，你再叫的话，我就想要揍你了。男人一下子愣住了，旁边有人在起哄，大家都在笑男人的软弱。男人有些受不了，男人终于还是叫了，男人说，我就是要叫。

男人的话音刚落，吴为一把揪住了男人的衣领，把男人给提了起来。吴为的脸涨得通红，嘴唇抖动着，他耳朵里塞满了许多乱糟糟的声音。有许多力量，在他的体内像一条条蛇一样颤动着，想要钻出来。他想，我该打他左边的脸还是右边的脸，他想，我是不是该把口袋里偷偷藏着的手术刀拿出来，把男人的嘴巴给割开。院长站到了他的面前，院长背后站着老院长，一个白发苍苍的老人。院长说，把手放开。吴为没有松手。老院长说，小吴，你把手放开，医生不是这样做的。吴为把手放开了，放开的时候他把嘴凑到男人耳边说，你要让我看到你再这样嚷，我一定把你的蛋给拧下来。这句话轻得像一枚针，针扎了男人的耳膜一下，男人一下子就愣住了。他怎么也没有想到，有一个医生居然可以像黑社会那样对待他。

吴为离开了人群。他的背影越来越远。老院长在不远处看着他，老院长退休了，返聘在医院门诊部上班。老院长心里想，吴为，转身。吴为果然就转过身子来，他们的目光碰了碰，他们的目光中，都含着那种温暖的笑意，但是他们一句话也没有说。然后，吴为来到了办公室，换上白大褂。然后，吴为给自己泡上了一杯菊花茶。那是黄小菊送给他的。黄小菊说，这是我自己晒的，你尝尝，清热解毒的。吴为那时候站在菊园的门口，他没有推托。他看着黄小菊的笑脸说，真想抱抱你。黄小菊当然没有听到，黄小菊只是把身子一扭，就隐进了菊花丛中。

吴为的心渐渐安静下来。白菊在杯子里舒展开身子，像章子怡在《十面埋伏》里跳舞一样。吴为想，菊花真像是一群女人，她们会降男人的火，她们有着曼妙的舞姿。他就看着菊花们在光影之间的舞蹈。白菊们舞蹈了一阵，大概是舞得累了，所以缓缓下沉。看了很久以后，他突然想，今天会发生一些什么事？比如早上去了菊园，比如一到医院就和人吵架，比如现在突然想，今天一定会发生一些什么事。医院是个特殊的地方，在医院里，有很多人生，也有很多人死。医院是个生生死死的地方，医生，就是看着人们生生死死的那些人。

果然出了事。一场车祸。一个司机把小车开到了一辆大卡车的肚子底下，小车压扁了，扁得像被锄头敲过一记的蛇头一样。警察和医生用气割割开了车子，把那个同样被压扁的司机像拉面条一样拉了出来。匆忙的脚步声响了起来，护士小安走了进来说，吴大夫，刚送来一个病人要进行手术，值班副院长考虑到值班的主治医生可能吃不消，副院长说让你动手术。吴为喝了一口茶，他喝出了菊花茶里隐隐的甜味。吴为说，如果你想喝菊花茶的话，可以在我这儿拿一点的。护士小安以为听错了。吴为接着说，准备手术。

吴为戴上了口罩，穿上了手术室的专用服装。助手站到了他的身边，护士手中端着器械盘。在无影灯下，吴为看到了那张压扁了的脸，压扁了的脸其实就是大康的脸，其实就是小麦现在的丈夫的脸。吴为深深地吸了一口气，他的手缓慢而沉着地伸向了器械盘。刀子是锋利的，吴为对刀子有着天生的兴趣和敏感，他喜欢那种切割的锋利。大康的颅骨被撞碎了，颅内充血。大康的颅骨需要暂时被拿掉，大康的生命，现在操纵在吴为的手里。刀子是锋利的，刀子是锋利的，刀子是锋利的。吴为这样想着，他缓缓举手，果然，看到锋利的刀子切开皮肉，像是一辆摩托艇破浪时划开了水面一样。

　　吴为从手术室出来。他在水池边洗着手，他洗手的时候听到了哗哗的声音。在手术室里，他已经呆了八个小时。他有些累，他累得想睡上一觉。身后的休息椅上有一个人，吴为仍然专心地洗着手，边洗手边头也没回地说，伤势有些重，要看情况。开车怎么可以开一百迈呢，就是高速公路上也不能开那么快，难道想用汽车开出飞机的速度。你别多想，等候消息。那个人说，你怎么知道是我。吴为仍然头也不回地说，除了你，还有谁。我猜你哭都哭不出来了，你只会流泪。那个人的声音突然之间变得喑哑，像是从地底里发出来似的，像一种捂着被子后才会有的呜咽。那个人说，你怎么知道。吴为说，因为，你爱他。就像爱生命一样。我还知道有许多爱是没有原因的。比如他，除了钱比我多，其余的都不如我。而你不是爱钱的人，所以，爱是没有原因的。

　　说这些话的时候，吴为仍然在洗着手。吴为居然洗了那么久的手。吴为洗完手，拿纸巾擦着。擦手的时候吴为说，小麦，你不要难过，你难过等于我也难过。手术还得再做好几次，这个医院里，我想再没有比我水平更高的人，所以你把他交给我吧。小麦没有说话。小麦后来从休息椅上滑下来，滑到在地，像软软的一堆美丽的泥。她的眼泪再次落了下来，她的眼睑明显地被眼泪浸得肿胀了。小麦的姿势，很像是跪在吴为面前的样子。小麦说，你恨他吗？吴为点点头又摇摇头。小麦说，什么意思？吴为说，点头是因为如果说不恨他，全世界的人都不会相信。摇头是因为如果说恨他，我实在没有一丝恨意。小麦的手里忽然多了一只红包，她把红包递给了吴为，说，你收下，据说医生都收红包。吴为的嘴唇颤抖了几下，在很久以后，吴为才缓慢地伸出了手，接过了沉甸甸的红包。

吴为离开了小麦，吴为转身的速度很快，然后决然地向前走去，走出了军人才会有的步子。小麦仍然跪在原地，也许不是跪吧，她只是虚软了，从休息椅上滑下来的。而令小麦失望的是吴为居然没有去扶一扶她，她以为吴为会扶她的，她以为吴为会向她表态，一定尽力救治大康。但是吴为什么也没有说。吴为走了，留给她一个很长的背影，长得像一只从遥远的地方伸过来的手。

吴为从医院出来的时候，不知道自己想要去哪儿。他不想回清冷的家，他最后去了菊园。菊园里他仍然见到了黄小菊同志。推开篱笆门的时候，黄小菊回头看到了吴为。黄小菊给了吴为一个免费的菊花般的笑容。吴为看到，菊花们的香味本来是在发呆的，但是发现他以后，就从四面八方向他奔跑过来，形成了一个包围圈。吴为就牵着一路的菊香，走到黄小菊的身边。吴为说，黄小菊同志，我帮你采白菊花吧。黄小菊同志没说什么，她抬头看了一眼吴为，目光里有一种淡淡的关切。吴为又说，你的眼睛也真够美了，但是为什么你的耳朵会听不到。我告诉你，今天我收了我前妻的红包，是因为她现在的老公遇上了车祸。我看到她在休息椅上流泪我就难过，收红包的时候我非常地想骂她一顿。她明明知道我以前从不收红包，她等于是在抽我的耳光。她是我前妻，应该相信我的。就像我相信她离开我嫁给大康，是因为爱情一样。黄小菊同志，我之所以收下了红包，是为了让她相信，我一定会好好地尽力地替她的老公手术的。其实就算她老公是我的杀父仇人，只要他是我的病人，我也一定不会有半丝马虎。黄小菊同志，你听不到我在和你说着什么，但是我实在想说出来。我和你说这些话，是因为我不可以在另外的人面前说这些话。

黄小菊不时地看看吴为，是因为她知道吴为在说话。黄小菊终于笑了起来，她停止了采菊，把篮子挎在了腰间，露出一口细碎的白牙。黄小菊说，你在说什么呀。吴为说，我在说你很漂亮，我真想抱你一下。黄小菊指了指面前的一块空地。吴为点点头，他找到一根树枝，在地上写了三个字：黄小菊。黄小菊说，写得真好。吴为看着黄小菊，又写了下面几个字：我真想抱你。黄小菊的脸一下子红了，她把脸扭向了另一边。这时候，吴为很轻地叹了一口气。他的额上，沁着细碎的汗珠。而他的手在口袋里一触，触到了用厚纸包着的一把手术刀。手术刀安静地躺着，在菊花香里回忆它游走于病人皮肉上的往事。

三

吴为站在客厅里史坦威钢琴的旁边。那小束的菊花已经枯萎，疲惫得像一个昨日美人一样躺在琴盖上。吴为对着那枯菊说话，吴为说，没关系的，根据观察和我的个人经验，他只是暂时昏迷，过些天能醒来。但是我不敢保证的是，他可能失忆。这时候小麦站在钢琴的另一边，她咬着嘴唇，微笑着说，这是老天安排，我认命。离开你一个月就遇到这样的事。

吴为把目光从那束小菊上离开，他在想，小菊也有生命，小菊曾经鲜艳和美丽，但是小菊成为了枯败和灰黄。多么像人生。吴为的目光跳过琴盖，落在小麦的身上和脸上。吴为说，小麦，你瘦了。小麦说，不瘦才奇怪呢。小麦的手指头从琴盖上爬过来。琴盖上满是灰尘，所以琴盖上留下了一串猫的足印般的印记。小麦的手指头爬过了琴盖，爬到吴为的手掌里。吴为的手掌平摊着，温而不厚，是一双适合做手术的医生的手。吴为把掌心收拢了，紧紧握着，对小麦说，小麦，你把我当成你娘家的亲人吧。这句话其实像是一颗温软的子弹，一下子呼啸着奔出枪膛击中了小麦的软肋。

小麦的手慢慢从吴为的手掌里滑了出来。小麦离开了吴为一个人的家。小麦的人影，在吴为的视野里不停地晃动，终于幻化成一个虚幻的影子。吴为闭了一下眼，当他睁开的时候，小麦已经不见了。

吴为再次去菊园的时候，菊园的篱笆门关着，园里是安静的各种各样的菊花，她们在秋风里身姿款款。她们看到的是一个熟客，这个熟客没有找到黄小菊同志，这个熟客在站了一会儿以后，悄然离开了。

吴为在医院里见到了黄小菊和黄小菊的妈妈。吴为称黄小菊的妈妈为黄妈妈。黄小菊急性阑尾炎被送进了医院，所以吴为是在病床上看到黄小菊的。黄小菊仍然像一朵菊花一样笑着，她看到了穿着白大褂的吴为。黄小菊说，我就知道你是个医生，我看你那么干净的一个人，就想你是干什么的，想来想去只能是个医生。现在，我果然看到了穿白大褂的你。吴为的两只手插在口袋里，他歪着头笑，他说，好好养病，早一天回你的菊园去。杭白菊不能错过采摘的季节。黄小菊的耳朵听不到，但是她仍然拼命

当代中国最具实力中青年作家书系

地点着头。

　　吴为每天都要去的两个地方，一个是大康那儿，一个是黄小菊那儿。在黄小菊那儿，他逗留的时候会长一些。有一天黄小菊很轻地问他，她送了五百块钱的红包，是不是够了，如果不够，她会过意不去，会让妈妈再送一只大母鸡去。吴为很悲惨地笑笑，点了点头。吴为点头的意思是说，够了。吴为其实什么话也没有说，吴为后来陪着黄小菊下军棋。黄小菊二十六岁，却单纯得像一个孩子。吴为喜欢她的单纯，吴为想，如果她嫁给自己，自己会感到幸福。尽管黄小菊是城郊农村的，尽管黄小菊不会弹钢琴，只会种养杭白菊。

　　吴为下完棋就来到了医生办公室。这儿和他工作的地方不是一个病区，但是他认识收红包的那个医生。医生的名字叫那人。吴为说，那人。那人正在看一张报纸，正和同事们说，又一个贪官被枪毙了。吴为说，那人，你出来一下。那人就走到了走廊上。吴为盯着那人的脸看，把那人看得一愣一愣的。吴为从口袋里抽出手，在那人的脸上轻轻拍了几下，说，那人，你还好意思说报纸上的贪官？要是让你去当那个官，你早就该毙了。那人说，是啊，咱们都是贪官，不贪白不贪。那人嬉皮笑脸的，以为吴为和他开玩笑。吴为说，站好，我可没和你开玩笑。那人一下子愣了，把手搭在吴为的脑门上说，你怎么啦哥们。吴为说，你收红包了？那人看看四周，说，你疯了哥们，你就为这事找我？现在医院里可查得很紧的，你别让我丢饭碗。吴为说，你把钱拿出来？那人愣了，说，你凭什么？吴为说，凭我是个人。那人说，就你算个人，我们不算人？吴为说，你现在这话，就不像是人话。那人说，我就不给，看你怎么着。

吴为低着头，看着走廊的地面。等他抬起头来的时候，突然咆哮了。吴为说他妈的你不把那个红包给我退回去，我就一刀子把你给捅了。办公室里的同事奔出来，他们看到了那人正在颤抖着手掏钱，而吴为手里举着一把亮闪闪的手术刀，嘴唇被咬得发紫，身子不停地颤动着。那人边把一些凌乱的钱塞到吴为手里，边向同事们轻声解释，他疯了，看样子他疯了。他以前从来不这样的。

等到老院长来的时候，同事们才散了开去。老院长和吴为一样，也把两只手插在口袋里。老院长的头发，像一丛盛开的白色秋菊一样。吴为就笑了起来，说，院长，你的头发像菊花一样。老院长也笑了，说，吴为，等你再过几十年，头发也会像菊花一样。老院长不再说话，好久以后，他用目光拍了拍吴为的肩膀，仍然什么话也没有说，收回目光，走了。

吴为来到黄小菊的病房，把钱塞还给黄小菊。纸币上别着一张纸条，上面写着：我的同事为了让你对他的手术水平放心，才先收下了钱，现在他说要还给你。

黄小菊正在病床上睡觉，吴为把钱放到她的面前时她醒了过来。她看到了钱和纸条就在离鼻尖不远的地方，然后她抬头看到了身边站着的吴为。黄小菊的大眼睛闪了一下，又合上了。她没去碰钱，也没去碰纸条。她只是说了很轻的一句话。她说，吴医师，你何苦。

四

黄小菊下床了，黄小菊走路了，黄小菊出院了，黄小菊只在医院里呆了七天，七天以后她和吴为一起出现在菊园。黄妈妈说，

当代中国最具实力中青年作家书系

别去菊园，菊花我会去采的，你身子还虚呢。吴为却说，让黄小菊同志去吧，我为她的健康负责。吴为就和黄小菊一起去了菊园，一起在无力的阳光底下采摘着杭白菊。

黄昏的时候，黄小菊要和吴为一起离去。在篱笆门前，吴为一把抱住了黄小菊。黄小菊挣扎了一下，就闭上眼睛不动了。吴为说，你是一个像菊花一样的女人，没有哪一个男人适合娶你。你嫁给你的菊园吧，你嫁给满园的菊花香吧。黄小菊什么也没能听清楚，但是黄小菊的耳朵能感受到吴为吹出的热气。黄小菊的脸一直红着，像是在燃烧的样子。吴为后来慢慢地放开了她，吴为一步一步慢慢地后退，慢慢地离开了。吴为离开时正是菊园的黄昏，吴为一回头的时候，看到的是一幅油画。黄小菊就站在油画里，她的掌心翻转朝上搭在额角，她用这样一种农村的姿势眺望着吴为的远去。

大康已经醒了，大康昏迷了很多天。大康已经缺失了部分记忆，他能记得起儿子，但是他记不起小麦了。吴为去大康的公司找小麦，小麦已经离开学校替大康打理公司里的事了。瘦了很多的小麦对吴为说，是不是上天安排的，我离开你，你仍关心着我。我跟了他，他却不认识我了。吴为很哑地笑了一下说，他没出事前，我总是矛盾着要不要找他打一架，不是想争回你，是想让我痛一痛，也让他痛一痛。我真想揍他一顿，怎么从来不为别人想就拐跑了别人的老婆。要是人人都拐别人的老婆，那，不是全乱套了吗？但是他躺在我面前的时候，我的刀子打开了他的头部，我才想，生命真弱小，它不能轻易触碰。我的刀锋只要在手术时一转，你就见不到他了。

后来小麦走到吴为身边，说，你抱抱我，我感到累也感到冷。

吴为就伸出了双臂抱住了自己的前妻。小麦说，是不是和以前抱我时的感觉不一样了。吴为说，是的，我现在是对朋友的一个拥抱，以前，是拥着我的爱人。心情不一样，所以性质也是不一样的。小麦说，你不用说得那么明白，我不会赖上你。吴为没说话，只是笑，轻轻拍着小麦的后背，像是在哄着一个小孩入睡。小麦后来抬起了头，说，你有女朋友了吗。吴为说，让我想一想。吴为想了很久以后，才说，我有女朋友了，我的女朋友叫黄小菊，她开着一大片的菊园。我在喝的菊花茶，就是她送我的。

小麦不再说话，只是轻叹了一口气。后来，小麦离开了吴为，坐到她的老板椅上。这时候吴为突然发现自己很像是一个小卒，而小麦实在像一个老板。落地窗外，是一条穿城而过的江。以前吴为和小麦谈恋爱时喜欢在江边走走，等到热恋了，他们喜欢钻暗一些的地方。等到快结婚的时候，他们又喜欢出现在江边了。吴为的目光就一直投在江面上。江面上波光粼粼的。吴为发现，江面上除了波光粼粼，还是波光粼粼。

吴为在医院的日子波澜不惊。有一天，吴为在医院的小花园里碰到了老院长。老院长看了吴为很久，吴为说，你想把我看穿。老院长说，我看不穿你的，听说你想走了。吴为说是的，我想去杭州。杭州有一家医院要我，年薪都谈妥了。老院长说，这才是真实的吴为。去杭州吧，那儿比小县城更适合你。这个时候，吴为看到了小花园的小径上，落满了黄叶。快年底了，秋冬交替，黄小菊的杭白菊也快采完了，接下来，是江南冷冷的湿冬。

在湿冬来临以前，吴为要去省城医院上班的消息在单位里传开了。在食堂打饭的时候，那人站到了吴为的面前。那人说，我以为你那么崇高，原来你也看重钱。吴为手里捧着菜盘子，盘子

当代中国最具实力中青年作家书系

里盛着几只大虾。吴为久久地盯着那几只红色的大虾看。吴为抬起头对那人说，那人，我发现大虾其实一个个都是驼背。那人笑了起来，说你真够逗的，照你这么说，骆驼就更是驼背了。吴为也笑。那人说，吴为，以前你可是误会我了，我觉得你比我有眼光，红包算什么，到省城大医院供职，那才叫美好前程。吴为仍然没有说话，只是眯眼笑着。那人说，如果有机会，你也介绍我去吧，我想进城，我女朋友就在杭州工作。吴为愣了一下说，你也有女朋友？那人说，怎么啦，我就不能有女朋友。吴为马上说，当然可以有，谁都可以有，所以，我们都有女朋友。

吴为就要在冬天正式来临以前离开人民医院了。吴为坐在院长办公室里，他为自己泡了一杯茶。他隔着一张巨大的办公桌和院长对视着。办公桌上，躺着一张辞呈，和一个红包。吴为和院长都捧着茶杯喝着茶，唏嘘的声音就响了起来。吴为说，院长，这是我收的唯一红包，是我前妻送的，我想还给她，但最后想想还是算了。都已经收下了。院长什么话也没有说，很久以后，他说我们可以给你往上加工资，可以给你提为主任，但是，你不要离开医院好吗？吴为笑了起来，很天真的那种笑。吴为说，院长，我在那边签下合同了。院长就什么话也不再说了，院长顾自埋头喝茶。

吴为经常坐在自己家的客厅里发呆，呆呆地望着那架积满灰尘的史坦威钢琴。在以前，钢琴前总可以看到一个曼妙的身影，那个身影属于他。但是现在没有了，现在身影像肥皂泡一样远遁。有时候，吴为坐在地上，举着一把把手术刀，往墙上挂着的镖靶上扎。他挥动手臂的时候老是想着刘德华在《十面埋伏》里挥刀的动作。吴为想，这一辈子都不可能模仿到刘德华的潇洒动作了。

门虚掩着，吴为一直以为，门虚掩着可以让客人自由出入。在客人出入以前，风在吴为的房子里来来又去去，然后客人就出现了。客人是黄小菊。黄小菊带来了一些杭白菊，还带来一束刚采来的各色星星点点的小菊花。菊花再一次被放到了琴盖上。黄小菊看到了琴盖上满是灰尘，黄小菊就找了一块抹布。吴为突然说，别擦，擦掉了就会看到灰尘下面的往事。黄小菊听不到吴为的话，但是从吴为的眼神里她看出是让她别擦。黄小菊走到了吴为的身边。吴为把手里的最后三把手术刀，全部扎在了镖靶上。然后，他看到了黄小菊走到了他的面前。吴为没有起身，仍然坐在地板上。吴为抱住了黄小菊的一双长腿，他把脸贴在了黄小菊温软的小腹上。黄小菊的手伸下来，揉着吴为的头发，一会儿，吴为的头发就被揉得凌乱如鸡窝一般。这时候，吴为一抬头，黄小菊看到了吴为眼中的泪光。这时候，另一个女人也同时出现在门边，她叫小麦。小麦看了黄小菊一眼，两个女人的眼神都有些复杂。吴为的脸没有离开黄小菊的小腹，他的眼光略略有些发直，也没有和小麦打招呼。小麦走到了钢琴边坐下来，打开琴盖，手指头敲下去，一串音乐就流了出来。一会儿，音乐的水越流越多，满客厅都是，吴为坐在地板上的身子就完全浸在了音乐的水中。

吴为仍然抱着黄小菊的双腿，吴为仍然将脸贴在黄小菊的小腹上。吴为没有看小麦一眼。音乐停下来的时候，小麦呆呆地坐在钢琴前。吴为说，谢谢你弹了一曲《星空》送给我，是不是看到星空就能看到希望？好久以后，小麦说，我知道你要离开医院去省城了，我是来送你的，我祝你前程远大。吴为说，你还知道我其他的一些事吗？小麦说，别人一定不会知道，但我已经知道了。小麦接着说，你抱着的是你说的那个女朋友吗？吴为说是的，但是她听不到你的钢琴声的。她很纯朴，只是个村姑而已，但是我喜欢她。

五

一个清晨。应该是一个寒冷的清晨吧，许多人都围着围巾。杭州是不太会飘雪的城市，但是看样子，下午可能会有一场雪。

事实上，临近中午的时候，就开始有零星的雪飘下来了。一辆公交车开过以后，我们看到了站台上的吴为。他刚从车上下来，有些风尘仆仆的味道。吴为走到不远处的中医院门口，对着那块牌子看了很久，好像是要确认有没有走错。

吴为进了门诊楼。吴为进了一间办公室。办公室里坐着一个女医生，女医生正在写着一些什么，她头也没抬地说，来了？吴为说，来了。吴为接着说，当然是来了，你这个问法，问得不对。女医生仍然专注地写着东西，写完了把纸张一推，她看到了吴为手里举着的杭白菊。吴为把手中晒干了的一小袋杭白菊举了举。女医生说，是什么？吴为说，杭白菊，明目清火的。女医生说，行贿？吴为说，算是吧，在你这儿住院时，你得对我好一点。

女医生和吴为对视了一眼说，你怎么发现得那么迟。吴为说，很快的，说来就来，我自己都没有想到。两个人说到这儿，就不再往下说了，都不说话，很长一段时间的沉默。也许，有半个小时吧，他们都各归各看着窗外。不说话，大概是因为不想说什么。女医生是吴为在温州医学院的大学同学，也是吴为的初恋情人。在医学院的一棵树下，吴为吻过女医生，是轻轻触唇的那种吻。后来他们分开了，各奔东西。吴为说，你，老公和孩子都好吧？

女医生点点头，说，都好。她眨巴着眼睛，像要努力地控制一些什么。

　　吴为缓慢地掏出了一把手术刀。小巧的线条很好的手术刀躺在他的掌心里。吴为说，这是我工作后第一把手术刀，我不在了，你就把它和我放在一起。如果以后有空，你就抽空来看看我。女医生凄惨地笑了一下，她站起了身子，扑进吴为的怀里，紧紧地抱住了吴为。门还开着，不时有人走过。有人在门口停了下来，观望着。吴为拍着女医生的后背，说，别这样，你现在是医生呢，病人在门口看热闹了。吴为想要推开女医生，但是却没有成功。吴为的手里仍然握着刀，他看到窗外的飘雪，是一种凌乱的飞舞的白色。雪越来越大，天黑之前会覆盖整个杭城。就像黑夜覆盖大地，就像男人覆盖女人，就像时间覆盖历史。吴为喜欢这样的大雪，他甚至希望大雪会把他的整个身子掩埋。

　　吴为轻声地在女医生的耳边说，给我的刀取个名字好吗？女医生想了想说，眉刀？吴为摇了摇头。女医生说，米刀？吴为仍然摇了摇头。女医生说，木兰刀吧？吴为叹了一口气说，不如叫菊花刀吧。因为我的女朋友是开菊园的。

当代中国最具实力中青年作家书系

寻找花雕

聊天室里的花雕

花枝招展问北方的河，你知道花雕吗？

北方的河说，花雕是什么？一种飞禽？

花枝招展说，错了，是一种江南的酒。

北方的河说，我知道有一种酒叫伏特加，产地是苏联，那是一种烈酒，超级市场里能买到。我们北方人常喝这种酒。

静默。花枝招展喝了一口水，每晚八点她都在这个叫作"今生有约"的聊天室里等候北方的河。北方的河是一名高校的体育教师，花枝招展常想象着他穿着运动服跑步的情形。他们已经聊了很久了，彼此都能聊得来。花枝招展在这座城市的公用事业局工作，一个小小的公务员，大学毕业，前前后后谈过几场恋爱，最后嫁的老公，同样是一个公务员。他们不用为生计作很大的奔波，小日子过得波澜不惊。老公像影视作品里的典型男人那样，早上起来刮胡子喝牛奶吃蛋糕或面包，拿一份晨报浏览一番。有时候老公看花枝招展上网，像一个影子一样飘到花枝招展的身后，然后又悄悄地退回去，看电视，或者给朋友打电话，当然有时候也会出去应酬。

北方的河说，你为什么对花雕感兴趣？

花枝招展说，花雕是政府外交的国礼，你怎么可以不知道？花雕是南方的一种酒，像南方的女人，柔软坚韧。

北方的河有了很久的沉默。

北方的河说，我想来看你。

在以前的每一次聊天中，北方的河其实说了许多次想来看花枝招展的话，但是花枝招展都没有同意。从北方的河所在的城市，到花枝招展所在的城市，要乘坐两个小时的飞机，现代交通工具能让北方的河迅速出现在花枝招展面前，但是花枝招展感到惶恐和害怕。一个陌生的男人，怎么可以突然和自己面对面地坐在一起。

北方的河又说，我想来看你，我想马上出现在你的面前。

花枝招展送给北方的河一个笑脸，然后问，为什么老是想见我。

北方的河说，我想认识江南的花雕。

这时候一场江南的雨悄悄落了下来，打在铝合金窗玻璃上。风吹送着一些雨滴进入花枝招展的书房，让花枝招展有了些微的寒冷。

花枝招展说，我有些冷，下雨了。

北方的河说，那让我赶来为你加衣。

这样的说法无疑就有了暧昧的味道。花枝招展的老公出差了，这是一个容易出轨的时机。老公明天下午就回来，北方的河不可能如此这般的在那么短时间里来去匆匆。

花枝招展说，好啊，你来，你能在一小时内赶到你就来。

北方的河说，好的，我们在哪儿见面。我已经到了这座城市。

花枝招展沉默了很久，然后才说，真的吗？

北方的河说，真的，如假包换，我住在新元酒店，昨天我就到了，来办点儿事。我就等着你这一句话，我料到你会说这一句话。

花枝招展转移了话题说，花雕其实就是古代的女儿酒，在绍兴，若一户人家生了女儿，便把上好的黄酒装入陶罐埋入地下，待女儿出嫁时挖出来，然后请民间艺人在陶罐上刷上大红大绿的颜色，和大大的"喜"字。你的小孩是男孩是女孩？若是女孩你也要准备这样一坛酒。

北方的河说，我还没有孩子，但我喜欢女孩。若将来真的得了一个女孩，我一定会埋上一坛女儿酒。

北方的河又说，你不要转移话题，你在哪儿见我。

花枝招展叹了一口气说，好吧，那就在花样年华。

北方的河说，你们南方人取网名也好取店名也好，怎么都是软绵绵的。

花枝招展说，你说对了，江南的风也是软的，江南的女人更是软的，而江南的花雕，是一种软的酒。

市井的花雕

在花样年华酒吧里，花枝招展见到了那个叫北方的河的人。没有想象中的伟岸，倒有一种南方人的味道，脸色白净，身材瘦长。花枝招展没有一见如故的感觉，也没有十分生疏的感觉，在聊天室里他们都谈了彼此的许多事情。但是花枝招展始终不能把他和一个体育教师联系起来，看上去他更像一个公司职员。

　　花枝招展穿着一袭裙装，那是一个叫"江南布衣"的品牌。棉布包裹的女人，一定就是温软的女人。北方的河坐在花枝招展的对面，他的眼睛有些小，那样眯着，露出诡异的笑容。他理了一个平头，如果说要找到体育教师的特征的话，平头是最能体现这一职业的特征。北方的河穿着西装，看上去是一个严谨的男人。他一直这样笑着，目光始终不离花枝招展。花枝招展有些不太自然起来，一个十七八岁的服务生走过来，弯腰，很小声地问要什么。花枝招展说，有没有花雕，就是商店里就能买到的那种花雕。服务生的嘴角牵了牵，没有，酒吧里不会有这样的酒。花枝招展显得有些失望，其实她预先就知道，酒吧里肯定不会有这样的酒，但是她仍然忍不住问了出来。北方的河也笑了，北方的河说你们这儿肯定没有伏特加吧。服务生再次把嘴角牵了牵，但他保持沉默，他一定在想这两个人为什么想要的都会是酒吧里没有的酒。

　　最后他们各要了一杯芝华士12年，那是一种酒质饱满丰润的水，让人想到遥远的盛产芝华士的苏格兰。在进入他们的口中之前，芝华士通过长途运输来到这儿，再之前，就是在橡木桶中度过它孤寂而漫长的十二年。酒吧里放着一首好听的歌，花枝招展记不得演唱者的名字了，只记得那个男人嗓音沙哑，那首歌的名字叫《加利福尼亚酒店》。花枝招展抿着酒，说你为什么想要见我，我很特别吗？北方的河说，你不特别，但是你为什么一定就要特别呢？花枝招展点了一支烟，那是一种叫作"繁花"的女士烟，细长形的白色的烟，线条流畅像一个寂寞的女人。花枝招展的腿交叠着，头发稍稍有些蓬乱，脸色也不是很好，但是在暗淡的灯光下却有着一种与众不同的妩媚。花枝招展顷刻间就被烟雾

当代中国最具实力中青年作家书系

包围了，她坐在雾中，柔顺优美的线条呈现在北方的河面前，像是暗夜盛开的花朵。北方的河咳嗽了一下，这是一种显得特别生硬的咳嗽，咳嗽声中他一定在寻找着话题。

北方的河说，你为什么突然说起花雕，你从前一直都没有说起过花雕。花枝招展说，我不知道为什么，我只知道我今天很想喝花雕酒，很想把自己喝醉了。北方的河说，我也想喝花雕，我也想知道你说的花雕是怎么样的。花枝招展说，你知不知道晚清的任伯年父子，他们是绍兴籍的大画家，在酒坛子上画武松打虎，那才是有名的花雕。北方的河说，我知道任伯年，但是不知道他在酒坛上画画。

花枝招展抽完了一支烟，她将烟蒂在玻璃烟缸里揿灭了，然后她不说话，她只望着窗外，窗外是一场江南的绵密的雨。雨不大，很适合浪漫的情人在雨中行走，但是一会儿工夫，这雨又能把你从里到外都打湿，也许这也是一种温软的力量。花枝招展看着薄雾般的雨落在霓虹灯上，霓虹告诉每一个人，这儿不是乡村，这儿是城市，这儿是城市里的酒吧。花枝招展又点起了一支烟，一根细长的，像手指那么长的火柴举起了一朵暗淡的火花，把花枝招展的脸映得一明一暗的。花枝招展就举着那根火柴，等它快要燃尽的时候，她点着了烟，然后挥手把火挥灭了。很优雅的一个女人。

北方的河说，你是不是老抽烟。

花枝招展说是的，我还没有孩子，老公说在我不戒掉烟之前，我们绝不要孩子，我正好懒得要孩子呢。

北方的河说，抽烟说明你是一个寂寞的女人，你寂寞吗？

花枝招展想了想说，是的，我很寂寞，所以我在网上认识了你。寂寞的女人大都是抽烟的，但是我只抽一个牌子的烟。我只抽"繁花"。女人的一生，就像繁花，有含苞，有绽放，有凋零。

北方的河说，你不要说得那么悲凉好不好，让我觉得人生太虚幻，好像看不到前程似的。

花枝招展说，人生当然虚幻，你觉得人生不像是一场梦？

北方的河说，你老公是怎么样一个人，他爱你吗？

花枝招展想了想，她在努力地想着那一个被称作老公的人，她带着老公第一次到家里时，父母亲很满意。老公是一个女友介绍的，女友说，你谈了好几个都没谈成，这次我给你介绍一个优秀男士。老公在各方面都是不错的，温文尔雅而且宽容，从来不限制花枝招展一点点自由，连献殷勤也是不露声色的。但是老公也像一个影子一样，一忽儿飘到她的身边，一忽儿又飘远了。他只和花枝招展过日子，没有其他。

花枝招展说，我老公是一个影子，他是一个优秀的影子，他爱我。

北方的河显然没有听懂她的话，但是他很聪明，他没有再进一步地问。他说我们不说你老公了，也不说其他的，我们说你的花雕，你给我说说花雕行吗？

花枝招展于是就说起了花雕。

花枝招展说，你知不知道绍兴有条鹅行街，鹅行街里有一个叫黄阿源的人，当然那是上个世纪四十年代的事了。花枝招展的眼前，突然就浮现了那时候的一条江南老街，和一个戴着毡帽的民间艺人。黄阿源站在庙堂里，抬眼看着油泥堆塑彩绘的菩萨。他的个子不高，双手反背，在久久凝望那些表情一成不变的菩萨后，走出了庙堂，然后走到鹅行街，走进一堆光影里。他的手里

当代中国最具实力中青年作家书系

突然多了一只坛，又多了一只坛。他用沥粉装饰，贴金勾勒，做了四坛"精忠岳传图"的花雕。接着，他开始脱下毡帽在这条鹅行街上奔跑，路人纷纷以奇怪的目光看着他。他的心里涌起了一浪浪的甜蜜，因为花雕，居然可以做得如此精致如此巧夺天工。

北方的河终于明白，所谓花雕，不是以酒命名，是以酒的包装命名。酒坛子里装着的，是江南的女儿红，一种普通的米酒而已。北方的河说你知不知道伏特加，那是一种让人沸腾的酒，它会给人力量，给人青草的气息，你能看得到大地上升腾着的热气。花枝招展吐出一口烟，她把烟直直地喷向北方的河。烟雾冲向了他的脸，然后四散着漫延开来，让北方的河只呈现一个模糊的轮廓。烟雾升腾中，花枝招展的手机响了，蓝色的屏幕在闪烁，亦真亦幻的感觉。一双白皙柔嫩的手伸过去，纤长的手指轻轻握住手机。

我在喝酒呢。

在花样年华酒吧。

我和一个男人。

怎么你不信？

不信拉倒。

你几时回？

好的，路上小心。

晚安。

这是北方的河听到的全部内容，显然这些句子里省略了电话那头一个男人简短的话语，但是仍然能让人准确地猜出对话的全部内容。那是花枝招展出差在外的老公打来的，花枝招展在这几句极简单的话中穿插了软软的浅浅的笑，平添了几分温情，让北方的河心里酸酸的。北方的河说，看上去你们挺恩爱，让人无缝可插。

花枝招展说，你是不是希望我们不恩爱？

花枝招展说，我说过他很爱我，他像一个飘来飘去的影子，用他的方式爱我。许多时候，我对日常生活的一些细节健忘或者感到模糊。

花枝招展说，我想离开了，我想去大街上走走，你陪我走走吧。

北方的河站起身来，他看到了一场雾雨还在窗外飘忽不定，酒杯里还有一些芝华士的残液，像一个不再年轻的经历过许多次情爱的女人。他们离开了。

街上的行人已经很少，他们没有伞，花枝招展觉得寒冷，所以她挽住了北方的河的胳膊，像一对情侣。花枝招展说，我想喝花雕，你陪我去找花雕好不好？花枝招展说话时嘴唇微嗫，有了一种撒娇的味道。北方的河说，好的，我陪你去找。大街上的商店已经打烊了，很安静，一条长长的街就在两个人的视野里头，布带一样抛向远方。一个男人正在拉下卷帘门，那是一家小店的门。花枝招展挽着北方的河走过去，说，有花雕吗？男人愣了一下，但是随即他就摇了摇头，并且咕哝了一句。

街边法国梧桐宽大的树叶在微雨中沙沙地响着，北方的河摸了一下头发，头发湿了，像喷上一层雾似的。在梧桐树下，他清晰地听到花枝招展说，吻我。声音很遥远，仿佛来自天边，或者来自他曾经历过的年轻岁月里的某个时期。吻我。花枝招展又说了一遍，她的眼睛闭上了，头微仰着，长长的睫毛上挂着雾球，喷出的鼻息，温暖而湿润。它们打在了北方的河的脸上，痒痒的。

当代中国最具实力中青年作家书系

北方的河的心开始颤动，很轻微的颤动，他的嘴唇也开始颤动，一边颤动一边轻轻压了下去，盖在了花枝招展的唇上。他的舌尖钻出来，温文地开启花枝招展的唇，像一把钥匙。然后他的舌尖触到了细密的牙齿，他努力地顶开花枝招展的牙齿，舌尖终于触到了另一个舌尖，像两朵花的相遇。那是一种温软的湿润的相遇，北方的河闻到了芝华士的味道，还有柠檬的味道。舌尖滑滑的，一忽儿滑上，一忽儿滑下，让北方的河沉醉其中。花枝招展的身体也贴了上来，像一条直立起来的鱼，温婉地贴在北方的河身上，没有一丝空隙。那是一具女人的身体，带着体温，像妖娆的花朵突然在他身边开放。北方的河耳朵里没有了树叶沙沙的声音，他的心很静，什么也听不到了。他只吮着花枝招展的舌尖。

很久以后，北方的河感到舌头有些酸，花枝招展轻轻推开了他，舌尖也同时退出来。北方的河看到花枝招展抿了一下舌头。花枝招展说，你的初吻是在什么时候？

这是一个奇怪的问题，是一个一般人不太会问的问题。北方的河笑了笑，没有回答，但他仍然想到了他在校园里的一棵树下吻一个山东女孩的情景，那时候他没有征求女孩的同意，他认为亲吻是不能去征求女人同意的。女孩挣扎，女孩在挣扎的过程中用手捶打着他，先是用力的，然后力气一点点小下去，然后，女孩把一双手环在了他的脖子上，并且羞涩而热烈地回吻着他。很显然，花枝招展的问题勾起了他的回忆。花枝招展说，我的初吻，到现在已经十年，那个男孩子是大学同学，也是同乡，现在他在深圳开着公司，并且还没结婚，连女朋友都没有。

他们继续往前走。北方的河掀起了西装的下摆，让花枝招展钻进他的怀里。这个时候北方的河有了蠢蠢欲动的念头，那个念头跳出来，张开嘴咬他，咬得他遍体鳞伤。他们相拥着前行，把步子迈得歪歪扭扭的。一个警察站在不远的地方，他穿着雨衣，但是帽子上的警徽还是发出了微弱的光。警察看着他们，笑了笑，警察当他们是一对爱情中的男女。然后，他们看到不远的地方，亮着灯光，那是一家狗肉店。

　　店主是一个看上去瘦弱的人，他蓄着小胡子，一双绿豆一样的眼睛毫无生机地转动了一下。花枝招展停下步子，她从北方的河怀里钻了出来，她说，有花雕吗？你这儿有没有花雕？店主愣了一下，他想了想，转过身子从高高的货架上拿下一瓶积满灰尘的酒。他努起嘴，吹了一下，灰尘就雾一般升腾起来。是这个吗？老板问，是不是这个花雕？

　　那是一瓶包装简单的花雕，白色的陶，有花有草有一个嬉戏的小童。花枝招展笑了，她伸出手捧住花雕，像捧住了一件宝贝似的，或者是一件心仪已久的首饰。她腾出一只手，把北方的河拉进不大的店里。店主仍然面无表情，一个女人像从地底里冒出来似的，突然出现在他们面前。女人笑了一下，露出门板一样的牙齿，微微发黄，闪着一种瓷质的光泽。女人说吃不吃狗肉，女人的手里举着一把亮闪闪的菜刀，好像随时要进行一场搏杀似的。花枝招展说，要狗腿，你给我们切一条狗腿。女人的手里突然多了一条狗腿，她在案板上切狗腿，一条腿很快被分解了，形状还算优美，薄，而且有一种线条。

　　花枝招展和北方的河面对面地隔着一张小方桌坐着，很像一部王家卫的片子里的镜头。他们一言不发地看着不远的角落里，一条剥去了皮的狗。灯光落在狗的身上，它的身子是雪白的，映着一丝丝淡淡的血水，还闪动着一种带有湿润的光泽。在不久以前，它还是有生命的，也许它就是死在瘦弱的店老板锋利的刀下。北方的河面对油腻的桌子，好像找到了某种北方的感觉，他舔了一下嘴唇，突然有了一种喝酒的欲望。一瓶花雕打开了，弥漫着酒香，那是一种来自植物的核心的香味。花枝招展笑了一下，举起酒瓶，为北方的河倒了满满一碗。北方的河俯下身，嘴唇触到了酒。丝丝缕缕的甜味和略略的涩味沾在了他的舌尖上，他咂了咂嘴，咽下一口。酒顺着他的喉咙下滑，软软的像一条光滑的绸缎从手背上滑下时的感觉。然后进入胸腔，在那儿汇成一股温暖的泉，温暖着他的胃。他甚至想着，他的胃部会不会因此而长出青草，青草上洒满露珠和阳光。而他的脑海里，浮现的却是平原上的大片水稻，种出的稻米蒸熟了，加上白药，然后成为软绵绵的酒。他的脑海里，还浮现一个叫黄阿源的戴毡帽的男人，反背双手走在鹅行街上。少顷，黄阿源开始狂奔，腋下夹着两个花雕酒坛。

花枝招展也抿了一口，她抬眼时送给北方的河一个笑脸，她看到北方的河唇边留着酒的痕迹。花枝招展说，这座城市里，最有名的是狗肉，现在已经过了吃狗肉的季节，你如果在冬天来，你如果在飘雪的日子里来，温上一碗老酒，切上一碟狗肉，用椒盐蘸着，那时候你面对窗外飘雪，不想成为诗人都不行啊。北方的河又俯下身子喝了一口酒，他说花雕的味道怎么这样甜，像果汁一样。你不知道北方的伏特加，它只在我生活的城市里流行，那是一种烈酒，喝到嘴里，你的整个胃都在燃烧。

他们吃着狗肉，喝着酒，全然没有去理会外面越飘越密的雨丝，也不去理会那个瘦弱的老板和刀工特别好的笑容诡异的板牙女人。一瓶酒喝掉了，花枝招展说，再来一瓶。又一瓶花雕打开了，打开以前店老板照例再次吹去酒瓶上面的灰尘。板牙女人递上了酒，她走路的时候寂静无声，酒放在桌子上时也是寂静无声的。花枝招展只看到她那双油腻的手，那双手不知接触了多少狗肉。酒瓶里的酒倒下去了，有轻微的咚咚声，像温泉。北方的河的脸是青色的，那完全是因为灯光的缘故，当然也有可能，是酒量极好的人的一种常见的脸色。他看着花枝招展倒酒时的手，那么白皙柔软充满诱惑。他想到这个女人刚才还钻在他的怀里，让他那样拥着她。他的心底里开始涌起了欲望，他看到花枝招展喝得很少，只是一小口一小口地抿着，但是脸上仍然有了盛开的桃红。花枝招展斜眼看他的时候，把一小块狗肉夹到嘴里，用细密的白牙叼住了，细细咬起来。他终于说，去我房间坐坐好吗？

花枝招展沉思了一下，随即又抛过来一个笑脸。花枝招展说，喝酒，我们的酒还没喝完呢，再说吧。于是就喝酒了，这种甜甜的酒对一个善饮的北方人来说，不在话下。北方的河很想在短时间内把第二瓶酒喝完，他自斟自饮起来。他又想念他的伏特加了，心底里他更喜欢伏特加，那是一种让人爽的酒。他还想起了一部电影的情节，一个男人一直在寻找一种叫伏特加的酒，一个女人像一个精灵一样出没在他的生命里，女人是周迅演的，妖娆而迷乱，找不到根的感觉。摇晃着的用手提方法拍的镜头，在他的脑海里越来越清晰。他倒上酒，喝掉，又倒上酒，喝掉。然后他摇晃了一下花雕酒的酒瓶。他的手指刚好按在酒瓶上那个童子的脸上，所以他只能看到童子的脖子以下，脖子以下是童子露出胖乎乎的胳膊和腿的模样。酒瓶传来轻微的水声，很细微的，像一枚武林高手抛出的针在空气中游走。他没有把酒瓶里的酒倒入杯中，他把酒瓶的口对准自己的嘴，一仰脖，就全下去了。他只感到有

当代中国最具实力中青年作家书系

一条小河，从他的喉咙游过，游到他的胸膛，在那儿汇成一个潭。

花枝招展看着北方的河，那显然是一种属于北方的喝酒方法。花枝招展看着北方的河仰脖子的模样，像核桃一样的喉结滚动了一下，又连续滚动了几下，然后北方的河撸了一下嘴巴，放下酒瓶。酒瓶上的童子笑容变得更加安静，瓶子是空的，但是它仍然应该叫作花雕。而酒没有了，进入一个北方人的胃部。北方的河站起身来，走吧，他的目光闪烁不定，有些焦虑，像是包着一些内容一样。走吧。北方的河再一次这样说。花枝招展抬起眼，她有着轻微的黑眼圈，这与她迟睡有关。她看了北方的河很久，有些惶恐地说，去哪儿？

到我房间坐坐吧，到我的房间去，好不好？声音很低，但是充满着渴望。他们一起走出了狗肉店，在走出狗肉店以前，北方的河摸索着抽出一张百元币放在桌上。百元币是新的，轻巧而坚硬，像一枚锋利的刀片。他拉着花枝招展的手径直向外走去，这个意思就是，不用找钱了。板牙女人把钱拿起来，通过油腻腻的手传给瘦弱的老板。花枝招展挽着北方的河的手，她一回头，看到老板的绿豆小眼睛转动了一下，小胡子也颤动了一下，他正举着那张薄似刀片的纸币。显然纸币已经切中了老板的某一根神经，她甚至听到了老板心里突然发出的叽叽嘎嘎的笑声。她还看到那张小方桌上，一包叫作"繁花"的女士烟寂寞地躺在那儿，繁花盛开在一片暗红色的光泽里。那张昏黄灯光下的方桌，让她想起了一部电影。电影的名字叫作《半生缘》，是张爱玲的小说改编的。吴倩莲的神情显得幽怨，她也坐在一张方桌旁，暗淡的灯光投在身上。她对身边的一个男人说，我们已经回不去了。那时候数十载光阴刷刷而过，让看片的花枝招展心痛了。她没想再去拿回那包烟，她记得烟盒里还有两支烟。

北方的河拥着她，一起走在向新元酒店去的路上。一辆出租车停了下来，北方的河拉着花枝招展要上车，花枝招展说，再走走吧，不远就到了，还不如再走走。北方的河没有再坚持，他一仰头，雾般的微雨就均匀地浇了他一脸。他低下头，用唇轻触了花枝招展的面颊，并且无声地笑了起来。花枝招展没有表情，起先她在北方的河的怀里，现在，完全是她在扶着北方的河了。冷风一阵一阵地吹着，北方的河的脚步开始晃起来，摇摇摆摆。花枝招展想到了老公，老公在另一座城市里，明天下午，老公就要乘坐航班回来了。老公的包里，一定会有送给她的一件小礼物。她不知道自己还想要什么，她只是始终感觉对她很好的老公，像一个美丽的影子一样，一直在她的生命里飘着。

北方的河低估的是江南的酒的后劲，花雕的酒劲开始涌动，像一眼喷泉一样。北方的河说，花雕好像有些后劲。花枝招展说，不是有些后劲，是很有后劲。我告诉你，大凡柔软的东西，一般来讲都是比较厉害的，比如江南的酒，和江南的女人。北方的河舌头有些大了，他说你等一下，你等一下，他推开花枝招展，把自己的身子伏在一棵树上，像是寻找依靠的样子。然后，刚刚吃下去的食物，说确切一点是狗肉，全部都倒了出来。花枝招展走到他身后，在他背后轻轻敲着，但是他却一把搂住花枝招展，身子软下去软下去。花枝招展感到自己身上有座山，她奋力推开山。一辆出租车停了下来，走下一个络腮胡子的年轻人。他帮花枝招展把北方的河抬上了车，他在车里说，你为什么要跟外地的男人一起喝酒，你知不知道这样做很危险。花枝招展坐在后边整理头发，扑鼻的酒气从北方的河身上漫延开来，让花枝招展始终有一

当代中国最具实力中青年作家书系

种呕吐的欲望，但是她强忍着没有吐出来。花枝招展对司机说，你怎么知道我是本地人他是外地人。司机说，我每天都要载着许多外地人和本地人在这座城市里跑，我一眼就能看出来，一般司机还不愿帮你呢，谁愿意自己的车上都是酒气。花枝招展的心里突然有了些感激，如果没人帮她，她不知道该怎么办。司机又说，我还看出来你们刚认识，所以我劝你以后晚上出门要小心，碰到坏人怎么办。花枝招展的脸红了一下，她没有再说什么，她整理着自己散乱的头发。

车到了新元酒店，门童跑上来帮忙。花枝招展谢过了司机，又从北方的河身上摸出了钥匙牌。她和门童一起把北方的河送回了房间，开亮灯。门童问她还有什么事需要帮助，花枝招展说不需要了，她给北方的河盖上了薄被。门童悄悄退了下去。花枝招展在卫生间里整理自己，她洗了一把脸，然后掏出一枚口红，为自己精心地补妆。她分明地看到了眼角细碎的鱼尾纹，和轻微的眼袋。她的头发蓬松而卷曲，而在十年以前那是一头乌亮的披肩长发。她抿了一下嘴，口红让她增添了一丝精神，所以她又抿了一下嘴，并且仔细地端详着自己。卫生间里的日光灯发出惨淡的光，很久以后，她才从卫生间里出来。她看到一个男人在呼呼大睡，他被江南的花雕醉倒，他一不小心触到了柔软，随即被柔软的力量击倒了。

花枝招展轻轻地带上门，她没有乘电梯，是从楼梯下楼的。高跟鞋的声音有节奏地敲响了整幢楼，她走出大门，门童为她开门，目光在她身上停留了许久。然后，她走在了大街上，这是一座江南的城市，是她的城市，她在这座城市里感到寂寞，就像身旁站着的一棵棵法国梧桐一样寂寞。一抬头，她看到了渐渐变白的天色，呈现出鱼肚的颜色，白中带着些微的灰黄。她走在马路中央，一个人也没有，她用双手抱自己的膀子取暖，一双雅致的高跟鞋托起一个优雅的女人，在寂寞的长长的街上走过。

文件柜里的花雕

花枝招展直接去了办公室。和她预料的一样，今天不是一个好天气，雨停了，但是天阴着。她走进属于公用事业局的楼，走进自己的办公室，坐在自己的办公桌前迷迷糊糊地想要睡着。少顷，张阿姨开门进来了，张阿姨说这么早啊。张阿姨整理了一下办公室，她把目光再次投向花枝招展的时候，说，你的脸色很差，你一定没睡好。

花枝招展笑了一下，她站起身来，整理一些昨天刚刚复印完的还没装订的资料。张阿姨皱了一下眉头说，你身上好像有股酒味，你没事吧。花枝招展又笑了一下，说没事。走廊里的声音响起来了，人越来越多，新的一天开始了。新的一天，花枝招展显得异常疲惫。她打了一个哈欠，睡意像一群虫子一样，吱吱叫着围攻她。她终于趴在办公桌上，完完全全地睡了过去。

醒来的时候，已经将近中午。张阿姨走出办公室，她一定是去文印室忙了，她在整理一些资料。张阿姨不愿打扰她的好梦，张阿姨一直像母亲一样照顾她，她的身上，盖着张阿姨的一件薄毛衣。花枝招展站起身，揉了揉眼睛。她开始整理文件，她打开文件柜拿出一些资料。她的手突然触到了一样东西，她拿起来，把那样东西晃荡了一下，里面传来液体的声音。那是一小坛花雕，像一个小篮球一样，已经尘封了十年了，所以酒液也挥发了不少。

她把花雕酒贴在胸前，她已经不记得这坛子花雕了，现在这坛花雕又跳了出来，把她的记忆再次打开。她看到十年前她长发披肩，一个男人赶来这座城市，他们一起逛街，并且在房间里亲热，在公园里接吻。男人在店里买下花雕，送给了她。男人后来去了深圳，现在经营着一家公司。男人至今未娶。男人，是她大学里的初恋。

张阿姨开门进来，花枝招展忙将那坛酒重又放进了文件柜，但是她努力了很久，也不能将自己从记忆里拉回来。也许此刻，老公已经乘上了班机，不久就会回到自己的家中。她站在窗前一动不动，她想把自己从记忆的泥沼里拉出来，她花费了很多的心力，但是脑子里仍然跳着另一个男人本来已经渐渐淡去的音容。这是一件多么奇怪的事情，十年以后，这份记忆竟会突然困扰她，或者说手持长矛袭击她。

手机响了，是北方的河。花枝招展把手机贴到耳边，北方的河的声音响了起来：我要走了，谢谢你昨晚让我品尝了花雕，现在我想念着家乡的伏特加，它们整齐地躺在许多超市的酒柜里。花枝招展努力地想着北方的河的样子，但是她想不起来了。花枝招展想，是不是我的脑子出了一点问题。

北方的河继续说，你昨晚问我，我的初吻是在什么时候，我告诉你，在大学校园的某棵树下，我吻了一个山东女孩。她现在是一个好妻子，和好妈妈，但是她的丈夫不是我。

北方的河还在说着一些什么，花枝招展的耳朵却听不清他在说些什么了，但是她仍然手持电话站在窗前。她的眼眶里涌出了泪水，越来越多，一会儿她的整张脸上都淌满了泪水……

马修的夜晚

马修无比热爱着黑夜。

马修住在一幢老式四层公寓楼的顶楼，这样的公寓楼在这座城市的这个地段已经很少了，少得快要看不见了。每天早上马修从梦中醒来，推开窗子看到的就是四周的高层建筑。这些建筑像孙悟空的金箍棒一样直插云霄，马修总是仰视着这些快要将他埋掉的建筑，把它们恶毒地想象成不知疲倦插向天空的性器。

马修的房子有一个小阁楼，这个小阁楼里无比干净纤尘不染，那是因为马修的妻子李文就住在阁楼里。早上马修拎着皮包去上班的时候，总会俯下身来在李文的耳边说，文，我去上班了，你等着我回来。中午的时候，马修从单位回来，会先走上阁楼和李文打招呼，李文，我回来了。下午马修会小睡一会儿，然后照例和李文打个招呼再去上班。而当夜晚来临，马修就一直陪着李文。在小阁楼里，马修装了一套家庭影院，马修泡一杯茶，每晚都会看两到三张碟。然后马修伸伸懒腰，对李文说，文，我去睡了。

所以说马修无比热爱的其实是黑夜，只有黑夜来临的时候，他才可以和李文在小阁楼上一起呆许多时间。李文是个富家人的女儿，而马修只是某个公司的小小职员。除了马修的性格比较适合李文以外，李文觉得马修温文尔雅，人聪明有灵气，还有就是，马修的外形很好，总是能吸引一些女人的目光。但是李文家里反对，他们反对的唯一理由是，马修没有过硬的背景，门户不相当。李文最终还是嫁给了马修，没有任何一种力量可以阻止李文嫁给马修。作为李家的女婿，马修并没有和李文一家有过过多的交往。因为婚后不久，李文在一场车祸中成了植物人。李文娘家在最初的日子里，天天出没在医院，但是在李文出院后，他们没有来马修家里看过李文，他们大约认为，这对于李文也好，对于自己也好，都不再有多大的意义。而马修的感受，他们没有去想。

　　马修本来就是一个话不很多的男人，马修当初被李文感动，并且一直以为自己一定会是一个好男人的。马修经常要给李文补充营养，他学会了替李文输液。许多个日子里，他俯下身子，抱着李文的头，抚摸着李文的头发，而李文，只会把呆滞的目光投向阁楼顶上的一只巨大吊扇和一小片明瓦。明瓦漏下的光线在小阁楼里游移，吊扇在缓慢地转动，像极了一部电影里的镜头。马修有时候会替李文护理头发，他打来水，替李文洗头，洗发水的味道就在阁楼里弥漫。马修的手湿漉漉的，他用梳子梳理着李文的头发，然后用电吹风将头发吹干，马修始终觉得这些都是漫长、繁琐但是却有意义的一件事。他还会常和李文说说话，他以为李文其实是听得到他说的话的，只不过李文无法表达自己想要说的话而已。他的脑海里，经常浮起汽车的刹车声，所以在他上班的途中，最反感的是那些像鱼一样的汽车，这些大鱼小鱼都挤在小小的河沟里，磕磕碰碰，令人生厌。

马修的小阁楼是一个小小的人间天堂，除了音乐以外，小阁楼里有许多李文喜欢的洋娃娃。许多时候，马修盘腿坐在阁楼的木地板上，那是一种叫作"满庭芳"的地板，坚硬中透着一种软度。马修就在音乐声中回忆往事，李文喜欢听的是苏格兰风笛，所以阁楼里就有了一些风笛的CD，当然还有数也数不清的影碟。马修许多时候都想，他不可以生活在回忆里，他必须要生活在阳光下面，和同事朋友们一起开始一种健康的生活。但是马修已经没有朋友，他的朋友们突然发觉马修变得不合群了，所做的事所说的话都变得不可理喻，加上马修长时间呆在阁楼里，使得马修的脸异常苍白。

马修经常推开阁楼里的窗，看四周的一幢幢高楼。他看到许多人在擦洗高楼，他们的身上连着一根保险绳，从高空挂下来，然后他们就像是一只鸟儿一样，停留在空中。马修想这种在空中的生活一定很有趣，这个时候他开始厌倦自己的工作了，每天都面对那么多的报表，把自己搞得头昏脑涨，一不小心有了差错还要遭老板骂。马修想，我不去工作了，这样的念头越来越强烈。那天马修对李文说，文，我不想再去工作了，我要换一种工作。

马修果然就没有再去上班，马修把手机关了，放了自己一个星期的假。第七天他开机的时候，他的主管打电话过来了。马修听主管在电话里唠唠叨叨，马修就轻声笑了起来，马修说见你妈的大头鬼，小心我杀了你。说完马修挂了电话，马修感到一种快感从脚底板往上升，这时候马修才知道，他已经自由了。马修对李文说，李文，我自由了，我要多陪着你。

但是马修必须要找到另一种谋生手段。马修到大街上去转，他突然发现自己其实不适合干任何工作，自己最适合的目前来说就是护理李文。李文躺倒已经三个月了，马修已经习惯了这样的生活。马修那天站在一幢高楼下，看着几个清洗高楼的人，正在快乐地工作。那些蓝色的玻璃，在阳光映照下发出灼人的光芒。马修后来跑上了高楼的楼顶，他往下看，看到街道像一条裤带一样，软沓沓地扔在那儿，而那些行人和车辆，无疑就是一只只蠕动着的小小虫子。一个女孩在楼顶上吃冰淇淋，女孩的皮肤有些黑，她看了马修一眼说，你来干什么？马修说，我想找一份工作，你看我是不是适合做清洁工。女孩仔细端详了他一会儿，女孩说你的脸色太苍白，你不会是有什么病吧，你不适合做清洁工。马修看到几根粗大的绳子从顶楼上挂下去，马修想，要是在这些绳子上用一把锋利的刀子砍上几刀，那么那些清洁工人是不是会像鸟一样飞起来。马修把这个想法说给女孩听，女孩睁大了惊恐的眼睛说，你想干什么？你神经病呐你。马修说，我没有神经病，我想干你们的工作。

后来马修知道这些清洁工人都是沾亲带故来自同一个地方的，女孩的父母也是清洁工。马修后来见到了他们，他们在一起吃盒饭，他们都好奇地问马修为什么要参加这样的工作，而且从马修的穿着打扮来看，他应该是一个白领而不是一个成天在半空中吊着的清洁工。一个理着平头的小伙子仔细地看了马修很久，他也是不久前才加入他们的队伍的，但是他的体格魁梧而且强壮，看上去他比马修强得多了。小伙子说，马修你是不是看上了这位漂亮的女孩。女孩子的脸忽然红了，她说宁远你说什么，你不要乱说。说完女孩子看了看马修。

马修这时候知道，小伙子叫宁远，马修还知道，女孩子叫白桦。马修问你为什么取了这样一个名字，这是一种树的名字。白桦说我为什么不能取这样的名字呢。马修说，没有为什么，你能取这样的名字。白桦笑起来，白桦的笑声很响亮，她微黑的皮肤闪动着一种光泽，马修懂得了什么叫作健康的颜色，这就是健康的颜色。白桦不是一个苗条的女孩子，但是却浑身散发出青春的气息和女人的味道。马修突然想，和白桦这样的人做爱一定会酣畅淋漓，马修这样想着，脸就红了一下。

马修没有成为清洁工，但是马修经常来看看这些清洁工，经常站在高楼上，看着远方。他能看到自己住着的那幢公寓楼，旧得像一位九十多岁的苏联老女人，在绵软的阳光下取暖。马修还能看到自己家的小阁楼，在那个阁楼里，躺着无比安静的李文。马修已经不相信李文有一天会站起身来的奇迹，甚至李文会眨眨眼皮或流下一两滴眼泪的奇迹都不再相信。白桦问马修，你是干什么的？马修说，我没有工作，我是一个无业游民。白桦说，那你为什么不找工作？马修说你们又不让我干清洁工，我正在找工作。白桦说不是我们不让你干，是你不适合干这工作。白桦晃动着一双腿，她的鞋子已经甩脱了，牛仔裤稍有些脏。她看着马修，眼睛里漾起一层薄薄的水雾，她看着马修，身体晃动的姿势充满着诱惑。

每个夜晚来临的时候，马修仍然和李文一起看影碟。马修说，李文，今天我们看周星驰的片子好不好，周星驰的片子很搞笑的。或者说，李文，今天我们看的是大片，叫作《珍珠港》，里面的飞机多得就像苍蝇一样。然后，马修开着机器，一边喝茶一边看影碟。马修的日子其实是孤独的，曾经有那么一个晚报女记者知道了马修和李文的事，死缠着马修一定要写一篇报道。马修坚定地没有答应，马修说，你是不是要把它写成催人泪下的故事？女记者说，是啊，一定能打动许多读者的。马修说，那我告诉你，我不需要打动读者，有许多时候我们自己都没能被打动，我们自己都麻木不仁了，拿什么去打动读者。女记者久久不肯离去，她不厌其烦地劝说马修接受采访，甚至向马修动用了撒娇的语气而且还抛了无数个媚眼。终于马修叹了口气说，你为什么要这样呢，我对你说，你胸脯平平姿色也平平，我根本就不会有反应。这时候女记者轻轻骂了一句，靠。说完女记者在马修的微笑中，快步离开了马修的视线。

现在马修看的是一个警匪片，片中出现了警察的镜头，他们提着警棍，很威风的样子。其实警察这个职业一直是马修小时候的理想，他甚至动过报考警校的念头，但是由于种种原因，他与警察这个职业失之交臂。马修想当警察的愿望越来越强烈，他站起身来，走到窗边，冷风一阵一阵地吹着，李文睡在床上，睁着眼，很安静的样子。马修想，我要当警察了，我要当警察了。我一定要当警察。

第二天马修的身影就出现在一个小卖部的门口，这是一个专卖警用品的小卖部，连警衔警棍手铐都能买到。马修的手轻轻放在玻璃柜台上，他害怕那么薄的玻璃会不小心被自己弄破，那不仅要赔玻璃还会让自己的手开花。他自己都想不清楚为什么会冒出那么多奇怪的念头，马修对老板说，你这儿有没有手枪。老板正在给马修拿一副警衔，老板的身子突然颤抖起来，他看了马修很久说，你是想抢银行吗？马修轻轻笑了，马修说老板你不要怕，你看我像抢银行的人吗？

那天晚上马修和李文看了一阵子碟片，十二点钟的时候，马修说李文，我找了一个新的工作，我要去执勤了。马修穿上了警服，戴上帽子，然后他还在腰上挂上了警棍和手铐。马修在镜子前照了照，发现镜子里面是一个浓眉大眼相当有正义感的警察。马修在大街上走着，马修大步流星地走着，马修看到街上已经很清冷了，一辆摩托车驶过来的时候，马修挥了一下手，一个小伙子在他面前停了下来。

马修说你为什么没戴头盔，你说，为什么不戴。马修的话很轻，但是说话的口气却很重。小伙子说，我忘了戴头盔，我下次一定戴上。马修说，把行驶证和驾驶证拿出来。马修在灯光下仔细地验看着行驶证，显然这证件已经过期很长时间了。马修说，对不起，你得把车留下，你三天以后来城区中队领摩托车，当然你还得带上罚款。记住三天以后。小伙子还想要说什么，马修说，别说了，你找不出任何理由，三天以后，你找一个叫陈小跑的警察就行。马修没再理他，一挥手，又拦下了一辆车。马修走过去，很标准的敬礼，马修查验了那位司机的一些证件。马修看上去很忙碌，拦了一辆辆车，小伙子终于离开了，小伙子离开的时候，马修笑了一下。他骑上了摩托车，在大街上漫无目的地巡逻起来。

马修后来到了一个很僻静的地方，马修将摩托车停下来，然后他开始步行。这是一处城郊接合部，这里居住着大量的民工，这里的棚子房低矮得让人窒息，而且还能闻到一股股难闻的气味，这种气味里夹杂着尿骚味，这是民工们日积月累随地解决的结果。马修看到了零星几盏亮着的灯光，马修走到一间棚子房面前，推开了简陋的门。他看到三个人赤着膊正在微弱的灯光下打牌，桌子上放着一小堆零钱，他们看到马修的时候愣了一下。马修笑了，马修走过去说站起来，你们给我站起来。三个人还愣在那儿，马修看上去有些生气了，他大吼了一声说给我靠墙站好。他说这话的时候，掏出了警棍。三个人很听话，作为异乡人，他们不太敢在当地人面前撒野，更不敢在当地的警察面前放肆。马修把放在桌上的赌资收了起来，然后马修走到他们身后，电警棍啪啪冒着火星，这让三个人开始有了轻微的颤抖，他们一定害怕马修手中的警棍会不小心碰到他们赤着的上身。

马修走的时候，三个人仍不敢回头看一看。马修走到门边说，我还会来的，我过几天还会来，下次让我再看到你们赌博，我会把你们带到所里去，让你们在所里免费吃饭。马修的声音很轻，但是显然三个人都听见了，他们没有说话。他们只听到没多久，一辆摩托车被发动的声音响了起来。凌晨天亮以前，马修回到了家里，他把摩托车停进车库，然后上楼。马修上楼后先走到阁楼上，马修对李文说，文，我回来了，我换了工作，我现在是一名警察。以后，我会经常需要上夜班的。马修后来洗了一个澡，然后他睡了一觉。

马修醒来的时候已经是下午了，马修在厨房里草草弄了一点吃的，然后马修去找白桦。白桦依然在楼顶吃冰淇淋，马修说白桦你为什么这么喜欢吃冰淇淋。白桦说，我喜欢吃冰淇淋有什么错吗？马修想了想，说没有错。后来白桦坐在了马修的身边，拿一双大眼睛看着他，白桦将身子靠过来，马修感到了白桦的体温。白桦在马修耳边说了一句让马修感到惊讶的话，白桦说，马修，你的眼睛告诉我，其实你很想和我做爱。马修的脸红了，他不敢看白桦。白桦又说，喂，我们做爱好不好，我们在楼顶上做爱好不好。马修的心动了一下，马修看到白桦的目光意乱情迷，马修说怎么可以在光天化日之下。白桦拧了一下马修的脸，白桦说怕什么，这么高的楼顶上，有谁能看得到，除非外星人。白桦说这话的时候，开始动手解马修的衣扣。

其实马修很久没有做爱了，趴在白桦身上的时候，马修开始计算从自己上次和李文做爱到现在有多久，马修想，最起码也得有半年了。马修在楼顶上像是一个道具，完全任凭白桦摆布，当然马修还是对白桦感到异常满意，马修想白桦简直是一个做爱的天才。白桦的动作有些粗野，她轻轻的叫声让马修激动万分，她抱着马修的脖子说马修拿出你的力气来呀，你为什么不拿出你的力气来。马修突然觉得好笑，马修说白桦你说错了，这个时候怎么会不拿出力气来呢。

后来白桦和马修都穿上了衣服，马修往下看，看到了那几个像鸟儿一样的清洁工，他们的工作是辛苦而快乐的，他们的快乐里面总有那么一种汗水的味道。白桦的脸上还漾着潮红，白桦说马修你想的时候，仍然可以来找我。马修突然想，白桦为什么会有如此老练呢。马修说白桦，你跟宁远有没有过？白桦说，不许问这样的问题，你不觉得这是一个很傻的问题吗？马修想了想说，这倒也是。那天马修和白桦并排仰天躺下来，躺在楼顶上。马修要白桦讲讲过去，白桦就说，她跟着爸妈一起来到这座城市，有一个男朋友在部队当兵呢，退伍后也会跟他们一起干清洁工。马修说，那样的话你就可以和你男朋友在楼顶上做爱了。白桦笑出了声说，不可以，和自己的老公是不可以在外面做爱的，只有和别人才可以在外面做爱。

那天马修拖着一身疲惫回家，他洗了一个澡，感到无比舒服。马修想，看来人是离不开做爱的，如果离开了，人就会变得没精打采。马修以前常看到同事小张，那个长得丰满妖娆的女人一进董事长办公室的门半天没出来，马修就想这个女人一定被董事长放到那张比床还大的老板桌上搞了。马修认为自己的想法是恶毒的，马修想没有理由不使自己往恶毒方面去想。

晚上照样是看碟，马修家里的碟越来越多了，简直可以开一个碟片店。马修那天晚上看的是爱情片，那是一种伟大的爱情。马修看的是《勇敢的心》，看到动情处，马修像一个孩子一样呜呜地哭了起来。他以为李文也是那么勇敢，冲破重重阻力嫁给了他。而现在他像珍藏一件宝贝一样珍藏着李文，完全是因为李文从前对他那么好。其实如果他愿意，李文随时都可以自然死亡。

马修还是在半夜时分穿上警服骑着摩托车去城郊接合部巡逻，他甚至在某个晚上救过一位骑车跌伤的女人，他把女人送到医院以后就消失了，以至于第二天晚报上登了那位女人找寻恩人的一则消息。马修想，这些其实都是警察应该做的。马修当然还去查抄赌场，他的动作越来越麻利，尽管他的嗓门很轻，那是因为他不喜欢大声说话的缘故。但是他的警棍挥舞起来的时候，已经虎虎生风让人害怕了。那些赌资，将是马修的生活费，和李文用来输营养液的费用。马修喜欢上了黑夜，在黑夜他总是能寻找到许多想要寻找的东西：比如在小阁楼里看看影碟听听风听听雨，那是很暖人心的一件事；比如他骑着摩托车在风中疾驰，挥舞警棍查抄民工居住地；比如那身干净的警服，总能让他对警察这一职业越来越热爱。马修觉得黑夜比白天更干净，白天人们衣冠楚楚，就连自己的眼神有时候也要隐藏起来。晚上不一样了，冲完凉的男人女人裸着身子在屋子里走来走去，每一扇窗子后面都有那么多人在做爱。夜总会里妖娆的声音在响起来，缠着那么多去消费的人，把肉体奉献，把钱挣回来，这是一种最直接最赤裸的交易。夜晚看到的是那种真实得一塌糊涂的生活，白天是虚假的，从某种角度来说，夜晚比白天更干净。马修无比热爱夜晚。

马修骑摩托车的姿势越来越好了，技术也越来越好。马修每天午夜出没在民工聚集的城郊接合部，那儿生活着干粗活的民工、妓女、吸毒的人，还有就是捡破烂的，以及乞丐。这里的生活最精彩了，可以毫无顾忌地大笑，甚至可以在那些隔音性能相当差的房子里毫无顾忌地做爱，把那种痛苦而快乐的声音传播到四面八方，并和另外一对做爱的人的声音重合在一起。马修听到这样的声音总会露出会心的微笑，他在心里向这些白天辛苦工作晚上也辛苦工作的人们致敬。他们的叫声让他想到了白桦的叫声，女人的叫声无论身份贵贱都是如此类同。

马修眼中的城郊接合部都是晚上看到的景象，他很想在白天也去看看那里是什么模样。马修选择了一个很好的天气，没有太阳，有一丝风。马修这个下午没去找白桦，马修白天不敢穿警服，他穿的是便服，但他仍然是骑着那辆摩托车去的。马修在城郊接合部停下车子，然后步行进去。这儿到处都有许多垃圾，这儿有一条狭长的泥路。泥路两边要么是篱笆，篱笆里面种着各色蔬菜；要么就是低矮的临时棚，里面居住着混杂的民工们。篱笆上的一些零星小花已经开了，篱笆和临时棚旁边的另一道风景是这儿有许多女人，她们的脸上搽着厚重的脂粉，对路人特别是男人使用的是那种千篇一律的眼神。马修觉得这些女人的眼神都是装出来的，怎么可以无缘无故地对男人脉脉含情呢。马修将要离开这块特殊的居民区的时候，他看到了一个叫星星的女人。当然那时候马修还不知道她叫星星，也不知道为什么她会叫星星。马修看到星星有一双很长的腿，她的一条腿站立着，另一条腿半屈，蹬着身边的篱笆。她的手指也很细长，夹着一根香烟。她就是看着马修抽烟，一句话也没说，只吐出一个又一个的烟圈。马修认为吐烟圈的女人是寂寞的，这个女人也一定很寂寞，而且这个女人看上去年轻漂亮。马修向她走过去说你是谁，女人说我是星星。女人又说你是谁，马修想了想说，我是陈小跑。

后来星星一直在前面走，一边走一边吸着烟，她走路的姿势溢出的仍然是那种女人味。星星领马修进了一间小屋，小屋里很干净，但是有一种淡淡的霉味。星星的所有动作都是程式化的，趴在星星身上的时候，马修想，星星很像一个人。后来他吓了一跳，因为星星像的那个人的名字，叫作李文。马修说，你为什么叫星星，星星说我小时候家里很穷，生我的时候，我爹一抬头看到了破屋顶漏下来的星光，就给我取名星星。星星又说你为什么叫陈小跑呢，是不是你小时候非常喜欢跑步。马修说不是，我叫陈小跑是因为想叫陈小跑，所以就叫了陈小跑。星星若有所悟地噢了一声。马修又问，你为什么要出来做。星星说，因为想出来做所以就出来做了。但是她想了想又说，我和老公结婚才一个月的时候，他就得了尿毒症。我家里穷，他冲破重重阻力才娶了我，所以我必须卖自己给他治病。你知不知道，贞节是很重要的，但是我觉得生命比贞节更重要，更何况说我是在救人的命。马修那时候眼泪差点夺眶而下，他想我不能哭不能哭，结果终于没有哭出声来，但是马修的眼睛却已经红了。

星星笑了。星星说你是不是觉得我在说的是一个歪理。马修说不是，你卖得对，如果我是你我想我也会去卖的。可惜我不值钱，我卖给你你要不要？星星笑了起来，说，再来一次好不好？马修的积极性就调动了起来，他觉得自己就像是一名优秀的长跑运动员一样，不知道疲倦。终于他听到了星星的叫唤声，星星抱着他的头一声一声叫着陈小跑。这时候马修想，不应该用假名字骗了星星。马修离开星星的时候说，星星，我下次还找你好不好？星星说好。马修给了星星两百块钱，星星裸着身子坐起来，看也没看就将钱塞到枕头底下。然后，星星点了一支烟，马修一回头，隔着烟雾看到了模模糊糊的星星。

　　马修后来常选择一些没有太阳的下午去见星星，他看到星星站在篱笆墙边的姿势，就很不舒服。因为马修老是想，自己不去找星星的时候，总是有那么一些男人会去找星星。然后马修眼前就浮起星星赤身裸体和那些男人在床上的情景。那天下午马修对星星显得有些粗野，马修说叫你卖叫你卖，马修说叫你长那么漂亮。星星说不可以长得漂亮吗？后来渐渐平静下来后，马修哭了，马修说了自己的事，马修说起了李文，马修说我现在生活得像一条狗一样，我怎么可以对不起李文，但是我又怎么离得开女人呢。星星一直抚摸着马修，星星说忘掉好不好，忘掉李文，如果你不忘掉李文，你的一生都不可能再幸福了。马修奇怪地看着星星说，你像一个哲人似的。星星说，什么是哲人？马修没再说什么，马修走的时候说，星星，我好像有点离不开你，你说奇不奇怪？星星笑了，说，你的想法说明你还没长大，离不开我，那你就是傻瓜。星星的笑声中，她的睫毛却湿了。

　　马修有时候也去见见白桦，和白桦在屋顶露台上做爱。马修对白桦说，我觉得我像是畜生一样。白桦说，你不是，我才是呢。马修有时候也和白桦的父母聊聊，宁远总是拿深沉的眼光看着他，宁远说，你这个马修一天到晚来找白桦，让她嫁给你算了，你要不要？马修不知道该怎样回答，白桦已经说话了，谁要嫁给他，谁肯嫁给他，嫁给他还不如嫁给你，宁远你愿不愿娶我？宁远说，

当代中国最具实力中青年作家书系

我怕娶你，一天到晚吃冰淇淋不算，说话也像母老虎。我又不是武松，会敢娶你这样一个母老虎？

马修的日子其实要比在公司里上班精彩得多，马修仍然常和李文说说话，马修有时候居然会和李文探讨爱情。爱情到底是怎么样一个东西呢？看不到，摸不着，吃不饱，饿不着。那天晚上，马修看了一部叫作《心火》的影碟。瑞士籍的家庭教师伊丽莎白为父还债，成为英国贵族查理的借种工具。事隔七年，伊丽莎白思女心切，千方百计找上门，当上亲生女儿的家庭教师。查理再见伊丽莎白，爱火压不住，他痛下决心，在寒冷的冬夜，熄掉炉火，打开窗，让早已是植物人的妻子冻死。然后，查理一手牵着伊丽莎白一手牵着他们的女儿，走上了幸福之路。那天晚上马修看得痴了，他不是惊艳于苏菲·玛索的天生丽质，而是被影片的情节打动。影片的情节和马修的现状有些类同，所不同的是没有一个女人可以来牵引马修。马修抚摸着李文的头发，马修说李文，你知道爱情是个什么东西吗？爱情有些像是一块午餐肉，你一直都想吃但很快又会吃饱。马修说李文，我好像堕落了，好像变成一条狗，你会不会怪我？如果你还像以前那样健康，你肯定会生气，肯定会不理我的。马修又捧起了李文的一只手，轻轻拿在手里吻着说，李文，你为什么当初那么坚决地嫁给我，你为什么刚嫁给我就会变成这个样子呢？

马修后来找到星星的时候，总是显得很忧郁。他记不清自己有几次跟在星星的后面走到那间小屋了。星星打开门，星星又关上门，星星替他解衬衣的纽扣，星星蹲下身去替他解开皮带，一切都像是在例行公事。马修变得麻木不仁，许多时候马修在星星的身上看着这间简陋的小屋，有光线从破洞中射进来，一些细小的光线还落在了床上，落在两个人的裸体上，像一朵小花一样。马修抱着星星，流了无数次泪。星星替马修擦干眼泪，说你还小吗，不要再流泪了，你要学会坚强。但是马修知道，自己的一生，不可能再有所谓的坚强。马修说，我的心里苦。星星冷笑了一声，她推开了马修坐直身子，并且点起了一支烟。马修看到了星星结实的乳房，像两只小巧的南瓜一样，构成好看的弧度。星星吐了一口烟在马修的脸上，又吐了第二口，第三口。星星说，陈小跑，再过几天我要回去了，我要带钱给他去看病，我这样做已经很对得起他了。

然后是两个人的沉默，但是马修还是能听到时间流走时的那种声音。

星星最后说的话是，陈小跑，你这个小男人给我记住，永远快乐地活下去，叫作坚强。我们都要选择的，就是坚强。马修看着星星说，星星，我不相信你会是在这里接客的，你告诉我，你什么学历。星星没有再说话，星星那天不再说任何一句话。

又一个夜晚来临的时候，马修没有看碟，而是放了苏格兰风笛的音乐。马修在小阁楼里点亮了许多的小蜡烛，那么温馨的烛光里，马修和李文说了许多话。马修说李文我们认识到现在已经六个年头了，六个年头就是两千个日日夜夜，人的一生，会有多少两千个日日夜夜呢。李文没有说话。马修说李文我知道你不会说话了，甚至不会思考，但是我一直不想让你离开我，一直想这样守着你。现在我想开始另一种生活，生命对于你的意义，我想也不是很大了。李文，我送你走吧，如果你听到我的话了，就像《心火》里面查理的妻子那样，流一滴眼泪吧。马修取了一块湿毛巾，轻轻放在李文的嘴和鼻上，然后，马修打开了窗子，他看到了无边无际的黑夜穿着黑色的衣裳在夜空里舞蹈着，许多黑夜还涌了进来，在小阁楼里静静地看着李文。马修之所以打开窗，是想为李文打开一条去天堂的路。他转过身来，走到李文身边俯下身去，轻轻握住李文的手。这时候，他看到了李文两滴晶莹的泪。马修终于小声哭了起来，马修伏在李文的身上，马修想，如果这个世界上真的有爱情的话，那么这一生的爱情就这样过去了。这天午夜，马修没有穿上警服去执勤。

马修在第二天午睡醒来的时候，穿上了警服，并且戴上了一副墨镜。他以为不会有人认得出他来。他想去找白桦，告诉他自己是一名警察，白桦一定会大吃一惊，原来常和她在屋顶露台上做爱的那个人是个警察。他还要去找星星，星星也会大吃一惊，这个三番五次来照顾她生意的人居然是个警察。

马修就走在大街上，中午的阳光并不热烈，马修戴着墨镜的眼中望出去，这座高楼林立的城市是灰暗的。许多辆车从马修身边经过，他很讨厌地看了看这些车，这些车排出的尾气就像一把刀子，一刀一刀割着城市居民们的健康。马修知道这儿高楼林立，白桦一定在这儿的某一幢楼的楼顶吃冰淇淋，一定穿着脏兮兮的牛仔裤，甚至有可能和一个叫宁远的小伙子在露台上做爱。做爱真是一种奇怪的运动，有人喜欢足球，喜欢拳击，喜欢跳水，但是喜欢得最多的还是做爱。马修在没有看到白桦之前，看到了宁远。宁远还是穿着清洁工的衣服，所不同的他不是吊在高楼上，手里也没有提着塑料筒拿着刷帚。宁远在追一个人，这个人好像是从那座高高的商住楼里跑出来的，这个人撞翻了许多人，这个人不要命地奔跑着。马修撞了上去，马修想也没想就用自己的身体撞了上去，马修说我是警察你给我站住。那个人被撞倒了，又爬起来想继续跑。马修说不许跑，马修掏出了一副锃亮的手铐。马修的手铐铐上那个人的手腕的同时，马修听到了一种沉闷的声音啪地响了一下，马修张大了嘴但是没有听见自己的声音。但是马修还是感到自己刚才一定是发出了很大的声音的。马修眼里的镜头都是无声的镜头，宁远冲了上来，死命按住了那个人的手，但是那个人手中的枪又一次响了，子弹射中的是马修的胸膛。

马修倒了下去，他听到了凌乱的脚步声。宁远一直守在他的身边，宁远用手机拨通了120，然后宁远摘去了马修的墨镜。这个时候白桦从楼顶赶了下来，她曾经看到宁远在一扇玻璃窗前擦了很长时间的玻璃，后来突然掏出手机说了一些什么，再然后宁远放下了绳索，拼命地追赶一个刚从大楼里出去的人。白桦再次看到宁远的时候，宁远已经将那个人和自己铐在了一起，并且缴下了那个人的枪。从周围人的议论中白桦终于知道宁远抓的是一个毒贩。白桦看到了躺在地上穿着笔挺警服的马修，这时候，白桦手中的冰淇淋跌落在地上。她什么也没去想，她只是听到宁远蹲在马修的身边不停地说，喂，坚持住，你睁开眼，喂，你是哪一个局的。然后，白桦看到一辆救护车驶了过来，很快马修被抬上了车子。再然后，白桦看到许多警车开进了她的视野，她看到宁远向着一个人敬礼，她看到那个人拍了拍宁远的肩，她听到宁远说，有一位兄弟负伤了。然后，她看到持冲锋枪穿迷彩服的特警把那个毒贩提上了车。

马修很累，马修看到了那个穿脏兮兮牛仔裤的白桦。那是一个可爱的女孩，马修很乐意和她做爱。马修还看到了星星，星星正在和一个胖子打情骂俏，马修知道星星是想从胖子那儿得到一些钱。马修还看到许多扇窗户里边，那么多人脱光衣服在酣畅地

当代中国最具实力中青年作家书系

做爱，他还看到有一个小老头正在偷窥一对年轻人做爱。马修笑了一下，多么可爱的小老头。马修还看到了一幢办公楼里，一个男人在硕大的办公桌上剥开一个女下属的衣服，并且将手伸进了裙子的下摆，然后，这个男人像一头猪一样爬上了办公桌。马修知道过不了一会儿，这个男人会穿上西服和人彬彬有礼地握手、进餐或签合同什么的。马修想，这样的白天，不如黑夜来得干净。马修有些怀念干净的黑夜，有星星在闪烁，有夜虫呢喃的声音。这时候马修听到了苏格兰风笛的声音，马修看到李文穿着裙子，像他们恋爱时那样美丽。李文向他招了招手。

马修看到医院里面，医生对一位领导模样的人摇了摇头，然后，护士从他的衣服里发现了一张叫作《心火》的碟。马修看到一个叫星星的女人在翻看报纸新闻时，突然放声大哭起来，并且骂走了刚刚进门的客人。马修想，黑夜是多么干净，而最真实而可爱的人们，是宁远，是白桦，是星星。一条两边夹着篱笆的泥路上，走着一个叫星星的女人，她的手里拎着皮箱，皮箱里有一些她给患尿毒症的丈夫治病的钱。马修知道，一个个黑夜终将来临，亲爱的星星，她会开始另一种生活。

到处都是骨头

一

　　李才才带着一把黑色的长柄雨伞回到了村庄。李才才离开村庄已经七年了，七年就等于二千多个日日夜夜。李才才想，村里人，差不多都已经把我忘了吧。李才才看到了熟悉的村庄升腾着地气，猪牛粪的气息夹杂在地气里亲切地扑向了他。村子的上空挤满了炊烟，像不停招摇的水草一样。李才才还闻到了米饭的清香，李才才就感到肚子饿了，肚子好像被什么东西掏空了似的。李才才很想吃一碗米饭，最好米饭上还盖着几块咸肉和一只荷包蛋。李才才咽了一下唾沫，不管怎么说，回到村庄是一件令他感到开心的事。这个时候，李才才站在村口的大樟树下想，我应该哭一哭的，七年了，我还是哭一哭吧。李才才刚想哭的时候，看到了三个男人，他们站在不远的地方，用粗大的胳膊抱住自己的身体，向他张望着。

　　李才才只好挤出一个笑容，他把笑容送给了三个男人。李才才沙哑的声音也随即响了起来。地瓜、土豆和玉米，我回来了。地瓜、土豆和玉米是三兄弟，他们没有爹娘，他们其实是三个光棍。他们曾经不是光棍的，但是最终还是做了光棍。地瓜、土豆和玉米一言不发地向李才才走来，他们一言不发的样子，令李才才感到害怕。他手里黑色的长柄雨伞拄在了地上，像是地主老爷的文明棍一样。他的脸上仍然挂着笑容，因为他突然发现自己脸上的皮肉已经僵硬了，那个做出来的笑容，怎么也退不下去。

地瓜、土豆和玉米站在了他的面前，他们呈三角形把李才才围在了中间。地瓜刚好站在了李才才的面前，地瓜的胡子已经很长了，他一定有很长时间没有刮胡子。李才才还闻到了地瓜身上散发出来的狐臭，狐臭令李才才感到恶心。李才才差点儿就要呕吐了，但是有一个声音一直在李才才的耳畔响着，李才才，你要坚强，你坚决不能吐，你还要装出很喜欢这种味道的样子。你要是吐了，那你就死定了。李才才果然就没有吐，他看到地瓜的小胡子抖动了几下，他不能分辨地瓜小胡子的抖动，算不算是对着自己笑了一下。地瓜说话了，地瓜说，李才才你终于回来了，我们三兄弟，等了你七年。这次李才才闻到的是地瓜的口臭，李才才想，地瓜一定不刷牙，地瓜一定一年四季都不会刷牙。

地瓜接着说，李才才，你把李秀英给我们找回来，她是我地瓜花了三千块钱买的。三千块钱，我得花多少力气才能挣回来呀。她跑了，我就找你算账。她是我们兄弟三个的老婆，我们穷，我们讨不起老婆，所以我们就合用一个老婆。她给我们烧水做饭洗衣，她是多么好的一个老婆呀，但是现在她不见了。她像是从来没有在我们村里出现过一样不见了。李才才，是你把李秀英带到村子里来的。现在，我们找你算账，你说吧，我们怎么个算法。

地瓜的话音刚落，李才才手里的黑色长柄雨伞就被他身后的玉米拿走了。长柄雨伞飞了起来，像一粒瘦长的黑色的子弹，落在了不远的草垛上。然后，玉米和土豆各伸出了一只脚，他们踢向了李才才的膝弯，李才才的腿一麻，就跪倒在地上。再然后，玉米又在李才才的背上踢了一脚，李才才就整个身子倒在了地上，像一条巨大的行动迟缓的肉虫。李才才的脑子里一下子空了，他搞不懂自己刚刚回到村庄，怎么就一下子躺在地上了。凭直觉，他感到自己的身下有一坨猪粪。他的身下果然有一坨猪粪。现在，这坨柔软的湿润的猪粪显然已经被他压扁了。地瓜的一只脚，踩在了李才才的脸上。地瓜穿的是一双破旧的解放鞋，李才才看到了从解放鞋里顽强钻出来的脚趾头。他闻到了来自地瓜身体的第三种气息，脚臭令他的胃开始翻腾起来。他突然想起了在劳改农场里看过的一些录像片，录像片里黑帮老大，就专门用脚去踩别人的脸。现在，地瓜的样子，无疑就是黑帮老大了。地瓜三兄弟，算不算村庄里的黑帮。

　　李才才感到腮帮有些酸，他相信自己的腮帮是被一双臭脚踩酸的。他的嘴角流下了一大堆壮观的涎水，那也是被一双臭脚踩下来的。李才才已经不能动弹，他像一只死去多时的螃蟹一样，趴在地上。但是他还是看到了许多只脚向他奔来，他不能分辨这些脚是谁的，但是他却清晰地分辨出村里人的声音。他们在说，好像是才才回来了，这个懒汉终于回来了。哈哈，我们差点都把他忘了，现在他却突然回来了。李才才知道这个声音是万松铜锣的，万松铜锣的声音非常洪亮，所以大家才会叫他万松铜锣。在万松铜锣的哈哈声里，聚集的人越来越多，他们说，快来看，才才回来了。

当代中国最具实力中青年作家书系

李才才突然觉得很委屈。他本来想在大樟树下哭一哭的，结果还没来得及哭，就已经被地瓜踩在了地上。李才才想，自己多么像一只蚂蚁呀，只要一个手指头的力量，就可以让自己在世界上消失。李才才越想越委屈，他终于哭了起来。他的哭声很低，不太有人能听得到。这时候，李才才被地瓜猛踢了一脚，这一脚踢在了胸口上。李才才痛了，是钻进骨头里去的那种痛。李才才的身子马上就缩成了一团。然后，土豆把他提了起来，土豆很轻易地把他举过了头顶，然后，像是丢掉一件废弃不用的东西一样，那么随便地一抛，李才才就像一只破皮球一样，被甩向了草垛。在李才才的身体落在草垛上以前，李才才无声地笑了，因为他突然感到自己的运气来了，如果土豆不是把他抛向草垛，而是抛向一块大石头，那他李才才不被撞死才怪。

人越来越多了。人一多，人就像蚂蚁。李才才一点也没有想到，他在监狱里呆了七年放出来，怎么会被村里人用这样的方法迎接。他的脑子来不及再去想其他的，因为在很长一段时间内，他都被这三兄弟拎起来抛出去，像在玩一个游戏一样。李才才就在半空里飞来飞去，像一只破皮袋一样。后来终于安静了下来，安静下来是因为地瓜、土豆和玉米已经累了。他们是三个壮实的家伙，他们在土埂以外的河边挖沙子卖给建筑工地。他们曾经的老婆李秀英，是李才才从江西拐卖来的。那时候李才才穿着西装，系着领带。他接过了地瓜手里的三千元钱。他站在自己家的屋檐底下点钱。那时候下着一场雨，李才才对着天空狠狠地看了一眼说，他妈的，这雨真大。然后他开始专心地点钱。他一共数了两遍，确认那是地瓜的三千块钱。地瓜高兴地领走了李秀英，李秀英从李才才身边走过时，李才才伸出了一双瘦而白净的手，鸡爪一样落在了李秀英丰硕的屁股上。李秀英回转身，她的手里拎着一只人造革的包，她朝李才才的脸上吐了一口唾沫。地瓜大笑起来，地瓜笑得人都歪了过去，他看到李才才在专心地擦着脸上的唾沫。地瓜说，哈哈李才才，哈哈李才才，你看看你多像一条瘦狗呀，连女人都往你身上吐唾沫。李才才愣了一下，但还是笑了，他甩了一下手中的钱说，他妈的，老子有钱了。

李才才望着李秀英跟着地瓜走了。不远处，地瓜的两个兄弟，各睁着一双呆眼看着地瓜领回来一个女人。李才才看到李秀英走进了雨幕里，很快地，她就被雨打湿了。李才才突然有了一些失落，他想，这样的女人留给自己用不是更好吗。李才才一共骗来了好几个女人，李才才的家一下子热闹起来，许多光棍都亲切地叫他才才哥。其实他自己也是光棍，但是他很乐意做光棍。直到有一天，他在自己那间破房子上落了一把大得有些夸张的锁，他落上了这把锁是因为有一辆警车在家门口等着他。他上车的时候，回过头看了一眼门上的那把锁，在想，这把锁总是安全的吧。其实李才才的家里，除了四面墙壁和墙上的一张年画以外，就什么也没有了。

现在李才才回到村庄了。他躺在村里人面前，翻着一双白眼望着蔚蓝的天空。李才才想，天怎么那样蓝呀，天怎么可以那样蓝呢。这时候，他听到了地瓜的声音。地瓜的声音像是从遥远的云层里落下来似的，声音说，李秀英这个婊子养的跑了，李才才你就得还我们三千块钱。你不还三千块钱，我们兄弟三个就把你撕了去喂狗。李才才你有没有听到？李才才想答应一声的，因为他怕不答应的话，那只臭脚再一次落在自己的脸上。但是他没有力气答应了，他的嘴巴在张合着，像一条被抛到岸上的奄奄一息

当代中国最具实力中青年作家书系

的鱼一样。然后，他看到村里人慢慢散去了，地瓜、土豆和玉米也走了，这三个矮胖的力大无穷的家伙，走路的时候一摇一摇的，像是陀螺一样旋转着离开。一下子安静下来，李才才想，怎么这样安静呢，怎么会这样安静呢。他看到了天边的夕阳，那血红的颜色，像潮水一样涌了过来。在瞬间，就把他包围了。他躺在地上，拼命地笑了一下，轻声说，我李才才回来了。

二

李才才回到了村庄。李才才是被一个叫麦枝的女人拖回家去的。麦枝花了很大的力气才把李才才拖回了他满是灰尘的家中。那是积了七年的灰尘，麦枝把李才才抛在了七年的灰尘上。麦枝用手擦了一下脸上的汗，笑着说，李才才，看你很瘦的，怎么这样沉，像死人一样。李才才再一次在地上翻了翻白眼说，其实我和死人只差了一口气而已。接着他像是突然想到了什么似的，说，麦枝，我的长柄雨伞呢，你能不能把我的长柄雨伞给找回来。麦枝很轻巧地说，不要了吧，不就是一把雨伞么？李才才说，不行的，这把伞对我来说，已经是很值钱的财产了。

麦枝后来果然去找那把长柄雨伞了。麦枝在草垛上找到了那柄黑色的雨伞，那柄雨伞很寂寞地躺在草垛上。麦枝拿着雨伞回到了李才才的家，她看到李才才还像一条懒狗一样躺在地上，就把雨伞丢在了李才才的身边。然后她做了一个稍息的动作，那是一个不会令她太累的动作。她说，李才才，你把我从江西骗到了这儿，你让我嫁给一个一年四季都哮喘的旺旺。他旺在哪儿了？一点也没觉得他旺。他连气都喘不过来，每天像我一样伸着长脖子，吸一口气像抽风箱似的。要多难听就有多难听。不过现在不难听了，因为，在你被抓走后的第三年，旺旺已经死了。

李才才在七年的灰尘上翻了一个身，他把身子侧了过来，用一只手托住了自己的头。李才才听到麦枝说旺旺已经死了的时候，就想，是不是可以再骗麦枝一次，把她卖掉。但是李才才很快就在心底里狠狠地骂了自己一句，才才，是不是你的牢还没有坐穿。麦枝的声音很平缓，她在诉说着一个关于旺旺之死的故事。旺旺是去放牛的，旺旺是一个不能干重活的务农人，所以，他基本上就不算是一个务农人。后来旺旺骑在牛背上回来了，他是死在牛背上的。牛走进院子的时候，麦枝正在铡草。麦枝抬了一眼说，死鬼你下来吧。旺旺果然就掉了下来，死了。麦枝吓了一跳，终于大叫一声，呀，死鬼你真的死了呀。

麦枝用平静的口气讲完了一个哮喘病人旺旺的死。麦枝微笑地看着地上的李才才，说，你起来吧，你也不用赖在地上了。你再怎么赖着，也不可能有人来扶你的。我要走了，现在我一个人过，我是一个无所事事的寡妇。我有一亩八分的田，和三分自留地，七分茶园。我每天都在地里忙活着，晚上还有许多骚狗来敲窗。李才才你要给我记牢的，我现在这副样子，是你害的。

麦枝说完就走了。李才才什么话也没有说，他觉得自己的力气一下子就全跑完了，像被一种什么东西吸走了似的。屋子里一下子安静了下来，他抬眼看到了墙上的年历画。年历画上是一个美丽的女人，正在微笑着，同样她的微笑也被盖上了七年的灰尘。李才才后来从地上爬了起来，他爬到了自己的床上，一张积满灰尘的床。但是他什么也不顾了，他想睡床总比睡地上要好得多。然后，他就睡过去了。他一直睡到麦枝来拍门。他没有想到麦枝会再一次光临他的破屋，但是麦枝却踩着一地的阳光来了。

麦枝推开门的时候，带进了一群阳光。这群阳光像小鸟一样叽叽叫着。麦枝的脸色红润，她好像有使不完的劲，她的身上溢出了一种力量。麦枝手里还拿着一只塑料脸盆，脸盆里放着一块抹布。她卷起了衣袖，在院子里的井台边打水。她不停地按压着井口那根铁杆，水就从一个小孔里拼命往外奔逃着。七年没有使用的井，七年没溢。现在水跑出了井台，水在院子里奔跑着。麦枝端着水进屋了，她开始擦洗屋子里的旧家具。旧家具像一群打瞌睡的老人，突然之间被惊醒了似的，它们开始窃窃私语。李才才在床上懒懒地翻了个身，然后他缓慢地下床，像一位老了的老爷。李老爷想，我多么像老爷啊。李老爷下了床，说，麦枝，你为什么要来帮我做这些，你是不是觉得我老得做不动了，才帮我来做这些活的。

麦枝没有说什么，她看了李老爷一眼，她的眼波里流淌着温情，这让李老爷激灵了一下。李老爷想，是不是这个女人看上我了。李老爷开始观察这个女人，这个女人不胖也不瘦，不高也不矮，长得也不错，再说旺旺也经死了。李老爷吸了一口凉气，想，是好事啊，这是好事啊。李老爷一高兴就唱戏，他一唱戏就真地以为自己是老爷了。他唱着戏走到了院子里。院子里流着水和阳光，院子里的气息让他感到惬意。阳光抽打着他的骨头，令他感到舒适。他开始脱衣服，他脱掉了衬衣和长裤，把瘦巴巴像麻条一样的身体呈现在阳光下。他想，回家，真是好呀。

衣服是麦枝洗的。洗衣服的时候，麦枝一直皱着眉，因为她闻到了衣服上的臭味。黄昏一点点降临了。黄昏降临就等于是夕阳降临。夕阳悄悄来到了李才才家的院子里，悄悄地掩过去，一把就把麦枝和李才才给抱住了。这时候，李才才的屋子已经很干净了，李才才想，多好的女人啊，我的干净的生活，就要开始了。

麦枝说，我走了。麦枝端着她的塑料脸盆走出了院门。李才才看着她转过身去，看着她滚圆的屁股像石磨盘一样滚动着。麦枝走出院门的时候，李才才把自己的目光艰难地从麦枝身体的中间部位拉了回来。李才才说，你给我站住。麦枝，你为什么要对我这么好？麦枝回过头来，妩媚地笑了。麦枝说，不为什么。麦枝想了想又说，不过你一定会明白的，你会明白我为什么要对你好。

麦枝后来就常来。麦枝来了，就帮李才才干活，洗衣做饭什么的。李才才喜欢吹牛，李才才穿着干净的衣服，衣服里包裹着他瘦弱的身体。李才才把自己瘦弱的身体搬到村口的樟树下，樟树下的人多。李才才就告诉村里人，自己这七年是如何过来的，他说他在监狱里，大家都得听他的。他出狱的时候，监狱里哭声一片，都为他的离开而感到难过。然后他就说起了麦枝。他意味深长地说，麦枝这个女人，够水灵哪。

村里人的脖子就一下子伸长了，他们并不想听他监狱里哭声一片的事，但是他们想听关于麦枝的事。他们都看到麦枝在李才才的院子里进进出出的，现在听李才才一说，他们就争先恐后地把脖子给伸长了。李才才见好就收，他不再多说什么，而是反背着双手慢悠悠地踱回自己家的院子。

李才才回到自己家院子的时候，看到了麦枝正在打扫院子。其实院子里已经很干净了，但是麦枝仍然拿着扫把在地面上扫着。李才才就想象扫把之下，一定藏着许多树叶。这些想象的叶片，在地面上欢快地翻滚。李才才看了麦枝一眼，想，麦枝是不是家里一点事情也没有了，麦枝一定很空吧。李才才就说，麦枝，你地里的活都忙完了？麦枝停止了扫地，麦枝把自己的身体斜支在扫把上说，没，山上的土豆，我得去施肥。麦田里也该去锄草了，还有三分田甘蔗，我去得剥叶。我其实一点也不空。

李才才说，那你为什么还要来帮我。你为什么要对一个劳改犯这样好，村庄里，数你对我这个劳改犯最好了。麦枝说，因为村庄里的人不可能对你这样好，所以我才对你好一些的。我对你好一些，是因为我恨你。你把我卖到这儿来，现在又让我做了寡妇。其实我早就可以离开村庄了，但是我一直都在等着你这个天杀的回来。现在，你终于回来了。

李才才走到了她身边。李才才走到她身边的时候，听到了树叶从树的身上落下来的声音。树叶落下来的声音，其实是听不到的，但是李才才听到了。李才才就像听到遥远之地一个演戏的戏子舞动水袖的声音。李才才喜欢这样的声音，在这样的声音里，李才才靠近了麦枝，他瘦如鸡爪的手就落在了麦枝的腰上。麦枝的腰并不是很细的那种腰，麦枝的腰上有一小圈肉。其实在农村里，大部分女人都有这一小圈肉。李才才感觉到那一小圈肉抖动了几下，然后，李才才就把麦枝抱在了怀里。李才才一下子就晕眩了，他开始计算自己这一次搂住麦枝距上一次搂女人的时间。已经七年多了，一个人的一生能有几个七年，而李才才已经有一个七年没有搂女人了。想到这里李才才就感到委屈，李才才真想哭一场。但是李才才没有哭，他叼住了麦枝脖子上的一块肉。麦枝是个长脖子，李才才很喜欢这样的长脖子。他一直都以为，长脖子可以缠来缠去的，特别适合在床上的温存。

李才才把手伸进了麦枝的裤子里。麦枝就一把扔掉了手中的那把扫把。麦枝声音含糊地说，李才才，你是不是想要我。你把我卖到村庄的时候就已经要过我，现在你又想要我了？你想要我的话，你得做两件事情，第一件事情是你在我面前跪一跪，第二件事情是你舔一下我的脚趾头。舔一下就行了。李才才愣了一下，但是他的心里烧着一团火。那团火已经越烧越旺了。李才才胡乱地点了一下头，就把手从麦枝的裤腰里伸了出来，扑通在麦枝的面前跪倒了。这时候李才才又听到了树叶从树身上掉下来的声音。李才才想，是不是树叶从树上掉下来，就等于是头发从人身上掉下来呢。李才才后来不去想这个问题了，因为他觉得这个问题与他是无关的。现在最最有关的，是把麦枝骗到床上去。他积蓄了七年的力量，就要爆发了。那无疑是一颗重磅炸弹，会把麦枝炸得幸福地颤抖。李才才抬头仰望着麦枝，说，够了吗，麦枝，时间够了吗。麦枝笑了，她的眉眼含着笑，她的头发也在笑腰身也在笑。麦枝说，现在你舔我脚趾头。

麦枝找了一把椅子坐了下来，甩脱了那双人造革中跟皮鞋，又脱下了一双短丝袜。麦枝把脚伸了过来。麦枝的脚形很好，属于娟秀的一类。但是，李才才还是闻到了脚的气味，那当然是一种不好闻的气味。李才才屏住呼吸，快速地舔了一下麦枝的大脚趾。李才才说，够了吗，麦枝。麦枝说，再两下就够了。于是李才才就又舔了一下。李才才接着又舔了一下。李才才舔第三下的时候，他听到了院门被推开的声音。李才才像趴着的一条狗，他回过头去，看到了一个孩子。这是一个七八岁的孩子，流着鼻涕，好奇地望着李才才。李才才忙从地上爬了起来，说，你是谁？你来干什么？

孩子看了李才才一眼说，你是李才才吧，你就是李才才。李才才说，是的，我是李才才，你是谁？孩子说，我叫王小毛。麦

当代中国最具实力中青年作家书系

枝笑了起来，说，李才才，这个王小毛是东村王川的儿子。王小毛的娘，叫明芳。明芳也是被你拐卖来的，但是明芳四五年前就已经死了。王川在她死后没多久就出去做电瓶灯生意了，现在都没有回来过一次，据说和一个湖南女人好上了。现在，王小毛像个孤儿，不如你收养他吧。我看他和你长得挺像的，你看那神态眉眼，简直是一个李小才。李才才有些恼怒地看了王小毛一眼，说，谁让你进来的，你出去，你出去。王小毛就把手含在嘴里，慢慢地一步步退出了院子。李才才看到王小毛穿着一条破旧的裤子，光着脚没穿鞋子。王小毛的光脚，和他的身体一起消失了，消失在院门以外。

一切又都安静下来。李才才盯着麦枝看，麦枝说，你可以动手了。李才才就一弯腰抱起了麦枝向屋子里走去。李才才把麦枝放在了朴素得不能再朴素的那张床上。李才才的心里欢叫了一下，像一尾鱼儿的跳跃。麦枝自己动手，把自己给脱光了。她略显肥胖的身子白花花地出现在李才才面前，有一小缕光影从窗口跳了进来，像一只活泼的皮球一样，在麦枝的身上跳来跳去。李才才狠狠地闭了一下眼睛，又睁开眼。他开始麻利地脱衣服，他脱衣服简直像从身上揭下一张皮一样容易，手脚一蹬，衣服就像刚蜕下的蛇皮一样，全都在地上了。这时候，李才才再一次听到了院子里树叶落地的声音，这声音像海浪一样涌了过来。李才才突然发现，自己不行了。李才才想起了自己给麦枝跪下，自己给麦枝舔了脚趾头。李才才开始后悔，他已经在心里抽了自己无数次巴掌了。麦枝显然已经等不及了，麦枝把一条腿曲了起来，另一条肥胖的腿踢了一下李才才的瘦屁股。李才才无奈地说，麦枝，我看还是算了吧。

很久以后，李才才听到了一声冷笑。那是从麦枝鼻孔里发出来的。麦枝说，算了就算了。麦枝的话音刚落，她就在一分钟之内把自己的衣服全穿了起来。她走出了李才才的屋子，走到门边的时候，她回过头来笑着说，我不恨你了。李才才还傻愣愣地裸着身子站在床上，李才才听到麦枝又说，如果你愿意，我可以和你过。你知道的，我就算回到娘家，也好过不到哪儿去。你想一想，你再想一想吧。

麦枝消失了。李才才愣愣地站着，轻轻地呢喃，想一想，你再想一想。李才才想，我该有个老婆了，我该有个孩子了，我该和别人一样生活了。李才才这样想着，就咧开嘴笑了一下。

三

麦枝简直可以说是和地瓜、土豆和玉米一起进门的。

麦枝手里抱着被铺，推开了李才才的院门。她把东西往泥地上一丢说，我来了，你看着办。李才才正站在院子里的那口井边，他什么话也没有说，他的脑子里暂时有了一片空白。后来他想，是不是这就叫作结婚了，是不是以后麦枝就是我的女人了。那要早知道这样，这个女人我就不卖了，我就自己留着得了，也用不着让旺旺这个死鬼占去了不少便宜。麦枝说，李才才，你不用愣了，你看你多么像一条木瓜呀。你说，我能不能留下来。能，还是不能，你得告诉我。

李才才的嘴巴张开，说能。

李才才刚说完能。地瓜、土豆和玉米就出现在院子了，他们齐齐甩了一下头，像是一条涉水而过到了对岸的狗甩甩头上的水珠一样。他们像是从地里突然冒出来的三个土行孙，他们的脸上盛开着令李才才感到害怕的笑容。他们的笑容大概持续了有一分多钟，然后地瓜难听的声音响了起来。地瓜说，李才才，你真有本事，你怎么把麦枝给骗来了，你不会把麦枝再卖一次吧。你要是再卖的话，先和我们三兄弟打个招呼。另外，你欠我们的三千块钱，我们没有算利息，但是这钱，再迟不超过四月十号就得还给我们。要是超过了，你的房子，我们烧了。你的两条腿，我们得砍下来。这样的话，我们就算谁也不欠谁了。

李才才在院子里感受到了一阵阵的冷空气。李才才想，多冷啊，怎么会这样冷呢。李才才看到三个豆腐桶一样的男人走出了院子，像黑社会一样摇摆着走路。现在，他们消失了。他们一消失，李才才的耳边才又听到了树叶飘落的声音。李才才仔细地看着地面，他没有看到落叶。这时候他想，怎么了，我的耳朵怎么了。

麦枝说，他们走了，你还在发什么愣，你把我的东西拿进去呀。李才才摇了一下头，很腼腆地笑笑。李才才突然变得腼腆了，这实在是一件令人感到奇怪的事。李才才口齿清晰地说，不行的，麦枝，不行的。麦枝一下子懵了，这是一件令麦枝很没有面子的事。麦枝说，为什么不行的，我不要你一分钱，免费送给你也不行吗？李才才又笑了，李才才的笑容和他人一样瘦弱。李才才说麦枝，你等我一小段时间，你等我把三个小矮人的三千块钱还了，你再来我这儿行吗？我不能让你一过来就背债，你觉得我说得有理的话，就回去。

麦枝回去了。麦枝尽管很认同李才才的话，但是回去的路上还是怏怏不乐的。她恨李才才，她开始咬牙切齿地骂李才才，她骂李才才没良心天杀的不得好死，骂着骂着就走到了自己的家门口。走到家门的时候，她不骂了，她叹了一口绵长的气。她自言自语地说，那就，等等吧。

在麦枝短暂而漫长的等待中，村庄迎来了一场雨，又迎来了一场雨，再迎来了一场雨。意思就是说，今年三月间，春雨一直都不曾断过。李才才望着窗前的雨皱眉头，他一直在想着一个问题，自己以前是个懒汉，后来不懒了，很勤快地去贩卖妇女，但是却被抓去坐了七年牢。现在他从监狱出来了，却什么也不会做了。那么，这三千块钱，他从哪儿去赚回来？又怎么还得掉？李才才在这样想着的时候，院门被推开了。李才才看到了一个被雨淋得精湿的赤着脚的孩子，他就是王小毛。王小毛看着李才才，咧开嘴笑了一下，却什么话也没有说。李才才也笑了一下，他冒雨冲过了天井，站到了王小毛的面前。他摸了一下王小毛的头，说，王小毛，你来干什么？王小毛抬起了头，说，李才才，村里人都说，没有你就没有我。你是不是我爹？李才才说，不是我，我怎么会是你爹，你爹叫王川。王小毛说，那你不是我爹，村里人怎么会说，没有你就没有我？

李才才想不出来该怎么回答这个问题。他想了好久以后才说，我是你表舅，我把你妈带到这儿来了，你妈嫁给王川了，生下了你，知道吗？事情很简单。王小毛瞪着一双大眼看着李才才，说，你，是我表舅，我怎么不知道。李才才冷笑了一声说，你还小，你不知道的事情还多着呢。你以后，就叫我表舅吧。

后来王小毛走了。王小毛走的时候说，表舅，我回去了。王小毛一扭身子就走进了雨中。看他的背影和说话的口气，一定会让人误以为他有了十岁。他的背影显得有些寂寞，他的背影让李才才的心里痛了一下，像麦芒扎的一样。李才才本来想叫住王小毛的，告诉他不要在雨里走，这样会得病。但是后来李才才没有叫。李才才站在院门口想着一个重要的问题，就是怎么样把那三千块钱还掉。他害怕三个男人把他像一只皮球一样在地上拍来拍去的，他怕三个男人会把他给拍死。

李才才站在院门口，斜雨很快就把他的肩头打湿了。这个时候他突然想到了老蔡，是突然想到的。这个念头像是雨天里突然冒出的一粒芽。老蔡和李才才在监狱里关在一起，他们一起出了狱。李才才清楚地记得，他们走出监狱的时候，老蔡回过头看了一眼高墙，大笑起来，说，他奶奶的，我把青春献给你。李才才很惊叹老蔡有那么好的文才，出口成章，直到后来他才知道那是一本书的名字。出狱后李才才在老蔡家里住了一个月，老蔡的老家在如东，和监狱挨得很近。老蔡也是一个光棍，但是老蔡比李才才有钱。老蔡不仅在如东的城郊接合部有三间两层的楼房，还有一些存款。老蔡是因为配制假酒被抓进去的，老蔡的余钱当然比李才才要多得多。老蔡是如东人，老蔡就站在如东的屋檐下和李才才拉家常，有时候也喝酒。有一次老蔡说起他们这儿时兴配阴婚。老蔡说清明节以前，这儿的人会为那些未成年就死去的亲人配一门阴婚，就是买来年轻女人的尸骨，和死去的未婚男人埋在一起，算是完婚了。老蔡说，一千块钱一具尸骨，李才才你要是能挖到尸骨的话，可以带到如东来，我帮你卖。

现在，李才才望着铺天盖地的雨幕，脸上露出了笑容。他已经知道接下去他会做些什么了。清明已经近了，他准备过完清明就把三千块钱还给地瓜、土豆和玉米，然后，再把麦枝接到家里来住。不管怎么说，麦枝还是一个能过日子的好女人。现在，李才才想得最多的就是，过日子。最好再弄出一个满地疯玩的小李才才出来，那样的话，李才才这辈子就算是完成任务了。李才才傻傻地笑着，嘿嘿，嘿嘿嘿。他抬眼望了一下不远的山，他的目光越过了重重雨帘，落在了山上。他想，山上的坟墓里，生长着他的三千块钱。

第二天，天放晴了，山上升腾着潮湿的雾气。那雾气袅袅娜娜的，像一群女人在跳着慢舞。第三天，天仍然放晴，雾气没有了，是干净得一眼能望到山顶上那棵松树的皮肤的那种晴。这是一种透明的晴。这天李才才上山了，他反背着双手，像一个游手好闲的家伙一样来到了山上。他是来看墓碑的，他要看看最近村子里有哪些女人死去了。在上山的时候，他碰到了地瓜、土豆和玉米，他们在山脚的玉米地里忙活着。玉米眼尖，他看到了李才才，他说李才才你到山上干什么去，你不会是想要去偷树吧。你欠我们的三千块钱，马上就要到期了。如果你还不上，就别怪我们三兄弟把你的皮剥下来卖给人家去做灯罩。李才才笑了一下，他的笑声中饱含着轻蔑。李才才说，放心，我像是没钱的人吗。时间一到，你们就来取钱。

李才才不再理他们。三个矮男人愣愣地望着他，他们被李才才突然表现出来的豪气吓了一跳。他们看到的只是李才才的背影，外加一双反背着的手。李才才上了山，李才才很快就不见了，好像被郁郁葱葱的树林给吞吃掉了一样。李才才只是在三个矮男人的目光里不见了，李才才当然还是在山上。一会儿时间，他就找到了三位沉睡在地下的女人。其中一位，是王小毛的妈妈明芳。李才才选定了目标以后，慢悠悠地下山了，他像是被郁郁葱葱的树林重又吐出来一样，再一次出现在三个矮男人的面前。他看了一眼他们的玉米地，冷笑了一声说，你们种得太密了，你们不知道科学种植你们种什么玉米，你们真是笨到家了，你们还不如在玉米秆上上吊得了。三个矮男人听了这话后开始相互埋怨，地瓜说，我说要科学种科学种，你们偏不科学种。现在好了，才才说了咱们种得太密，咱们还是把苗拔起来再种一次吧。

李才才走了。走出很远的时候，一回头看到三个男人正在重新鼓捣那片玉米地。李才才的心里，就欢叫了一下。李才才是个懒汉，是个不太愿意和土地打交道的农民，他怎么会懂得科学种田呢。李才才在路廊又碰到了去河边洗衣服的麦枝。麦枝挎着一只竹篮，这就使得她的身体倾斜，斜出了一种好看的弧度。麦枝的脸红了一下，麦枝的身体看上去越来越诱人越来越健康了。李才才说，麦枝，你等着，我来接你的日子不远了。你准备一下吧，你准备穿上新衣服，准备我来把你接到家里。李才才说完，麦枝就温柔无比地点了一下头。麦枝走了，麦枝要去河边。李才才望着麦枝的背影，他的目光穿透麦枝的身体，看到了麦枝运动着的一副骨头。李才才揉了揉眼睛，看到的仍然是一副运动着的骨头。他看到四处都是骨头。骨头，骨头，我们的骨头。

半夜的时候，李才才家的院门推开了。吱呀一声，在静夜里这声音清晰无比，像是某场电影里的片断。然后，一个人探出了并不丰伟的脑袋瓜，这个人背着一只蛇皮袋，和一把铁锹，以及一种叫作"羊角"的铁镐。他走出了院门，一下子就隐进了黑暗之中不见了。像是，突如其来的一场消失，像是，水蒸气在夏天的骄阳下，片刻间的升空和蒸发。这个人当然就是李才才，李才才穿过了村中的大路，李才才上了山，李才才开始对一座坟墓动用铁锹。他像一个工兵一样，动作麻利，时而蹲伏，时而用力挥锹。李才才用羊角启开了棺材盖，一股难闻的气味差点让他立即瘫软在坟边。李才才跑开了，他在黑夜里像一只野兔一样奔突。他在不远处的黑暗中呆了半个小时以后，才慢慢返回到了坟边。那股气味，被风一吹已经淡了不少。现在，轮到李才才翻捡骨头了。李才才把骨头一块块放到了蛇皮袋里，在捡骨头的时候，李才才想，五块钱，十块钱，二十块钱……李才才往蛇皮袋里装骨头，就等于是在往蛇皮袋里装钱。李才才最后拿起的是一个骷髅头，放进蛇皮袋以前，李才才对她审视了好久，说，明芳，对不起，再卖你一次。

这是王川的老婆、王小毛的娘明芳的尸骨。

李才才重又把棺盖盖上了，重又把泥土培好了。李才才下山的时候，天仍然是黑的。李才才在黑暗里行走，背上，是明芳的尸骨。李才才记得自己把明芳从江西骗来的时候，明芳刚好病了，是李才才背着她上火车的。那时候的明芳，还很感动，以为认识的是一位好心副厂长。副厂长是谁？副厂长就是李才才，李才才说自己是某针织厂的副厂长，明芳可以在厂子里挡车。现在，李才才再一次背上了明芳，只不过，背的是明芳的一把骨头。李才才穿过了村庄，李才才推开了院门。他从厨房里找来了一只小坛子，把骨头都装入了坛子里。然后他开始在院子里挖坑，他挖了一个坑，把坛子埋了下去。他埋坛子的时候，突然又听到了树叶从树身上飘落下来的声音。在漆黑的夜里，他不由得抬头张望了一下院子里的树。树没有动，树一点声音也没有。李才才有些憎恨树，因为自从他从监狱回来以后，老是能听到树叶飘落到地面上的声音。

接连三天，李才才都出现在山上，他的视力越来越好了，他发现他在夜间可以看到山上的一切，一对野兔在追逐，一些山鸡

当代中国最具实力中青年作家书系

在歌唱。他的人也显得精神多了，好像有使不完的力气。三具骨头，已经埋在了他家的院子里，等于是他已经埋下了三千元钱。但是，李才才发现他看人的时候，能看到别人的骨头。他拿东西的时候，也会发现自己正在捡起一块骨头。有一次他去了街上，他去街上的肉摊买一块猪肉，他看到了许多猪骨头，这些骨头把他看愣了。他不由得伸出手去，抚摸着这些骨头。摊主说，你是想要点骨头吧。李才才说，不，我买肉，骨头我只要摸摸就行了。我喜欢摸骨头。

喜欢抚摸骨头的李才才想要去如东了。春暖花开，春暖花开就是天气暖和的意思。李才才要在春暖花开的日子里去一趟如东。李才才跑到代销店给老蔡打了一个电话。李才才说，怎么的怎么的行吗？老蔡说，好的好的一定行。李才才挂上电话的时候，就笑了，就想，事在人为，我以后不贩卖妇女也能赚钱了。李才才第二天清晨就动身，但是在动身以前，麦枝出现在院门口。麦枝突然从一个拐角处闪了出来，这时候李才才刚好在开院门。麦枝跟着李才才进了院门。李才才对突然出现的麦枝感到突然，他还没想清楚怎么回事，就被麦枝堵在了墙上。麦枝把李才才像贴一张饼一样贴在了墙上。李才才说轻点轻点，我喘不过气来了。李才才太瘦了，李才才瘦成了螳螂样，看上去到处都是骨头。这些骨头，都被麦枝身上的肉包围着挤压着。很快，李才才退进了屋，退到了床上。很快，麦枝爬上了李才才的身体。能听到的，是李才才不知是受罪还是快活的低声嚎叫。很快，他们两个都平躺下来，望着屋顶的瓦片发呆。有一块瓦片破了，漏下了瘦瘦长长的光线。李才才想，这光线，是不是老天的目光。

四

　　这是一个漫长的下午。其实下午都是漫长的，我们可以睡午觉，午觉醒来还可以做许多事，然后等待黄昏的来临。相对而言，下午简直就是两个上午。在这个漫长的下午，李才才花去了两个上午和麦枝聊天。麦枝说，从此我就是你的人了。李才才嗯了一声。麦枝说，我要你娶了我，我们一起过一辈子。李才才又嗯了一声。李才才的眼睛失去了光泽，他有些疲惫。麦枝就探过半个身子来，侧着身，看了李才才一会儿说，怎么啦，累趴下了。李才才勉强打起精神说，明天，我要出一趟远门。出远门回来，我就回来娶你。我把你娶回家，你给我洗衣、做饭、捶背、洗脚，再给我弄一个李小才才出来。麦枝不停地点着头，麦枝的脸上漾起了幸福的神色。

　　麦枝后来穿上衣服走了，走到门边的时候，又回过头来说，不要忘了，你自己亲口说过的，你从外地回来就娶我。李才才无力地点了一下头。然后门就开了，麦枝像被门吸进去似的，不见了。李才才透过窗口，看到麦枝穿过了院子，她正在打开院门。李才才的目光落在了麦枝的屁股上。他想，麦枝的屁股，怎么可以这么圆，简直就像石磨盘一样圆。

　　第二天天蒙蒙亮的时候，李才才起床了。他走到了院子里的时候，还穿着单衫。他突然感到了寒冷，但是他没有折回去加衣，而是挥动了铁锹。一些泥土在铁锹中欢快地扬起来，又落下去。一会儿，三只小坛被起了出来，装进了大而陈旧的背囊里。李才才背起了背囊，他走到院门边的时候，回头张望了一下那三个浑圆的小坑。那些小坑像是三只眼睛，呆呆地望着无边无际的天空。这时候，李才才又听到了树叶从树身上落下来的声音。李才才院子里种的是一颗枣树，这个时候枣树不会落叶，这个时候只有李才才能听得到枣树落叶了。李才才折了回来，走到了屋子里，取下了墙上挂着的黑色长柄雨伞。他很喜欢这柄雨伞，有时候，他甚至因为喜欢这柄雨伞而盼望着下雨。然后，李才才正式走出了院子，经过枣树的时候，他狠狠地踢了枣树一脚。他骂，该死的树，你该死。枣树什么话也没说，枣树直到李才才走出院子，并给院门落上了锁以后，才低声啜泣起来。事实上，它一直都在落叶，只是你看不到它飘落的叶片而已。

李才才乘早班车到了县城，李才才在县城的火车站买了一张去如东的火车票。李才才检票进入站台，李才才看到了一辆墨绿色的火车慢慢开进了站台，软沓沓的显得很疲惫的样子。李才才背着三个女人，就要上火车了。这时候，李才才看到了一群村里人出现在站台，他们正在东张西望，像是在寻找着目标。他们多么像突然从洞里钻出来的一群蚂蚁啊。李才才知道，这群蚂蚁寻找的目标就是自己，就是自己背着的三个女人。李才才更知道，如果村里人知道是他偷了尸骨，这三个女人的家人，一定会把自己的骨头，活生生地拆下来。李才才矮了矮身子，他检票上了车。然后，车门合上了，李才才看到一个矮而胖的男人穿着铁路制服，正在吹哨子和挥舞着一面小旗。火车缓缓开动了，李才才想，自己恐怕回不了村庄了，自己回村庄，可能就要被人送到山上去埋了。李才才站在车厢连接的地方，望着车窗外边闪过的一格格风景，突然有了一种凄凉的背井离乡的感觉。这个时候，他想到了麦枝，他想麦枝在等着自己回去娶她，而他又怎么回得去？麦枝的脸，在车窗后一格一格的风景闪现中，慢慢淡了下去，最后，只剩下她浑圆的屁股，像火车轮一样，在李才才的脑海里转动。

李才才和三个幸福的可以在被埋几年以后仍然乘上火车的女人，一起度过了甜蜜的四个小时。车子到达如东的时候，李才才扭身对背上的三个女人说，你们听好了，我们到了如东，你们就要开始新的生活了。以后，你们就生活在如东。李才才的话音刚完，就看到了胡子拉碴的老蔡，已经站在了月台上四下张望。李才才下了车，走到了老蔡面前，老蔡还在四处张望着。李才才笑了，李才才说，老蔡，老蔡。老蔡回过神来，一伸手在李才才的后背上拍了一掌。李才才背着的是三个女人，李才才说你轻点，你怎么可以随便拍。

老蔡领着李才才走了。老蔡是把李才才领回家的。老蔡的家在城郊接合部，尘土飞扬的地方。老蔡家里有一个瘦女人，这个瘦女人出来迎接李才才，她给李才才泡了一杯茶，笑容满面地端上来。她太瘦了，像风干的丝瓜一样瘦。李才才就在心里叫她丝瓜。老蔡说，是老婆，这是我的老婆。李才才认真地看了老蔡一眼，因为李才才知道老蔡是没有老婆的。老蔡笑了起来，说，都快老了，总得有个老婆吧。老蔡这样说，就让李才才有了一丝伤感。李才才想到了他的麦枝，忽然之间，李才才觉得他开始挂念麦枝。他不由得吓了一跳，想，是不是我爱上了麦枝。

李才才把破旧的背囊放在了地上。背囊很安静，也很落寞，像一件古董。李才才好像听到了三个女人在里面说话，很轻的声音，听不出是在说什么。李才才说，别吵了。老蔡吓了一跳，说什么别吵了。李才才笑着指了指背囊。老蔡的脸一下子白了，说，你不要吓我呀。李才才说，可能是我的耳朵出问题了，前几天，老是听到树叶飘落下来的声音。老蔡说，你连树叶飘落下来的声音都听得到？你真是邪门了。我得赶紧找人来拿走这东西。

老蔡出门去找人了。剩下李才才一个人坐在堂前喝茶。李才才把喝茶的声音弄得很夸张，是因为他感到既疲惫又孤单。丝瓜不太说话，丝瓜像影子一样飘过来，替他加了点水。李才才就找话，说，听你的口音，不是如东人吧。瘦女人看了看四周，神秘地笑了，说，我是江西人。李才才说，怪不得这口音那么熟呢。瘦女人说，你到过江西？李才才没有回答，只是笑了笑。瘦女人说，我是刚来如东的，我家里很穷，老公没了，孩子要上高中，我就把自己给卖了。和我一起来的，有好几个姐妹。我们是一起来打工的，但是到了这儿之后，被人偷偷卖了。我和老蔡说，你得每月贴我三百块钱寄回去，我就留下来，不然的话，我就跑。老蔡答应了，拍胸脯说，三百块钱算什么呀。老蔡家底子厚，我已经很满足了。只是我们村子里有几个姑娘，死活不同意留下来。有一个还吵着要上吊。

李才才认真地看了一眼丝瓜。丝瓜说话很缓慢，但是没有停下来的迹象。丝瓜好像有了一种诉说的欲望，她开始捧着热水瓶说自己的儿子了，说她儿子成绩如何的好。那把热水瓶，像一个婴孩一样安静。只是丝瓜一直没有塞上那个瓶塞，她一定是在给李才才倒上水以后，忘了塞瓶塞了。热水瓶就一直冒着热气，像是快要爆炸的点燃了导火索的小炸药包一样。李才才没有听下去的欲望了。李才才说，你为什么要告诉我那么多？丝瓜笑了一下，说，我也不知道，我从来没和人聊过天，我一直都在家里替老蔡洗衣做饭，你来了我就特别想说。李才才皱了皱眉，他本来想说可是我不想听，但是他最后还是忍住了。丝瓜接着又说了一句，丝瓜说，兄弟，你说女人怎么会像一片水上飘着的树叶一样，飘到哪儿就算哪儿，飘着飘着一辈子就过去了，像活在梦里一样。李才才一下子愣住了，他一点也没有想到丝瓜会说出这样一句文雅的话来，仔细一想，还挺有道理。李才才愣愣地看着丝瓜，丝瓜再一次笑了，她像突然醒悟过来似的，在热水瓶上塞上了塞头。然后，她转身走了。

　　老蔡还没有回来，但是夜幕却来了。夜幕从很遥远的地方赶来，罩住了这个城郊接合部，罩住了老蔡的家。李才才有些不安起来，他走到了天井里。这时候丝瓜开亮了屋檐下的灯，一下子把天井照亮了。李才才站在天井中央，就像是一棵树一样。李才才想，自己是一棵什么树呢，会不会就像是自己家院子里的枣树。这样想着，李才才觉得自己的脚长出了根须，正在往地底下钻呢。这时候院门打开了，老蔡领着两个老女人出现在院子里。老蔡在前，两个女人在后，他们组成了一个等边三角形。然后，这个等边三角形的三条边，就把李才才和他的背囊一起围在了中间。

　　两个坛子从背囊里拿了出来，放在了地上。背囊一下子空了不少，软沓沓的像刚生过孩子的女人的肚皮。两个老女人都拿出了一千块钱，她们恋恋不舍地把钱塞到了李才才的手中，然后抱起了那小坛子。她们像是抱着自己心爱的孩子一样，走出了院门，很快，就消失在黑暗中，无声无息的，像是从来都没有来过一样。李才才在院子中间发愣，他怎么也想不通怎么可以一言不发就完成了交易，而他的手里，显然已经多了两千块钱了。老蔡拍了拍李才才的肩，大笑起来。老蔡说，还有一个坛子，明天成交。今天晚上，我们就好好喝一盅酒吧。

　　李才才看了看身边的背囊，低着头说，好的。他看到背囊已经打开了，露出了坛子的一部分。这个还没有成交的坛子，里面藏着的是王小毛的妈妈明芳。李才才把背囊的拉链拉了起来，明芳就又重归于黑暗之中了。

五

李才才已经记不清自己喝了多少酒。他和老蔡一起喝的是那种土烧酒，酒劲特别大。李才才其实不会喝酒的，但是他还是喝了，而且喝醉了。喝醉的李才才对没有喝醉的老蔡说，老蔡，我怎么老想着哭。老蔡说，为什么老想着哭。李才才大着舌头说，我以前卖的女人，命都不太好，我自己的命也不太好，被关了七年。你说，我以后会不会下地狱？老蔡皱了皱眉说，说这些干什么呀，再说哪儿来的地狱可以下呀。兄弟你放心了，咱们都上天堂。来，喝酒，多喝酒是可以上天堂的。

于是李才才又喝了一盅。李才才记不清自己喝了多少盅了。李才才晕晕乎乎地想要抱着那只背囊睡觉，这时候他看到了老蔡的那张油滚滚的脸。老蔡说，来，你跟我来，我带你去一个好地方。李才才就晕晕乎乎地跟着老蔡走出了家门，走出家门的时候，他背着那只背囊。丝瓜脸色阴沉地盯着那只背囊看，老蔡也盯着背囊看。老蔡说，你带着这背囊干吗，多不方便。李才才傻傻地笑了，说，带着其实挺方便的。

老蔡就带着李才才走了。李才才就带着一个叫明芳的女人走了。老蔡把李才才带进了一个闪着红光的地方，那些红光像一团团的红雾，直直地向李才才扑来。李才才闻到了脂粉的香味，他揉揉眼睛，看到的仍然是红雾，但是这红雾里面，有了那些雪白大腿的晃动。他被一双手牵着，进了一个小包间。小包间干净而温暖，小包间里李才才想抱着那只坛子睡觉了。但是那个牵着他手的女人不让他睡，女人一个人忙活和鼓捣着，女人让李才才觉得自己真的像极了一片树叶，轻飘飘地飘了起来。后来，老蔡来叫李才才，老蔡说，该走了，总不成死在这儿吧。李才才跟着老蔡走。老蔡从李才才的怀里掏出了那两千块钱，一张一张地往外数，付给了那个女人。李才才很痛惜钱，他知道自己醉了，但是他却仍能清楚地记得老蔡一共付出去三百块钱。李才才的心里一下子难过起来，其实也不是为了钱而难过，他开始为两个女人难过。他突然觉得，他把人家的骨头卖出去，好像仍然是在贩卖妇女一样。这时候李才才有了一种预感，说不定自己还得再进去蹲上七年。

　　但是现在的李才才已经管不了那么多，他的腿是软的，腿一软，走的路就一定是歪的。一路上都是老蔡在扶着他，老蔡把他扶进门，扶上床，说，睡吧。李才才就在转瞬之间睡着了。李才才在后半夜醒过来一次，他看到那只背囊就放在地上，他突然感到了阴冷，想起了自己做了一个梦，梦中那个叫明芳的女人一直都在哭。还有王小毛，王小毛不会哭，但是却用阴冷的眼神看着他。王小毛走到他的面前说，才才，你怎么可以把我的妈妈卖两次。

　　李才才一下子睡不着了，他开始后悔自己去掘了三座墓。但是，后悔已经没用了。李才才后来走出屋去，走到了院子里。他感到难过，他又听到了树叶飘落的声音，而老蔡家的院子，是根本就没有树的。李才才在院子里发了一会儿呆，后半夜，越来越冷了，他只好回到了房间，重新钻回被窝里。李才才迷糊了一会儿，又醒一会儿，一直都没能睡好。李才才的眼皮又一阵阵地跳

当代中国最具实力中青年作家书系

着，李才才想，说不定明天真的要出事呢。

第二天老蔡领了李才才去一户人家。路上老蔡说，李才才，你的眼泡怎么这样肿，是不是没睡好。李才才说是的，我睡不着。老蔡说，怎么会睡不着，我们这儿这东西很好销的，明年清明节前，你再带一些过来。李才才说，我恐怕都回不去了，村里人追到了车站，他们一定是想把我的皮剥下来。老蔡愣了一下，说你去偷这东西，难道会给村里人知道。李才才凄惨地笑了，说，我一直都在想这个问题，可能是他们发现少了三具尸骨，而又在我院子里发现了三个坑吧。我很后悔，我那么细心的一个人，怎么可以变得那么粗心呢。

老蔡不再说话了。老蔡是用自行车驮着李才才去的，那是邻近的一个村庄。很快的，老蔡和李才才就到了那户人家家里。那户人家姓莫，户主是个三十来岁的男人，叫莫阿根。莫阿根从小没有爹娘，和弟弟相依为命。他和弟弟一起盖了两间楼房，但是弟弟却被一根横梁砸中死了。这新房子，就全归了莫阿根。现在莫阿根想为弟弟配一门阴婚，莫阿根说不配阴婚他就对不起弟弟。而他自己，也刚刚娶了一个老婆。是从人贩子手里买下的，一个有些胖墩墩的姑娘。李才才看到胖墩墩的时候，就感到这个女人，长得真像麦枝。

在莫阿根家的院子里，李才才放下了背着的背囊。李才才把坛子拿了出来，放在地上。李才才心里说，明芳，你就留在这儿吧。这时候李才才仿佛听到了遥远的哭声。李才才心里又说，明芳你别哭好不好，你这样哭着，我也难过的。我也想哭了。李才才看到莫阿根收下了坛子，他高兴地数着钞票，他把一千块钱数给了李才才，说，这是你的了。谢谢你那么远把姑娘送过来。今天，我要和你们喝一盅，今天我高兴，今天我弟弟结婚了，我当然高兴。弟弟，弟弟你笑一笑，哥为你讨上一房老婆了。莫阿根说着说着，竟然眼圈红了，语调变成哽咽。老蔡说，你千万别哭，是高兴事，你如果哭了，我们就不留下来吃饭了。我们回去吃。

莫阿根终于没有再哭。莫阿根说，那屋里坐，吃了饭再走吧。莫阿根家也是城郊接合部，院子外就是大马路，四处都是正在建造的房子。莫阿根招呼李才才和老蔡坐了下来，莫阿根又让老婆炒菜。老婆叫玉华。莫阿根说，华啊。他不叫她玉华，叫她华啊。莫阿根说华啊，炒几个小菜吧，我今天要和这两位兄弟喝一盅呢。玉华嗯了一声，很轻的一声，像蚊子的叫声。玉华开始忙碌，很快菜上来了，酒也上来了，于是就喝酒。喝酒的时候，李才才从莫阿根嘴里知道了玉华是从江西来的，是和老蔡老婆一起被卖到这儿的，所以老蔡才会认识了莫阿根。莫阿根说，奶奶的，前几天吵得凶，我把她给绑了起来，扎扎实实地揍了一顿。她老是说家里有个一岁的孩子。我说你孩子才一岁，跑出来干什么。她说是被人骗来打工的。我说我不管，反正我付了钱，你就是我的。现在，听话多了。华啊，再来一盘炒番茄吧。

那个被称为华啊，而实际上叫玉华的女人，就一直在忙碌着炒菜。莫阿根和老蔡也忙碌着，他们忙着干杯，好像不干杯就显不出他们的情谊了。李才才也干杯，但是他喝得少，昨天喝醉了，他的头还在痛着呢。李才才灌多了啤酒以后，去了一趟茅房，在茅房门口，他碰到了华啊。华啊看了看四周说，大哥，你救我。我一眼就看出你是好人。我在老家真的有了小孩，我不能丢下小孩不管。你救我吧，你想我怎么谢你就怎么谢你。你帮我叫公安行吗，我不离开这儿，我就活不长了，我肯定活不长。

当代中国最具实力中青年作家书系

李才才回头看了一眼屋子里。李才才一言不发地进了茅房，然后又出来了，回到屋子里继续和莫阿根、老蔡一起喝酒。李才才经过女人身边时，看到了女人目光里的怨恨和失望。李才才落座后，像是酒兴大发的样子，他敬了莫阿根，又敬老蔡，又是三个人一起干杯，说要"共同富裕"。莫阿根的舌头大了，他在叫，华啊，再拿几瓶酒来，再弄个小菜上来。

这酒一直喝到下午三点多。三点多的时候，老蔡和莫阿根都趴在桌子上哼哼哈哈地流口水，地上也已经吐了一地了。李才才看了两个男人一眼，缓慢地站起身来。走到院子里的时候，他又看到了那只坛子。他蹲下身子，抚摸着坛身，突然感到了从心底深处冒出来的悲凉。李才才说，明芳，我不留你在这儿了，我要把你带回去。就是村里人剥了我的皮，我也要带你回去。他把坛子又装进了背囊里，背在身上。这时候，他看到了那个叫华啊而实际上叫玉华的女人。女人手里拎着一只人造革的包。李才才笑了一下，他牵起了老蔡的自行车，说，我送你到车站吧，你赶紧走。他们两个，一时半刻怕是醒不过来。

华啊点了一下头，她突然之间想哭，又怕哭出声来，所以她拼命地用手捂住嘴巴，但是眼泪还是滚滚地落了下来。李才才很轻地笑了一下，说，哭什么呢？人本来就是苦的，有什么好哭。

华啊上了李才才的自行车。华啊坐在后座上，李才才瘦瘦的脚拼命蹬着自行车。华啊问，你是干什么的？李才才想了想说，我以前是一个懒汉，后来贩卖妇女被判了七年，现在又盗卖女人的尸骨为人配阴婚。我干的都是缺德事。华啊说，大哥你真会说笑话，你叫做什么名字，我以后一定要和老公一起来谢你。李才才说，你千万别，你还是拿那谢我时的路费养好你的孩子吧。我说的，也都是真的。不过这次你放心，我不拐卖你。

一会儿，车站到了，李才才看到火车站的外墙正在整修。李才才就抬头看了一会儿车站外墙脚手架上的工人。李才才想，以后不如去做个建筑工人，卖力气为生吧。这样想着，李才才心里就又涌起了一阵悲凉。李才才想，怎么老是悲凉呢，怎么老是悲凉呢。在这样的悲凉里，李才才为华啊买了火车票，李才才还送给华啊一千块钱。华啊一下子就跪了下去，被李才才一把拉住了。李才才笑了，说，你傻不傻，你想让很多人都看到你，你想让莫阿根把你追回去是不是。

李才才把华啊送上了火车。李才才自己也买了火车票，是一小时后的一趟车。李才才想要回到村庄，再偷偷地把麦枝给带出来。李才才知道村里的人都在等着他回去，准备集体剥他的皮。李才才把身子靠在了座椅上，感到异常地疲惫。他很想睡一觉。这个时候，他看到了莫阿根，还看到了一群和莫阿根在一起的陌生人。他们看到了李才才，李才才的心里轻轻叫了一下，完了，他想，完了。他把背囊背在了身上，然后，他凄惨地对着莫阿根笑了一下。

莫阿根没有笑，莫阿根走到了他的面前，甩过去一个巴掌。李才才在听到清脆的声音响过以后，感到自己的脸辣了一下。然后，莫阿根又在李才才肚子上踢了一脚，李才才随即就在地上扭成一团麻花。许多人围了过来，他们看到有一个人对着另一个人下毒手，但是这个人却不会还手。李才才的嘴角挂着血，他想，自己今天肯定要像刚出狱时被地瓜、土豆和玉米打一顿一样，好好地挨上一顿了。他艰难地站直了身子，突然对着莫阿根笑了一下。他猛地推了莫阿根一把，莫阿根跌坐在地上。莫阿根看到李才才跑了，李才才像一只瘦兔一样蹿出了简陋的候车室。和莫阿根一起来的男人们，就一下子冲了出去，追赶着李才才。

这是一个很黄昏的黄昏。李才才感到风是凉爽的，气候宜人。他被一帮人逼到了火车站角的一块空地上。空地不远就是火车站正在翻新的外墙，李才才笑了一下，李才才搞不懂自己为什么老是笑。他先是看了一眼一步步逼近的而且越来越小的包围圈，然后转过身去，开始攀爬脚手架。那伙人也赶到了，他们也开始攀爬脚手架，他们一定要把这只瘦弱的兔子交给莫阿根。李才才人长得瘦，爬起来却快。但是他是一个懒汉，懒汉的力气，一定是不会大的，所以很快李才才就感到累了。李才才累了就停了下来，看下面正在往上爬的那些人。李才才想起了录像片里的镜头，也是有许多人在爬着脚手架。像在蛛网上挂着的一群蜘蛛一样。莫阿根站在脚手架的下面，他不往上爬，他让叫来的这批人往上爬。他一定是在等待着李才才回到地面上。如果李才才回到地面上了，莫阿根一定会把李才才撕开，像撕一张旧报纸一样撕得七零八落。

李才才最后没有让莫阿根撕开。李才才继续往上爬着，但是他已经爬不动了。他抬头看了一下天，天上布满了乌云。一会儿，乌云掉了下来，乌云掉下来等于就是雨掉下来了。雨点扑打在李才才的身上，雨点一会儿就让李才才的整个身子都湿了。李才才再一次伸手握住脚手架的钢管时，手一滑，整个人就飘了起来。李才才听到了风在尖叫。风为什么要尖叫？

李才才在下坠的过程中，一直计算着今天是几号。直到他听到一声巨响的时候，他才算出今天是四月五号，清明了。李才才想，怪不得今天下雨了，清明时节，雨就是特别多。李才才感到自己的身体一下子就轻了，像一片羽毛。李才才看到背囊被摔得稀巴烂，坛也碎了。坛子里的骨头散了一地。李才才的一只眼睛已经看不到了，眼眶也被摔烂了。李才才的另一只眼睛，看到了面前的许多骨头。那只骷髅头刚好滚到他的眼前，他就轻声说，明芳，是你吗，我对不起你。

明芳没有理他。明芳只是以骨头的姿势陪伴在他的身边。许多纷乱的脚步声响了起来，许多只脚在朝李才才的方向移动着。李才才看到莫阿根吓呆了，多么像一只呆鸟呀。呆鸟，呆鸟。李才才在心里骂着莫阿根，他看到莫阿根醒过神来，跑掉了，他就大笑起来。只不过他不能笑出声来，他的嘴巴被一大团的血糊住了，他的整个身体，几乎就是被黏糊糊的液体包围着的。

雨越下越大了。李才才想到了麦枝，麦枝是不是在屋檐下等着他的归来。李才才又想到了王小毛，王小毛是不是一次次地来到他的院门前敲门。李才才还想到了地瓜、土豆和玉米，他们一定是在无所事事的雨天，扳着脚趾头计算着李才才还他们钱的日子。另外，李才才想到的，是山上。山上被他挖过的三座坟，尽管他盖上了新泥，但是被雨一浇，会不会陷了下去一大块呢。这是令李才才担心的一件事。李才才叹了一口气，担心又有什么用呢。他看到周边的水积了起来，形成了一个大大的水洼。他的身体，像要漂浮起来。而那些四散着的骨头，已经有一半埋在了水中，另一半，正在等待着被水埋葬。在埋葬以前，累极了的李才才，悄悄地合上眼睛。他又听到了树叶飘落下来的声音，一个长梦，就此开始……

当代中国最具实力中青年作家书系

赵邦和马在一起

一

阳光从窗玻璃钻进来，一束束松针一样扔在赵邦瘦弱的大腿上。赵邦醒过来，看到阳光有一半落在了赵红梅身上。赵红梅侧卧着，她身体的形状，看上去有连绵的山峰的味道。赵邦的手伸过去，手犹豫了一下，停住了，但最后还是落在赵红梅的屁股上。那是一只有些像是红富士苹果的熟悉的屁股。

赵邦看到自己在阳光中的手，手指轻颤，有些微的暖意。阳光开始飘荡起来，赵邦的心也开始飘荡。他的另一只手扳过了赵红梅的肩头，赵红梅醒了过来。干什么？她说干什么。赵邦什么话也不说，动手剥赵红梅的粉绿色内裤。赵红梅明白了赵邦想干什么，她想，这是一个多么安静的早晨啊，早起的鸟已经在院子里鸣叫了。现在，这个早晨开始变得热闹非凡。赵红梅开始挣扎。干什么干什么干什么，赵红梅说，你简直是头猪。她混浊的口气落在赵邦的脸上。

赵邦什么话也没有说，他的额头已经沁出了汗珠。赵红梅抬起腿，一脚踹在了赵邦的肚皮上。赵邦感到了疼痛，但这样的疼痛很快被恼怒掩盖，他涨红了脸用牙咬着唇，一把扯破了赵红梅的内裤，扔在地上。赵邦说，你只是个副厂长，别以为你是副省长。赵邦动作麻利，很快解下了自己的裤衩。他牵着自己，暴怒地进入赵红梅的身体时，看到赵红梅闭上了眼睛。她不再反抗，像是要熟睡过去。这时候赵邦闻到了赵红梅身上散发出酱油的味道，赵邦突然感到从未有过的厌倦，他像一只装了水的皮袋一样，软软地伏在了赵红梅的身上。

　　赵邦后来终于被赵红梅推开了。赵红梅掀掉身上沉重的水袋，翻身下床。墙上的石英钟迈着细长的双腿在无声地走动。很长的时间里，赵邦俯卧着，将半边脸贴在床上，如同要挤掉脸上的水分似的。他的眼眶里，装下了那口墙上的石英钟。他觉得石英钟在不厌其烦地走动，实在是一件奇怪的事。阳光仍然从窗口漏进来，和清晨一样的安静，不动声色地落在了赵红梅的小腿上。那是一双饱满的小腿，有着细密的绒毛。赵邦就盯着那双小腿看。小腿侧身进了边间，但是透过门框，赵邦还是能看到赵红梅在刷牙，洗脸，涂口红和忙碌。这是一个忙碌的女人，她不久前已经荣升为镇上酱油厂的副厂长。村里人都用仰视的目光看着赵红梅。就连村主任赵杨胡同，也改口不再叫红梅大匹，而是叫她赵厂长了。

　　赵邦家多了一个赵厂长，就少了一个赵邦。赵邦找不到自己了。赵邦心里涌起无比的悲凉，他听到风声，赵红梅和镇工办的梁主任如火如荼地勾搭在一起。梁主任有一辆破旧的桑塔纳，那扇车门破得简直随时都会掉下来。赵邦深有感触，女人可以做家长，但是最好不要当厂长。赵邦望着赵红梅换衣服，她给了赵邦

当代中国最具实力中青年作家书系

一个丰腴的后背。黑色的胸罩带子，紧紧地勒着她白白胖胖的皮肉。她头也不回地说，今天晚上我们几家镇办企业的领导要开碰头会。

赵邦说，开会就开会，还碰头会。

赵红梅嗤地笑了，她其实不是想说开会，只是想说，她晚饭不回家吃，晚上会忙到很晚。她没再理会赵邦，拎起包就往外走。她有一辆绿风牌电瓶车，那是一辆高档的电瓶车，就停在隔壁屋里。赵邦看到赵红梅跨出了房门，只留给他一个短暂的副厂长的背影。

赵红梅骑上电瓶车走了。赵邦能听到院门打开又合上的声音。这个单调的声音过后，就是死一样的寂静。不知道为什么，院子里的鸟叫声也消失了。赵邦看到了不远处的人造革沙发上，堆满了赵邦好久都没有洗的衣服。这些衣服像是一堆零乱的蛇蜕，散发着霉味，这让赵邦对自己无比愤恨。他还朝天放了一个响屁，他想，这日子究竟怎么了。

赵邦后来起床了。他走到院子里，看到八成新的威风牌方向盘拖拉机，安静地伏在一棵老枣树下。墨绿色的小屋一样的驾驶室，焊着铁皮与角钢。那些玻璃明晃晃的，把阳光反射到赵邦的脸上。赵邦的心里涌起了一阵悲凉，当年他还是小伙子的时候，买的是手扶拖拉机。这辆突突奔走的拖拉机，吸引了村里多少姑娘的目光。后来等到别人也买上手扶的时候，赵邦改成了方向盘。当别人买方向盘的时候，赵邦改成了有驾驶室的拖拉机。他还用三间大瓦房迎娶了黄毛丫头赵红梅，那时候赵红梅只是在村办纺织厂打工的挡车工。但是现在，她是镇酱油厂的副厂长了。当上了副厂长，她变得不太愿意回家，她和赵邦的话也越来越少。

赵邦在院子里扩了扩胸，做了一个深呼吸。他很想要吞掉一些什么，或者是把内脏全部吐出来。后来他钻进了驾驶室，发动了威风牌拖拉机。拖拉机开出了院门，赵邦连院门也懒得关，就跑上了村路。眼前是一大片白晃晃的阳光，赵邦毫不犹豫地冲进了那堆广阔辽远的阳光里。

村主任赵杨胡同反背着双手，站在代销店的门口。他看到赵邦的拖拉机咆哮着，像一只下山的华南虎一样，跌跌撞撞向镇上奔去。他就冷笑了一声，他一点也看不惯赵邦，认为赵邦是一个懒汉。赵厂长嫁给了赵邦，简直是瞎了眼。

赵邦的拖拉机开出了村路，开在土埂上。很快，他的拖拉机就追上了骑着电瓶车的赵红梅。拖拉机在赵红梅前面停下来，赵邦从驾驶室钻出来。赵邦说，赵红梅，你给我站住。赵红梅就停下了电瓶车，两只脚踮在地上说，你想干什么。

赵邦走到赵红梅的面前，他微笑着，把手放在电瓶自行车的把手上。赵邦的脖颈转了转，看了看四周。四周是田野，那些水稻与野草，以及沟渠里的水草，散发着植物的气息，在赵邦和赵红梅身边无声地漫延。赵邦觉得心情一下子好多了，他抽了抽鼻子说，赵红梅，我要同你离婚，我肯定是要同你离婚的。

赵红梅愣了一下，本来想问为什么，但是她最后却说，真的？

赵邦绕着赵红梅的身体转起了圈，得意地说，当然是真的。女人如衣服，穿一件抛一件。

赵红梅笑笑，又发动了电瓶车。赵邦说，你还没回答我呢。

赵红梅说，我上班要迟到了。

赵邦说，你是副厂长，上班迟到怕什么。

赵红梅说，副厂长更应该以身作则。

当代中国最具实力中青年作家书系

赵邦说，那你也得给我一个回音呀。

赵红梅说，我是想给你一个后悔的时候，可是你却不要这个机会。那离吧，我什么也不要，只要我的衣服，我的电瓶自行车。

赵红梅说完，骑着电瓶车走了。赵邦呆在原地，他把一只脚踩在拖拉机的轮胎上，他以为他和赵红梅会有一场争吵的，但是没想到赵红梅根本连吵架都不肯。这让他觉得很没劲。后来他慢慢蹲下了身子，使劲地研究着拖拉机轮胎的花纹。那些植物的气息，像海浪一样再一次无声地涌过来，一下子就把他给吞没了。再后来，他索性在拖拉机边上躺了下来。那是一块略带潮湿的泥地，地气有些凉，钻进他的肌肤。赵邦的眼里，就突然有了无边无际的天空。

赵邦和赵红梅离婚了，离得出奇的平静。那天赵邦一直躲在拖拉机的驾驶室里，看着赵红梅拖着两只大皮箱出来。酱油厂的驾驶员小高，把两只大皮箱扔在皮卡车的车斗里，又把那辆电瓶自行车搬上了皮卡。赵红梅拍了拍手掌上的灰尘，像是要把以前的事全部拍落在地上，还把这个院子还给赵邦。赵邦在拖拉机驾驶室里抱紧了自己的膀子，他突然觉得自己无助。他看到赵红梅在走到院门口的时候，还是回头看了一眼生活过的三间大瓦房。她的目光始终没有投在拖拉机上，这让赵邦觉得悲哀。赵红梅的身影在院门口一闪，不见了。

赵邦后来爬上了拖拉机的车斗，他在车斗里摊开四肢睡了长长的一觉，一直睡到傍晚。他做了一个梦，梦见院里的枣树发了芽。那些叶片从嫩芽开始，疯狂地生长。生长的时候，还发出了呼啸的声音。在这样的声音里，赵邦骑着一匹枣红马，雄壮地穿过了村庄。

醒来的时候，赵邦头枕双手，仍然沉浸在梦境里。当他从拖拉机车斗里跳下来的时候，看到了天边那像血一样的夕阳。这个时候，赵邦决定要买马。

二

当丹桂房最著名的牲畜贩子李才才把缰绳交到赵邦手里的时候，村里人都围在祠堂前的大操场上看热闹。赵邦板着脸，神情严肃得有些郑重，像是从游击队长手里接过了钢枪。寡妇马英姑挤在人群里，羡慕地望着这匹相当于七十岁老头的老马。在马英姑的眼里，那不是一匹马，那是一个劳力。李才才从赵邦手里接过了一沓钞票，那是赵邦凑齐的七千块钱。李才才把钱仔细地数了一下，然后在手掌心里一拍说，老赵，你占了便宜了，这可是汗血宝马。我们都叫它大河。

赵邦纠正他说，你叫我赵邦，我不是老赵。

李才才奇怪地看了赵邦一眼，挤出了人群。挤出人群的时候还回过头来胸有成竹地说，总有一天你要被叫成老赵的。

那天人们都兴奋地围着赵邦的马看，有许多孩子还爬上了马背。大河很温顺，鼻孔中不停地喷着粗重的气。它不时地抬起头来，用忧伤的目光望望主人赵邦。赵邦伸出一只手去，捋着大河脖子上的皮毛，从大河的耳根往下抚摸。大河甩了甩尾巴，看得出对于赵邦的抚摸，它有些心花怒放。许多人都伸出手去，抚摸着这匹被称为是汗血宝马的老马。后来人们觉得老是抚摸一匹马，是一件多么无聊的事，于是散开了。人群散了以后，赵邦才发现，不远的地方，直愣愣地站着村里十五岁的傻子海皮。海皮站得笔直，站得跟军人一样。他张着嘴，目光呆呆地落在大河的身上。他的喉结在不停翻滚着，终于在好久以后，嗷地叫了一声，一双手落在大河的脖子上。

赵邦厌恶地推开了海皮。你小心弄脏大河的皮毛。赵邦吼了一句，他拉起缰绳往家中走去。他和大河把海皮给丢在了原地。当他走出很远拐进一条弄堂的时候，回头看了一下。海皮仍然像个战士一样，立在操场中央，像从天而降的一枚笔直的钉子钉进大地。然后，暮色四合。

赵邦一直坐在屋檐下，他看着院子里突然多出来的一匹马。大河的缰绳被绑在那棵老掉牙的枣树上。它正在吃地上的番薯藤，吃得缓慢而认真，这让赵邦认定大河一定是在回忆着什么。那儿本来是停着一辆拖拉机的。那辆明晃晃的透着钢铁硬度的拖拉机已经卖给了牛二麻。赵邦是主动去找牛二麻的，以前牛二麻就对这辆拖拉机虎视眈眈，非要一万块钱买下这辆八成新的拖拉机。赵邦说，你简直是在做梦。但是现在，买马心切的赵邦说，牛二麻，你要捡到天大的便宜了，我这拖拉机一万块要不要？

牛二麻说，我妈说，让我别相信这个世界天上会掉馅饼。我不要。

赵邦说，你以前不是说要的吗？

牛二麻说，我妈说，以前是以前，现在是现在，世界是在变化的。

赵邦说，滚你妈个蛋，到底要不要？

牛二麻生气地说，你敢骂我妈？我都不敢骂，你敢骂我妈？

赵邦无奈地说，那九千。

牛二麻笑着摇摇头。

赵邦说，八千。

牛二麻仍然笑着摇摇头说，我妈说，顶多值七千。

赵邦说，牛二麻，你没去镇上开小店，你真是太可惜了。

牛二麻说，我知道你要问李才才买一匹马，一匹马七千块钱就够了，你要一万块干什么。

赵邦什么话也不愿说，因为他已经说不动了。他轻轻地挥了一下手说，什么时候你来把拖拉机开走吧。

在赵邦把拖拉机卖给牛二麻以前，他把拖拉机开到了村外的小溪里。那儿有一条长长的斜坡，拖拉机从斜坡上往下滑行，滑进了溪水里。赵邦给拖拉机认真地洗澡，他用明晃晃的溪水，把拖拉机擦得干干净净。这时候他突然发觉，拖拉机像他的女儿一样。他要把女儿嫁出去了。这样想着，赵邦就有些心酸。他看到水面上到处都泛着波光，这些波光铺天盖地，跳跃和闪动着，像无数的银针。他的眼睛不由得眯了起来，这时候他发现，不远处站着似笑非笑的牛二麻。牛二麻的手里，是一沓钱。那些钱藏在一张旧报纸里，散发着浓重的霉味。

赵邦接过钱的时候，闻到了那股味道，这让他对着河水打了一个响亮的喷嚏。他看到牛二麻走进了驾驶室，很快发动了拖拉机。拖拉机在水中像一头河马一样，挣扎吼叫了一阵，就突突地冲上堤岸与斜坡，在土埂上疯狂地奔跑起来。赵邦惊恐地瞪大了眼睛，牛二麻开拖拉机的速度很快，看上去那简直是一架贴地飞行的直升机。

现在，拖拉机不见了，四个轮胎变成了四条瘦长的马腿。赵邦认真地看着大河，他想着赵红梅的离去，拖拉机的离去，现在陪伴着他的，就是大河了。一场急雨从很远的地方奔来，飞快地落在赵邦家的院子里，卷起了尘土。大河抬起头，望望天，它看到主人赵邦从屋檐下奔了出来，迅速解下枣树上的缰绳，把它牵进了朝南的大屋。这是一间干燥而高大的房子，赵邦认真地打量着这房子，房子里有他的一张床。他决定把床搬到另一间小的房子里去，他想在这儿建一个马厩。无论是采光和通风，这间房子都是最好的。他又捋了一下马的鬃毛，说，大河，这房间归你。

每天赵邦都会在凌晨五点准时醒来，他牵着大河去小溪边吃草和饮水。他们在波光闪耀的河边走着时，就像是一部外国电影里的镜头。海皮像一个土行孙一样，总会在适当的时候突然从地底下冒出来。他站在很远的地方看着赵邦牵着马的镜头。海皮看到这样的镜头就会兴奋，他很佩服赵邦。赵邦不仅把老婆给离掉了，还把拖拉机给卖掉了。但是他不敢靠近赵邦，他认为赵邦看不起他，赵邦看到他走近肯定会骂娘。赵邦肯定会这样骂，海皮，你给我在一分钟之内弹开。

在赵邦的眼里，海皮确实基本上就属于在他的视野范围内可以忽略不计的。赵邦一点也不想去地里干农活，他就牵着马或者骑着马在南方村庄的土埂上走来走去。他感到寂寞，并且认为寂寞是一件非常可怕的事。村民们都奇怪地望着他，望着一匹北方的马突然生活在南方的农村。村主任赵杨胡同总是出现在村口的大樟树下，他会经常性地对着赵邦和马的影子大骂，呸，神经搭牢。

赵邦什么也没有听见。赵邦奇怪的是，这些人怎么老是在农田里上下折腾着。如果生活没劲了，可以养马呀。赵邦开始一次次地向大家推荐养马。赵邦的推荐没有成功，只有海皮，像一个目光阴沉的特务一样，四处尾随着他。

有一天海皮看到赵邦骑在马背上，在祠堂前的操场上绕着圈奔跑。海皮的骨头就咯咯咯地怪叫起来，他兴奋地冲进了操场，毫不犹豫地跟在大河的屁股后头奔跑起来。一会儿，他的脸上就布满了汗水，那双破旧的回力牌运动鞋，上下翻飞，看得围观的人们眼花缭乱。这是一幕奇怪的场景，大河和海皮都跑得飞快，像马戏团的演员一样，为丹桂房的村民免费演出。十五岁的傻子海皮，已经长得高高大大，他迈动双腿的样子，无疑就像是旋转着的风车。赵邦抱紧了大河的脖子，他把自己的前胸也紧紧地贴上去，看上去就像是要把身体贴到马脖子里面去。大河越跑越快了，就像在战争片里一样，它还嘶鸣了一声。这时候大家都听到，涨红着脸疯狂奔跑的海皮，也嗷地长嚎了一声。

后来大河停了下来。海皮也停了下来。海皮的脚步停下来的时候，他的喘气声却停不下来了。他的嗓子发出巨大的如抽动风箱般的声音，脸上却洋溢着幸福的笑容。他对着马背上的赵邦笑了，露出两排整齐的白牙。在马背上故意显出英武模样的赵邦转过头来，惊讶地发现，傻子海皮其实是有一副洁白的好牙的。

从此以后，大河的身边，就一直跟着海皮。

赵邦把日子过得昏昏沉沉，有许多时候他差点就在马背上睡着了。他骑着马经常去上坂和湖头坂的田间，其实他也没什么事，他只是把这许多已经分田到户的田地，在臆想中当成自己的田。他在视察庄稼长势的过程中，就把自己想象成了地主。这时候他突然发现，当地主是一件很幸福的事。但是，即便当上了地主，他仍然是寂寞的，所以有一天，他的耳朵里突然有了一对耳塞，耳塞里播放着 MP3 音乐。这些声音注入到他的体内，让赵邦有了暂时的兴奋。

再不久，赵邦不知从哪儿弄来了一杆锈迹斑斑的猎枪，他说他要上彩仙山打猎去。他骑着大河向彩仙山进发，但是大河却不会爬山，这让他无比地懊恼。所以他只有虚张声势地背着枪随便走走。有一天他甚至买来了一只野兔，挂在枪杆上，然后骑着大河回家。他不停地对路边的人说，喂，喂喂，今天收获并不大，只击毙一只野兔。

他喜欢说击毙这个词，他认为这个词比较生动。

赵邦背着枪的形象，一直到碰到了华所长才结束。那天华所长带着协警陈小跑和王小奔，在赵杨胡同家喝酒。赵杨胡同还叫来了妇女主任，妇女主任又叫来了年轻的团支部书记，这两个少妇用酒把华所长灌得满脸通红。华所长带着陈小跑和王小奔离开的时候，刚好看到赵邦背着枪骑着马在村路上走过。

华所长那时候刚想上车，他打开破旧的吉普车车门时，看到了坐在马背上的赵邦。华所长说，你是谁？

赵邦说，李才才叫我老赵，但我可以告诉你，我肯定叫赵邦。

因为酒精的原因，华所长的眼里，晃荡着两匹马，两个赵邦，和两支猎枪。华所长说，你们反天了，你们有持枪证吗？

赵邦说，我这枪是打野猪用的，是为民除害。

华所长说，好呀，你们还异口同声地说，你们的嘴真是太硬了。比茅坑石板还硬。你们给我滚下来。

赵邦说，我为什么要下来。

华所长终于恼怒了，说小跑小奔，给我把他们抓起来关三天。简直是无法无天了。

王小奔和陈小跑没喝醉，但是他们仍然打了一个丰满的酒嗝。他们的身手依然敏捷，三下五除二，就把赵邦从马背上提了下来，并且麻利地把他塞进车子。

这时候华所长左右摇晃了一下，也咕咚一声倒在地上。来送行的赵杨胡同和妇女主任、团支部书记齐心协力，把华所长也塞进了车里。大河目送着车子的远去，它突然一下子六神无主起来。它回过头张望的时候，只看到微笑着的海皮。

海皮又嗷地叫了一声。他慢慢地走到大河的身边，伸出左手，轻轻地按在大河的耳边，然后顺着脖子缓缓下滑。他在梳理着大河的皮毛，大河的鼻孔中不停地喷出热气，那些热气像一颗子弹，轻易击中海皮的心房。

三

赵邦在派出所里一共被关了三天。在三天的寂寞光阴里，他开始想念赵红梅。这是一个奇怪的念头，他以为他几乎已经把赵红梅给忘了，这时候他才发现，忘记比记住更难。除了赵红梅，他最想的是大河。在这三天的时间里，大河怎么办？

三天后，陈小跑给赵邦打开了手铐。赵邦从派出所出来了，在派出所的大铁门旁边，他停住了脚步。他看到海皮牵着大河，在不远处锯板厂的围墙下迎接他。大河显然很兴奋，嘴里不停地喷着气，它就站在锯板机发出的轰鸣声里。赵邦看到它的身上纤尘不染，皮毛像缎子一样光滑。赵邦不知道这三天里，海皮天天牵着大河去溪里洗澡。

赵邦从海皮手里接过了缰绳，他的目光越过大河的头顶，看到了不远处的一只破旧的垃圾桶。他的目光再次向上攀升，一座小锅炉房的烟囱正在喷着细小而无力的烟。这时候赵邦猛吼了一声，他说，驾。他居然说，驾。他驾驾驾地叫着，大河奋起了蹄子，一头撞进江南小镇空荡荡的街道。

海皮紧紧跟着，他在奔跑。他脏兮兮的头发高高扬起，两只手不停地上下摆动，下巴高抬着，眼睛几乎全部合上了。海皮只听到风的声音，呼啸着撕扯着他的耳朵。他看到了赵邦抱着马脖子，低着身子，迅速地冲进了一片低矮的玉米地，然后又冲进了油菜地，然后还冲进了甘蔗林。海皮想，大河这一次，把春天完全给踏碎了。然后，大河停了下来，它站在了溪水里。它看到赵邦仔细地用水擦着它的身子。

海皮站在远远的岸边，他的眼里是白花花的泛着阳光的溪水，以及溪水之上一个人和一匹马的剪影。寡妇马英姑就在这时候莽撞地撞进了剪影里。马英姑在溪边洗一担芥菜，她洗了好久了，所以她光脚丫上的皮肉被浸得起了褶皱。马英姑后来起身走到了赵邦的身边，喂，她说，喂，你的马能不能帮我家运桑条。

赵邦没有理她。

马英姑说，你聋了，喂，你聋了。

赵邦慢慢地回过头去，说，我是赵邦，赵邦的赵，赵邦的邦。

马英姑大笑起来，她的笑声放肆地跌进水中。赵邦看着水中马英姑白花花的小腿肚，她的裤腿管被水打湿了，散发着春天的气味。小腿在水的折影中，显得飘忽不定。赵邦盯着那小腿说，真短，你的腿真短。这时候马英姑一下子收起了笑容，马英姑说，赵邦，你个杀坯，你真是个天打杀。

赵邦说，你不想我的马为你家运桑条了？

马英姑的大脸上，突然绽开了麦饼一样的笑容。赵邦看到马英姑的牙缝里，残留着青菜的叶片。赵邦的眼睛就感到非常恶心。他狠狠地合上了眼睛，又睁开了。

赵邦离开了小溪，他骑在马背上，晃荡着向岸上走去。马上岸的时候，洒落下一路的水滴。这些水滴落在泥地里，卷起尘，像一堆离了水的蝌蚪，它们挣扎着，活蹦乱跳的音符一般。站在岸上的海皮看到了湿漉漉的马再一次走近他，他无声地笑了，再次露出一排整齐的白牙。

　　赵邦看到海皮身后突然出现了海老三。海老三阴着一双眼，他的裤脚管高高卷起，露出铜黑精瘦的脚，脚上套着一双积满尘土的塑料拖鞋。海老三神出鬼没地突然冒出来，把赵邦吓了一跳。海老三伸出鸡爪般的手，一把抓住海皮的耳朵。你跟我回去，你跟我去矿上。

　　海老三拖着海皮走了。海老三是海皮的爹，他让海皮去村里的蜡石矿挑矿石。赵邦骑在马背上，望着海皮被海老三拖走。海老三就像是在拖着一只蛇皮袋，那是一只十五岁的蛇皮袋。这时候赵邦突然有了一些伤感，大河也在这时候咴地叫了一声。海皮和海老三的身影渐渐远了，最后变成黑点，然后消失，好像是被空气给融化掉一般。

　　赵邦带着大河，在漫长的春天里开始变得忙碌。赵邦忘掉了赵红梅。他觉得自己就像一位古人，长时间地在那棵枣树下牵马而立。偶尔的，会有一小枚叶片飘落。赵邦认为，这是一个充满感伤的年代，他在这个忧郁的春天里，开始给马英姑运桑条。桑条就在小溪对岸的桑园地里，齐整地一捆捆地捆扎好了。赵邦把这些桑条放在马背上，又牵着马蹚过小溪。赵邦喜欢这样的场景，他想起了一篇叫做《小马过河》的课文。赵邦认为，马，就是要学会过河的。

　　在一个黄昏，赵邦把马英姑按在了地里。赵邦也不知道怎么

当代中国最具实力中青年作家书系

就把马英姑按在地里了，那时候，暮色正悄悄地包抄过来，旷野无人。赵邦后来怎么也想不通，他怎么就把马英姑按在地里了。马英姑短腿，大脸，看上去就不像一个女人。马英姑在赵邦的身下挣扎，这让赵邦很气愤，他说，你要是再动，我就把你强奸了。

马英姑动得更猛烈了，她踢腾起来。她说我是让你来帮忙运桑条的，又不是让你来折腾的。

大河身上，已经压了桑条。它轻笑了一下，第一次看到赵邦那么勇敢和生动，这让它的心里欢叫起来。它看到马英姑像一条波涛中的船在摇晃，而赵邦无疑就是斗风浪的船夫。最后，赵邦把马英姑的裤子给扒了下来。马英姑的脸涨得通红，因为兴奋，她气喘吁吁。

马英姑说，你真的要强奸？

赵邦说，那是因为你不配合。

滚蛋，你给我滚蛋。马英姑边说，边拼命拍打着赵邦的背部。你要找，你找你们家赵红梅去。

赵邦不再说话，他突然想起了赵红梅经常坐着镇工办梁主任的破桑塔纳，被灌得一身酒气地回来。赵邦不喜欢那样的酒气，赵邦想，赵红梅又不是公家的，为什么要为公家喝那么多酒。

现在，赵邦不再去想前妻的事。他觉得这个时候，他应该是愤怒的，所以他愤怒地牵着自己进入了马英姑。马英姑大概是觉得泥地比较凉，所以她龇牙咧嘴地在倒吸了一口凉气以后，发出了一声惊喜的欢叫。她不再踢腾了，本来凶猛拍打赵邦背部的手，一把抱紧了赵邦。赵邦有些喘不过气来，他觉得马英姑简直是想要把他抱进自己的皮肉里去。这时候，他觉得无比地失望，眼睛里只能看到一片灰暗的空气。

马英姑能感到赵邦的快速消失，这让她很扫兴。后来她看着赵邦站起身来，把自己塞回裤裆里。马英姑懒得起来，她的双手大张着，两脚叉开，裤子就在膝盖处，毫无生机地躺着。赵邦看着马英姑麦饼一样的大脸，和腰部一圈游泳圈一样的皮肉，突然感到无比地反胃。他想，我一定是胃痛了，他一手捧着自己的胃，一手牵着大河，向对岸走去。

一路上，赵邦都在后悔。怎么可以把东西放进马英姑的身体里面去，东西一放进去，这性质就变了。他牵着马蹚水过小溪的时候，一扭头却看到了马英姑已经穿好了裤子。她的目光变得无比温柔，含情脉脉地看着他。赵邦的心绝望地尖叫了一下。完了，赵邦想，完了。赵邦毫不犹豫地认为，尽管自己错误地把东西放进了马英姑的身体里，而且只放了一秒，但是马英姑肯定认为，从此以后她就是赵邦的女人了。

马英姑果然就认为她是赵邦的女人了。女人真是奇怪，心理身份的改变，以身体是否接触为界。马英姑在傍晚的时候，再次找到了赵邦。赵邦正在马厩里清洗着，他没有理会马英姑。马英姑把身体靠在墙上说，喂，你说这桑条运完，要多少天。

赵邦头也不抬地说，我不知道。

马英姑说，一共有一百八十捆桑条，今天运了六十八捆。那么，三天不到的时间，你就能运完了。

赵邦仍然头也不抬地说，你怎么知道我还会帮你运桑条。

马英姑瞪大了眼睛，咦，你都把老娘给干了。老娘的屁股印还在那泥地上留着没干呢，难道你想抵赖？

赵邦放下手中的塑料水桶，站直身子，盯着马英姑。

马英姑说，你怎么了，你的眼睛怕兮兮的，不要吓人搞怪。

告诉你，我马英姑不是吓大的。

赵邦嗤的一声笑了。赵邦说，我怎么觉得，是你把我强奸了。

马英姑说，是你。你脱我裤子。你要是想抵赖，我告到派出所华所长那儿去。华所长说了，有困难，找公安。

赵邦的心一下子灰暗起来，他认为，自己从此以后将成为马英姑最廉价的劳力。他想，平生最错两件事，一件是鼓励前妻当上酱油厂的领导，另一件是把东西不加考虑就放进了马英姑的身体。

四

赵邦和潘大头坐在庙后弄的三春面馆里吃面条。他们一边吃面条，一边喝啤酒，唏嘘的声音比较雄壮。潘大头是个律师，开办了一个潘家园律师事务所。赵邦骑着马出现在律师事务所门口时，他正在看报。他听到了大河的叫声，一抬头，看到赵邦不慌不忙地从马背上下来了。

潘大头站起身，拱了拱手。为了显示气度不凡，他穿着一件灰黄的绸衫。潘大头说，我知道你要来了。

赵邦说，我想请你吃面条。

潘大头说，你请我吃面条？你不想打官司？

赵邦说，就是想打官司，我也可以边吃面条边和你商量呀。听说弄堂口一个次坞人开的三春馆不错的。

潘大头想了想，又拱起了手，说，盛情难却。

潘大头于是便和赵邦坐在了三春馆里吃面条。他很简短地听了赵邦说的话，赵邦的意思是，他的错误只犯了一秒，但是他却要付出余生的代价，来为一个矮脚女人免费打工。这是一件令人痛苦的事。

潘大头一边吃着面条一边兴奋地骂娘。因为面条中加了辣椒的缘故，他的鼻子很快就红了。他红着鼻子骂娘，从镇政府造一条路造了十年，到镇长喝醉酒死了却评了一个烈士，再到一个女的用自己的阴部作画竟然出名了。他骂得畅快淋漓，却又无比恶毒。他甚至骂现在的奸商，因为他买了一盒避孕套，却在使用过程中突然破了。后果是他让女人怀上了孕，但是这个女人却不是他的老婆。这是一件令他感到棘手的事。

要早知道这样，我他妈的还不如买个气球当避孕套。潘大头大声骂着，让赵邦吃了一惊。

赵邦小心翼翼地问，潘律师，我的官司，你说该怎么打？

潘大头终于回过神来，你的官司？你的什么官司？

赵邦说，马英姑会不会告我强奸。你知道的，我不怕被关进去，我已经被关过三天了，再关几年，也就是个关。但是，我的大河怎么办？

潘大头说，大河是你儿子？

赵邦摇了摇头。

潘大头急了，说你阴阳怪气的，不是你儿子，难道是畜生。

赵邦说，潘律师，你真是太英明了，大河就是畜生。

这时候，大河在三春馆外面又咴地叫了一声。潘大头终于明白过来，他发了好长时间的呆，突然大喝一声，老板娘，给老子再来一瓶啤酒。

赵邦急了，说潘律师，我那事究竟怎么办？

潘大头说，你没有脑子？

当代中国最具实力中青年作家书系

赵邦说，我是有脑子，可是那东西它是没脑子的。

潘大头说，过去几天了？

赵邦说，一星期了。

没事了，你回去吧。潘大头喝了一口啤酒不慌不忙地说，莱温斯基告克林顿还得有个证据呢。

赵邦说，莱温斯基是谁？

潘大头说，一个外国的女公务员。你别管那么多，你回去吧。

这时候，赵邦才长长地吁出一口气来。

赵邦骑着马，从桥头镇上回到了丹桂房。他在小溪里替马洗澡，春天的水清而浅，小鱼在水里自由地唱着歌。一群女人走过来，她们很像是一排女民兵，她们背上是一只茶篮，她们当然就是去山上采茶的。领头的是一个叫茶茶的老女人，茶茶说，赵邦，让你的马把我们送到对岸去。

赵邦站在湿漉漉的水里说，为什么要把你们送到对岸去。

一个女人说，你能给马英姑运桑条，就不能把我们送到对岸？

另一个女人说，你那点儿破事，我们帮你瞒着，需要封口费。

还有一个女人说，马英姑说她很委屈，但是想想是同村人，她说，算啦。

赵邦在水里有些站立不稳，他差一点就跌倒在水中，幸好他一把抱住了马脖子。赵邦这时候真想杀了马英姑，他怎么也想不到马英姑那么厚的嘴唇，竟然可以在那么短的时间内，把这事情给搞得沸沸扬扬。这时候一个男人牵着一头牛走了过来。那是一头健壮的水牛，步子迈得稳健而扎实，一副目中无牛的神情。女人们欢叫起来，男人，男人你让牛把我们驮过去。

这让赵邦很没面子。赵邦说，那黑不溜秋的是个什么呀，那最多是一匹长了角的马。这完全是次品马。

男人说，赵邦，你那是不长角的牛，完全是次品牛。

赵邦冷笑了一声说，我懒得跟你这种人争。你简直是个文盲。

男人说，我虽然是个文盲，也比你这个流氓强。你不仅戴绿帽子，你还强奸马英姑。

这时候，赵邦的眼泪都差点掉下来了。他觉得非常委屈，所以他更不能输给男人。他微笑了一下，走到茶茶身边，温柔地说，茶茶，你先来，如果你们坐我的马过小溪，我给你们每人五块钱工资。

男人不服输，说，我给十块。

男人的话音未落，就听见背后一个女人对着他声嘶力竭地大吼，你给我滚回家去。

这是男人的老婆发出的声音。男人牵着牛，灰溜溜地回家去了。

赵邦把四个女人一一运过了小溪。四个女人上了岸，都摊开了手。赵邦恋恋不舍地从口袋里掏出四张五块头，一一塞在她们的手心。这时候，赵邦听到四个女人齐声说，赵邦，我们怎么会相信马英姑的话呢。你是老实人，就是把我们打死，我们也不相信你会强奸马英姑。

茶茶又加了一句：要强奸，也是她强奸你。

赵邦什么话也说不出来，他被感动了。所以他一直目送着四个女人上了山上的茶场，直至消失。

然后，然后夏天就来了。夏天是随着植物的气息越来越凶猛而来的。那些青草和庄稼的气息，被暑气一逼，就呈现出蒸腾的样子。在这种气息的挟裹下，形成了一条长长的无形的巷道。赵邦就骑在马背上，穿过这无形的巷道，一次次地来到光棍潭泡澡。

当代中国最具实力中青年作家书系

那是一大片的水域，赵邦乐此不疲地在水里扑腾。但是有一次他的脚抽筋了，他笨拙的身体拍打出一些单调的水花，沉闷的空气中突然响起赵邦的喊声。赵邦没有说救命，而是说，完蛋了，这下完蛋了。

赵邦的声音穿透了整个夏天。这个漫长空旷的夏日午后，四处没有人影，连一只飞蝇都没有出现。最后把赵邦捞上岸来的是大河。大河游向了潭中央，这时候赵邦才发现，原来马是会游泳的。赵邦骑在马的身上，就像坐在漂移的小岛上一样。他将了一把脸上的水珠，兴奋异常地尖叫起来。他突然想起了自己卖给牛二麻的那辆拖拉机，拖拉机能游泳吗？

赵邦湿漉漉地上了岸，他为自己捡了一条命而高兴。他索性脱光了衣服，躺在草地上晒太阳。他清楚地看到，在阳光下自己白花花的身体正向上冒着氤氲的水汽，像是刚出笼的包子一般。他一转头，突然看到不知从哪儿冒出来的海皮，一脸黝黑地呵呵傻笑着。

赵邦说，你不是被海老三弄到蜡石矿里去挑矿石了吗？

海皮说，我跑出来的。

海皮这样说的时候，两只脚靠在一起，蹭了蹭鞋跟。那双回力牌运动鞋鞋头的口子开得更大了。

我跑步比较快。海皮又跟了一句。

赵邦在草地上翻了一个身，用手托着下巴，斜着身懒洋洋地说，那你跑到这儿来干什么。

海皮突然从身后亮出了一捆玉米秆，他翻动着厚厚的嘴唇笑了，说我主要是想大河了。

那捆新鲜玉米秆塞到了大河的嘴边，大河的嘴嚅动起来。赵邦的心像被小草的草芒触了一下似的，他眯起眼睛，看到海皮很认真地喂着大河。阳光刺眼，赵邦的眼睛就慢慢地花了。在他的眼里，分明是两匹马，一匹七十岁，一匹十五岁。

五

赵邦也是需要生活的，这是赵邦秋天的生活。

在康红梅出现的日子里，赵邦曾经一次次地和康红梅说他在桥头镇大庙的生活。但是，这个秋天来临的时候，康红梅还没有出现。

赵邦在大庙里给人拍照。大庙有一个很大的天井，天井里生活着大河。大河总是在天井里慢悠悠地散步，有时候抬头看看四四方方的天空，有时候看看天井里的一口深井。有一天，大河把头伸到了井口，它看到了井中的自己，突然觉得自己老了。这时候它感到了悲凉。头顶飞过一行大雁，大河也想起了它在昌平的老家。大河本来是生活在昌平的，它和一架大车连在一起。后来，它老了，它和大车分离，大车和一匹年轻的马连在了一起。那是大河的儿子小河。

大河被丹桂房著名的牲口贩子李才才牵走的时候，小河就要拉上一车的西瓜进北京城，一个靠近朝阳无限的农贸市场。那儿比较偏僻，可以打打擦边球把马车赶过去。小河挥动四蹄出发的时候，没有回头。大河一直用慈爱的目光看着小河远去。大河想，过几年，小河也就这样老了。它的眼中流出了泪水，小河和大车在它的视线里模糊成了一团，最后，不见了。它长长地叹了一口气，收回了它温暖的目光。

它不喜欢李才才，但是它对李才才没有恨意，它认为李才才也是为了生活。

现在它就站在秋天的空气里，打量着大庙的檐角。这儿早就变成了镇上的文化活动中心，中心主任毕四眼打听到赵邦有一匹马，就把赵邦叫了过来，让他搞副业。赵邦索性住进了大庙。让客人骑马一圈，外加拍照一张，一共十块钱。赵邦胸前钟摆一样晃荡着的小包里，塞满了来自各种不同手纹的钞票。

赵邦突然觉得，自己的钱越来越多了。钱一多，毕四眼就要眼红，非要赵邦拿出一部分钱来，贴补镇上的业余剧团置办戏装。

赵邦说，我的钱为什么要给你。

毕四眼语重心长地说，你要支持农村文化事业。

赵邦说，唱戏跟我有什么关系。我不喜欢唱戏，我喜欢流行歌曲。你听好，下雨的时候你会想起谁……

毕四眼说，你总要交租的吧，管理费。

赵邦说，我不是交了吗？

毕四眼说，那不够，你们六条腿生活在我们的大院子里。

赵邦说，按你这样说，院子里的蜈蚣要交更多的管理费。

毕四眼说，你不交的话，你就给我滚回丹桂房去，我让你颗粒无收。

赵邦冷笑了一声说，老子连婚都敢离，还怕离不了你这个破庙。

赵邦骑着马走了。他离开桥头镇顺着土埂往丹桂房走。大河已经老了，它走得很缓慢，像是在散步，又像是在欣赏着大好河山。这时候一辆拖拉机轰鸣着，像华南虎一样下山了。拖拉机在赵邦身边慢了下来，牛二麻伸出一颗光溜溜的头来，哈哈大笑着，说赵邦，你的拖拉机已经给我赚了一万块钱了。拖拉机不会死，但是你的马会死的。你真是笨到家了。

赵邦淡淡地一笑，把脸扭向了一边。他认为牛二麻是个文盲。

牛二麻不再理会赵邦，加大马力。拖拉机像贴地飞行的飞机一般，高速向前飞奔，卷起了一路黄尘。赵邦就骑着马走在飞扬的黄尘里，这让赵邦在这个秋天有了一种悲凉感。他喜欢这样的黄尘，认为这黄尘飞扬，有了古道的意境。他很像一位唐朝诗人，并且渴望这时候有古代的音乐响起来。

赵邦越来越像诗人了。他在光棍潭边的一大片空地上搭起了几间木房子。一间给自己住，一间给大河住，还有一间养了许多小兔。后来，有一个城里人到了这儿，他带着大炮一样的照相机来拍照，他对赵邦说，老赵，这儿的生态真好。你可以开一个农庄。

赵邦同样纠正了他，我不是老赵，我是赵邦。

城里人说，赵邦，这儿开农庄真不错，一定会有许多客人。

于是赵邦真的开起了农庄。他把小院子给卖了，又凑上在大庙里替人拍照赚来的钱，狠狠地向村主任赵杨胡同砸出去三条中华烟，狠狠地圈了一大片的地，租期三十年。

赵杨胡同抽着中华烟，心里发出疯狂的笑声，这块荒地谁会要？这块荒地连三包中华烟都不值。但是有一天，赵杨胡同看到农庄里开来了几辆越野车，那是城里人叫来的。城里人为赵邦带来了几位大肚皮官员。

赵杨胡同看到海皮正在指挥交通。海皮穿着一件唐装，那是赵邦买了送给海皮的。他把海皮从蜡石矿带了出来，他斩钉截铁地说，海皮，你负责两件事：一，养马；二，指挥交通。

现在，海皮就在指挥交通，他的手上下挥舞着，指挥得有板

当代中国最具实力中青年作家书系

有眼，很像是一个合格的交警。这些官员，在农庄里狠狠地吃了一顿，又回去了，过几天，带回来一支更长的车队。赵邦兴奋地说，海皮，城里人都疯了，给咱塞钱呢。

赵邦的农庄迅速有了好几名女服务员，她们都是村里的女人。赵邦成了总经理，他一天到晚捧着一台调频收音机，收听调频九十八的交通之声。有一天赵杨胡同问赵邦，你那拖拉机卖给牛二麻了，你没有交通工具了，你听啥个交通之声哪。

赵邦冷冷一笑，他懒得答话，他只是把目光投在了大河的身上。他其实是用目光在告诉赵杨胡同，大河，就是交通工具。他看到海皮悄无声息地像影子一样飘过来，拿过马刷子，牵着大河的缰绳。他牵着大河去小溪里，会花上半小时的时间，仔细地替大河洗澡。赵杨胡同看到海皮和大河，就像两兄弟一样无声地离开了。一会儿，赵红梅骑着电瓶车出现在一条小路上，她歪歪扭扭地撞进赵杨胡同的视线。看上去她好像变得比以前更白胖了一些，有了明显的富态。她在赵杨胡同面前停住了电瓶车，说，赵主任。

赵杨胡同用双手抱着自己的身体，说赵副厂长，你来推销酱油？

赵红梅笑了，看了看赵邦。赵邦站在秋天的风中，他捧着收音机，收音机里一个女人在说着一桩和车祸有关的事。那些声音被秋风吹得七零八落，像被风吹散的一阵烟一样。赵红梅说，赵邦，你怎么像不认得我似的。

赵邦笑了，说你烧成灰我也认得。

赵红梅一下子收住笑，说你还记隔夜仇呀？这可不像男人。

赵邦头发在风中乱舞，他觉得有些凄凉，说，你觉得我以前就像男人？

赵杨胡同嘻嘻嘻阴险地笑了起来。他依然用手抱着自己的身子，走到赵红梅和赵邦的中间，对赵红梅说，赵厂长，赵邦这家伙玩大了，他把这荒无人烟的光棍潭，弄得越来越热闹。我真怕有黑社会绑架了赵邦，问他要钱。

赵杨胡同一边说着，一边迈开步子走了。他的破皮鞋毫不犹豫地踏在草丛中。赵邦望着赵杨胡同的离去，他听到茶茶老女人从不远的地方传来嘎嘎嘎的笑声，不由得皱了皱眉头。风吹乱了赵红梅的头发，她不时地用手捋着。这个镜头增添了她的不少风情。

赵邦说，进去坐坐吧。我有办公室了。

赵红梅跟着赵邦进了小木屋，那办公室其实就是一张床，一张办公桌。

赵红梅说，呀，赵总艰苦朴素。

赵邦说，这是传统美德，我们要发扬光大。再说我再艰苦，这办公室也是我自己的。

赵红梅说，那是。不像我，我的办公室是公家的。

赵邦说，那你坐吧，我给你泡杯茶喝。铁观音。

赵红梅坐了下来，看着赵邦泡茶。赵邦端着一缕香气，把茶杯放到了赵红梅手中。赵红梅低头，揭杯盖，低垂着眼睑吹茶叶的泡沫。她那神态，有几分娇羞。赵邦突然发现，赵红梅还是妩媚的，不然镇工办梁主任怎么会看上她。

赵邦说，你这次来，主要是干什么？

赵红梅说，主要是来和你商量一下，我们离婚，我什么也没有分到。我想你考虑一下我的分成。

赵邦说，你想要多少钱。

赵红梅说，最起码一万。我听听你的意见。

赵邦说，不行。

赵红梅瞪大眼说，你真小气。

赵邦说，两万。一万太少了。我一天能挣上千块的净利润。

赵红梅脸上浮起了笑意，看来，你果然走狗屎运了。

赵邦纠正她说，不对，是大河给我带来运气的。

赵红梅说，大河是谁。

赵邦本来想说是一匹老马的，但是想了想，他说，是我老婆。

赵红梅有些失落地说，你果然有新欢了。你真不要脸。

赵邦大笑起来，说，这话该我来说。

两个人都不说话，相互看着，一会儿就对视着笑了。

你其实蛮好看。赵邦后来边说边走到了赵红梅的身边，他把赵红梅拉了起来。

赵红梅说，你想干什么。

赵邦说，我想动动你。

赵邦一把抱起了赵红梅，扔在了床上。赵红梅说，喂，我现在不是你老婆。

赵邦动手就剥赵红梅的衣服，说不是我老婆又怎么样，不是我老婆，但你还是个女人。

赵红梅脸上撑起了红晕，说你真不要脸。

赵邦说，答对了，加十分。我就是不要脸。

赵红梅说，我喊人了。

赵邦却大叫起来，来人哪，来人哪。赵红梅让我帮她喊人。

赵红梅惊惶地一把按住了赵邦的嘴，说你叫个魂。

赵邦恶毒地说，叫魂？等一会儿，我让你叫魂。

赵邦一边说着一边麻利地剥去了赵红梅的衣衫，他发现赵红梅像一只剥掉了粽叶的粽子。然后他掏出了自己的东西放进赵红梅的身体里，他看到赵红梅痛苦地闭上了眼睛，寻死觅活的样子。

赵邦觉得自己很勇敢。他也闭上了眼睛，但是脑子里是一幅这样的画面：他骑在大河的背上，纵马飞奔，越过高山，跳过沟壑。大河嘶鸣着，完全是一匹年轻的矫健的马。它的头高高昂起，纵身跳进太阳光投下的一束束光圈中……这时候，赵邦听到了赵红梅叫魂的声音。赵邦得意地说，我说了，是你叫魂不是我叫魂。

赵红梅的脸红得像火一样。她说，真不要脸。

赵邦就又闭上眼睛奔驰起来。那些从前的镜头交叠着：赵红梅穿着高跟鞋，跨进了那辆破旧的桑塔纳车。车子开走了，据说要去邻近县考察取经。赵邦想，呸，取个鸟经。赵邦这样想着，越来越勇敢了，像是要冲破敌人的封锁线。后来他听到赵红梅尖叫了一声，像面条一样软绵绵地瘫在床上。

赵邦和赵红梅休息了很长的时间。黄昏来临了，夕阳爬进小窗，照在床上。在夕阳的余晖里，赵红梅和赵邦默不作声地穿衣起床。

赵红梅后来坐在床沿上扎头发。赵红梅说，赵邦，你有点儿像年轻人，刚才。

赵邦得意地说，你以为我老了？

赵邦看着赵红梅，心里就有了打了胜仗的感觉。他认为这不是自己的老婆，他把一个不是自己老婆的女人睡了，这就是胜利。于是赵邦笨拙地吹起了口哨，从一只黑色的皮包里掏出两万块钱，拍在床沿上说，这是你的。他想了想，又掏出了五千块，拍在床

当代中国最具实力中青年作家书系

上，说，这也是你的。

赵红梅收起了两万块，冷冷地把五千块扔还给赵邦说，我只要我自己的，你以为我是卖的吗？

赵邦一下子就蒙了。赵邦想，难道这两万块就是你自己的？但是赵邦没有说出来。赵邦用忧伤的眼神，望着一动不动的五千块钱。那钱像一具尸体，冰冷，毫无动静。赵邦拿起钱抚摸着，仿佛是要和亲人告别似的。赵邦看到前妻赵红梅打开了门，走了出去。

赵红梅看到木屋门口不远的地方，一个十五岁的少年，牵着一匹湿漉漉的马，像一个待命的军人一样，站在拴马桩边。在辽阔的夕阳里，看上去这一人一马，已经着火了。

赵红梅说，这是谁？

跟出来的赵邦说，你连海老三的傻儿子也不认识了？他是海皮。

赵红梅说，我是问海皮旁边的那玩意儿。

赵邦恍然大悟地说，那就是我的老婆大河。

六

其实在漫长的黑夜来临时，赵邦都没有离开过大河。海皮已经去睡觉了，赵邦就坐在马厩门口的石条凳上，听马咀嚼草叶的声音，听马喷出粗重的呼吸。闻着马的气味，赵邦就觉得踏实，那是一种令人温暖和安心的气味。

黑夜已经很浓重。夜深了，寒气就会逼人。马英姑出现在赵邦面前，她像一个突然冒出来的幽灵。

赵邦淡淡地说，你想干什么？你想闹，没门。

马英姑露出讨好的笑容说，赵总，我敢闹吗？

赵邦说，你要敢闹，我把你撕了喂马。

马英姑说，马吃肉的？

赵邦说，我这马凶起来就是一头藏獒。

马英姑说，赵总，我就喜欢藏獒，我的理想是养一头藏獒。我能来你这农庄上班吗？我帮你养马。

赵邦说，养马有海皮了。不让海皮养马，就等于要了海皮的命。要了海皮的命，就等于犯了杀人罪。你愿意犯罪？

马英姑说，那你也得给我一个活儿干。我儿子十七岁了，他要上高中。我挣不到钱，他怎么上高中？

赵邦想了想，掏出了赵红梅没有要的五千块钱，丢在了地上。马英姑愤怒了，口沫飞溅地说，你以为我是要饭的？

赵邦没再说什么，他觉得什么都没劲。他咽了一口唾沫，喉结滚动着，他感到了比夜色还凉的悲凉。他抱紧膀子，很想回屋去睡觉。于是他站了起来，向自己的小木屋走去。走进小木屋，他合上了门。

赵邦从小窗口往外看。暗淡的路灯下，马英姑在认真地数着钞票。赵邦的心里就涌起了难过，他绝望地倒在了床上。

天是不知不觉中亮起来的。赵邦被一阵喧嚣声吵醒，他走出木屋，看到镇长赵三贵在村主任赵杨胡同的陪同下，正一步步地走向农庄。赵邦眯起眼，抬头看到了旗杆上高高飘扬的标着"赵"字的大旗。这大旗让他有了底气，让他认为自己是有队伍的人。

赵三贵上来握赵邦的手，装作很老朋友似的搂赵邦的肩。赵三贵说，中午有个贵客要来。赵邦很淡地笑了一下，他对海皮说，海皮，把马牵来。

这天上午，赵三贵在赵杨胡同的陪同下，在光棍潭四处转着。光棍潭的四周，将种下桃树李树，种下杨梅樱桃。光棍潭边上大片的草坪，搭起了木屋，挂起了吊床。光棍潭就像一个小型的西湖，这是多么好的一片地方。赵杨胡同很后悔，只收了三条香烟，就让赵邦的圈地阴谋得逞了。他们看到赵邦骑上了马，慢吞吞地往远处走去。赵邦是去遛马了，他的背影看上去，挺拔得有些像老板。

赵邦骑着马回来的时候，看到几辆车子一字排开停着。赵三贵正和一位戴金丝眼镜的老板在聊天，看上去赵三贵显得有点儿拘谨。老板的身边，是一位娇小可人的女孩。赵邦骑马走到他们的面前，却没有从马上下来。

赵三贵说，赵总，这是黄世轮黄董事长，他在麦城开了一家最大的药厂。

赵邦笑了笑说，镇长，我不需要药。

赵三贵说，你下来。

赵邦说，我下不下来，都能听到你说话。

赵三贵无奈地说，老赵，黄老板有要紧的事和你商量。

赵邦说，连你也叫我老赵。我早就说了，老子叫赵邦，赵子龙的赵，兴邦的邦。

黄世轮哈哈哈地大笑起来，说，赵邦你真幽默。

赵邦也笑了，从马背上跳下来。海皮飞快地从小木屋里奔出，牵走了马。赵邦看到马和海皮耳鬓厮磨的样子，就觉得很欣慰。

赵邦请黄世轮董事长、赵三贵、赵杨胡同和那个女孩吃饭。他们喝了很多的青梅烧酒，喝酒的过程中，赵邦搞清楚那个女人叫婴宁。她不太说话，看到赵邦直勾勾地看着她，就嘤嘤嘤地低声笑。赵杨胡同有些生气，哎哎哎地提醒，拿手在赵邦面前晃动。赵邦说，你干什么？你的手肯定没有演千手观音的那些人手好看。

赵杨胡同说，哎哎哎，你要注意影响。

黄世轮董事长却宽容地笑笑，说，没什么，爱美之心人皆有之。

赵邦说，黄老板，这个婴宁是干吗的。

黄世轮说，她是著名演员。

赵邦说，著名演员？演过什么？是不是《一个馒头引发的血案》？

黄世轮又大笑起来，说，幽默，绝对幽默。赵兄，她演过很多越剧，以后，她就是这个农庄的形象代言人了。

赵邦看了看旗杆上飘着的"赵"字大旗，用手指头指了指。

黄世轮也看了看那旗，说，赵邦兄，我想把你这块地转包过去。你的这些小木屋，你的这些投资，你的这匹马，全归我。我给你八十万。

赵邦摇了摇头。

黄世轮说，那就一百万。

赵邦慢条斯理地说，一百万好是好，我想说的不是这个。我想说，马我得带走，那旗我也要带走，那个叫海皮的弼马温我也要带走。

赵三贵说，那这么说，赵总愿意把这农庄整体转让了。

赵邦说，我觉得这真没意思。那么多人，就为来这儿看草皮，钓钓鱼。我还是回家享清福去。我躺在利息上，够吃够喝了。

这时候黄世轮开始兴奋起来，他早就看好了，光棍潭边还有一大片的山景，他要在山上开发旅游项目。他对婴宁大叫一声说，你敬一下赵大哥。

婴宁听话地站起来，很妩媚地笑着，倒了一杯啤酒。

黄世轮说，不，要白酒。

婴宁就倒了小半杯白酒。

黄世轮说，不，要全心全意，满杯。

婴宁就倒了一满杯的白酒，说，赵大哥，小妹敬你一下。

赵邦听了就有些飘飘然，他和婴宁碰了一下杯，一口喝掉了青梅烧。他看到婴宁皱着眉喝着酒，就有些心痛，从婴宁手中夺下了酒，也一口倒入肚中。然后，他只听到咕咚一声，才发现自己就地倒下了。

十天后，赵邦骑在马背上，怀里抱着那面"赵"字大旗。海皮牵着马缰，在前面走。他们慢慢地离开了黄世轮的视线。黄世轮站在小木屋门口笑了，风吹起他油光光的头发。他对身边的赵三贵说，这人有意思。

赵三贵说，他是个笨蛋。那么好的农庄也让出来。

黄世轮的笑容收了起来，对赵三贵认真地说，他不笨。他只是不想折腾。

赵邦推开祠堂的门时，已经是初冬的一个清晨。祠堂很陈旧，但却很结实，像一个少林老和尚。赵邦身后紧紧跟着海皮，海皮手里牵着马。赵邦的目光投在天井中的一根现成的旗杆上，那是清朝的时候，为表彰一位村里的进士，皇帝赐给的。现在，赵邦要把这面"赵"字大旗，挂到进士旗杆上去。

赵邦说，海皮，上。

海皮接过了大旗。他走到旗杆边上，一纵身，就贴在了旗杆上。他爬杆的速度非常快，灵敏得像一只壁虎。他爬到旗杆顶上，把旗给挂了上去。这时候他看到很远的地方，一束阳光呼啸着奔来，一下子投在了那面写着"赵"字的大旗上。海皮无声地笑了，他哧溜滑了下来，站在旗杆边上，像另一根旗杆。

马被牵进了一间干燥的厢房，海皮已经给它投了一些草料。赵邦坐在天井中央的一把陈旧的太师椅上。整个下午，他闭着眼睛像一个高深莫测的高人。他是在等待着夜晚来临，夜晚来临以前，他一直在考虑一个问题，他怎么就住到祠堂里来了。

赵邦离开光棍潭农庄后才记起，他的小院早就卖了。他说，海皮，我们住哪儿去。

海皮说，我们住祠堂，那儿很宽大。

赵邦喜欢这样的宽大，他找到了赵杨胡同说，赵主任，我要买下祠堂。

赵杨胡同说，你疯了，你买下祠堂干什么？

赵邦说，我给大河住。

赵杨胡同说，那得村委会研究决定。

村委会最后决定把祠堂卖给赵邦。赵邦就带着海皮住进了祠堂。但是住进祠堂后，赵邦突然感到了寂寞。祠堂太大了，祠堂一大，他就觉得自己太渺小，自己像蚂蚁一样渺小。他经常去天井的一口深井里照照，井水映照着毫无生机的赵邦。赵邦就觉得悲哀。

赵邦在院子里种下了两棵桂花树，又种下了两棵枣树。很多时候，赵邦搬一把太师椅坐到天井中间。看上去，这天井里就一共有了五棵孤独的树。天下雨了，赵邦在太师椅的后背绑一根棍子，棍子上再绑一把巨大的雨伞，雨伞上写着：天有不测风云，请找黄河保险公司。

赵邦坐在保险公司的广告伞下面，那雨伞简直就是一个小型的凉亭。雨水飞溅着，形成水雾。赵邦喜欢这样的水雾将他打湿。他看到屋檐下站着海皮，海皮缩着头，像一只寒风中的燕子。赵邦笑了，说，海皮，你寂不寂寞。

海皮摇了摇头。

赵邦说，为什么？

海皮的目光抬起来，抛出去，抛向厢房中正吃草料的大河。大河也抬起了眼，望望雨中的赵邦。赵邦长长地叹了一口气。赵邦说，海皮，大河能遇见你，真是幸运。

这时候祠堂的木门被推开了。赵杨胡同收拢了雨伞，不停地跺着脚。他在破口大骂，他妈的，这大冬天的不下雪，下那么久的雨干什么。赵杨胡同骂完了，看到坐在天井中一把雨伞下的赵邦，一下子呆了。赵杨胡同说，你发神经了？

赵邦说，我要是真神经病了，我就把这儿建成一个疯人院。

赵杨胡同说，赵邦，我越来越搞不懂你了。

赵邦说，搞不懂没关系。你来这儿不是为了搞懂我吧。

赵杨胡同说，我是为七个老人来的。老人们本来住在镇上的福利院，但是现在福利院要拆了重新造，各村自己解决。所以，我想借你的房给老人们住。

赵邦突然大笑起来。赵杨胡同说，你笑什么。赵邦说，这真是太好了。

七个老态龙钟的老人，第二天清晨就来了。赵邦喜欢睡懒觉，他醒来的时候，发现祠堂的大门已经打开，七个老人贴着墙根正在晒太阳。他们晒了一会儿太阳，就把头凑在一起，神秘地说着什么。赵邦久久地望着他们，他突然想到，自己没有孩子，过几年会不会也住到福利院去。

赵邦后来走出了屋子，这时候他看到有四个老人在打牌，两个老人在观战，一个有点痴呆的老人在烧水。他叫老唐，老唐拼命地烧水，烧得热水瓶都装满了，可他还是在烧水。老人们的出现，让这个祠堂有了生机，他们争吵，争得面红耳赤。老唐看到了赵邦，他拎着一只水瓶走过来，呵呵笑着说，看到陆桂枝了吗？你转告她，让她快回家了，外面冷。

赵邦知道，肯定是老唐在说胡话，就说，陆桂枝在海南岛，那儿四季如春。

老唐噢了一声，又懵里懵懂地折回了。走到牌桌边的时候，压低声音神秘地对六个老头说，她在海南岛，那儿不冷的。

老头们爆发出一阵大笑。

赵邦那天牵出了马。马站在了天井的一堆光影里，马的出现让七个老人充满了好奇，他们把牌收了起来，七颗光光的头又碰到了一起，像在商量一件非常重要的大事。一会儿，老唐走过来，对赵邦说，喂，他们说，你的马能不能让大家骑一下。

赵邦说，当然可以的。

七个老头开始骑马，每个人骑十分钟。赵邦怕他们从马上掉下来，所以他让海皮给他们牵着马。一会儿，七个老人又开始争吵，他们每个人都认为，别人骑马的时间是十一分钟，而自己骑马的时间只有九分钟。

这是一个快乐的冬天。雪开始降临在丹桂房的大地，它们漫天飞舞，从天空中落下来，将整个村子盖得严严实实。祠堂的天井里，勤快的海皮在扫雪，老人们已经起来，他们把八仙桌搬到天井中间，在阳光下喝茶打牌和争吵。日光和雪光融在一起，异常的刺眼。檐头倒挂的冰凌，和屋瓦上的雪开始融化，滴滴答答发出绵长而烦人的水声。赵邦在中午醒来，他醒来后，数着光秃秃的人头，他一共数到了六个人头。

赵邦寻找老唐。他知道老唐是一个最容易丢失的老人。后来赵邦在厢房里找到了老唐，老唐正在给马穿一件特制的衣服。那是一块绣着大红牡丹的被面布做起来的围肚，在大河的肚皮和腰背上围成了一个圈。

赵邦说，老唐你想干什么？

老唐说，我怕它冷，会冻死的。

赵邦才知道，老唐也喜欢上了马。老唐盖的棉被，已经没有了被面，只有光秃秃的棉花胎。六个老人围坐在一边，东一句西一句地告诉赵邦，老唐年轻的时候有一个女人，但是这个女人后来偷偷跟人走了，还卷走了老唐的一千多块钱。老唐找了整整一年，还是没有找到。后来老唐就有些不太正常了。老唐逢人便说，看到陆桂枝了吗？你转告她，让她快回家了，外面冷。

雪融化的时候，赵邦骑着马去了一趟桥头镇。他找到镇上的一家铝合金门窗厂，他让这个厂子替他加工秋千，加工一些简单的运动器具，他要把祠堂的天井做成健身场。这些器材很快就运来了，工人们装好了运动器具。安装的时候，老人们兴致勃勃地围在工人身边，东摸西摸。赵邦心里就很难过，他一边难过，一边高兴。因为他看到一个老人坐在了秋千上，发出了咯咯咯的笑声。他掉光了牙齿的嘴，在阳光下露出一个黑色的小洞。这时候，赵邦看到老唐把一个工人拉到一边，轻声地说，看到陆桂枝了吗？你转告她，让她快回家了，外面冷。

听着这些话，赵邦觉得自己也老了。

在冬天还没有真正结束以前，县报记者陈娜莉莎出现在祠堂。她带着一台照相机，从一辆采访车上下来。村主任赵杨胡同陪伴着她。赵杨胡同猛地一脚踢开了祠堂的大门，赵邦，赵邦你为老人们做好事，你个杀坯你要上报纸了。

那时候赵邦坐在天井中间的太师椅上，他不动声色地说，上报纸很稀奇吗？

赵杨胡同失望地说，你真是个扶不起的阿斗。

赵邦说，做阿斗不累，因为阿斗不用动脑子。

陈娜莉莎笑了，走到了赵邦身边说，请问您叫什么名字。

赵杨胡同忙插嘴说，他叫赵邦，赵邦的赵，赵邦的邦。

从来不开口的海皮突然咧着嘴笑了，不对，是赵子龙的赵，兴邦的邦。

陈娜莉莎再一次轻声笑了，她洁白的牙齿让赵邦的心情愉悦。其实她一点也不漂亮，但是她却有着一对阳光下的酒窝。她说，让他自己说吧。陈娜莉莎的声音很清脆，这让赵邦感到很舒服。赵邦说，叫我老赵吧……

七

春天如期进行。所有的时间都在发芽。在那绵长的春水里，无所事事的赵邦觉得自己是一枚随时会发芽的叶片。赵邦总是坐在天井中间的太师椅上，太师椅上绑着雨伞。他在这个小凉亭里看四面八方逼来的雨。大河会偶尔发出咳咳的叫声，从厢房里传出来。海皮什么话也不说，他就站在屋檐下，半个身子被斜雨给

当代中国最具实力中青年作家书系

打湿。这是一幅多么奇怪的图画，有时候雨声盖过了老头们打牌发出的声音。赵邦像在看着一场无声电影，他看到最忙碌的穿着围裙的老唐，一次次地烧着水，像一个奋勇的伙夫。

大河死在清明这天。大河得了癌症，赵邦没想到马也会得癌症。赵邦从桥头镇兽医站离开的时候，就不再忍心骑在大河的身上。他牵着它，一步步地走回丹桂房。从此，海皮再也轮不到给大河喂草料，所有的食物，全是赵邦亲手喂大河的。

清明这天并没有下雨。赵邦把大河从厢房里牵了出来，走到天井的中央。大河走几步，就会停下来一次。它的身子不停地颤动，仿佛只有赵邦手中的缰绳，在维系着它的生命似的。最后，赵邦把它牵到了天井中央，一人一马一动不动地站着，很像被挖掘出来的兵马俑。一只黄蜂飞过来，在他们的身边绕了很久，又飞走了。七个老人静静地看着赵邦和马。

海皮站在不远的地方，他脸上的肌肉在颤动，他想一定要发生什么事了。他看到大河的头在赵邦身上轻轻擦了擦，然后它的腿软了，整个身架像被爆破的旧楼一样，垮了下来。大河就平躺在地上，赵邦久久地站着，没有人敢走近他。好久以后，赵邦才慢慢地蹲下身去，他看到大河有了一滴眼泪，眼睛还没有合上。赵邦用手轻轻地捋了一下大河的眼皮，说，大河你去吧，乖。

赵邦抬起头，看到不远处的屋檐下，系着围裙的老唐在不停地抹眼泪。他在嘤嘤地哭着，伤心得像个孩子。赵邦笑了，说，这孩子。赵邦又把头转向了海皮，说，海皮，大河它正式去了。

海皮没有回音，他的身体有轻微的颤动，双脚不由自主地移动着。赵邦的目光落在那双破旧的回力牌运动鞋上，赵邦盯着那鞋子说，海皮，你过来，你和大河说几句。

好久以后，海皮才噢地叫了一声，他像一只受了枪伤的兔子，蹿出了祠堂的大木门。七个老人都看到，海皮在操场上一圈圈地跑步，他把自己跑成了一匹马。

雨是清明这天的黄昏开始下的。那时候，赵邦抱着马脖子，仍然一言不发。海皮还在跑步，他已经跑不动了，但是他还在操场上一圈圈地跑着。他最后跑累了，终于扑倒在地上。这时候，在祠堂的天井里，老唐举着一把雨伞，走到了赵邦的身后，替赵邦挡着雨。

赵邦抬起头，感激地看了老唐一眼。

老唐说，喂，我想问你一个问题。

赵邦说，陆桂枝肯定是在海南岛。

老唐认真地说，我不问陆桂枝，我是想问，大河死了，是不是和人死了一样，是去同一个地方的。那个地方，肯定有点儿像海南岛。

赵邦缓缓地站直了身子，仔细地看着老唐。老唐的前额大部分秃了，剩下的地方，也只有稀疏的短短的白发。他的目光混浊，脸上布满了密集的皱纹，像田间沟壑般纵横交错。但是他的眼神里有着渴望，他渴望赵邦给他一个明确的答案。他干燥的嘴唇动了动说，喂，你的耳朵是不是聋了。

赵邦把手举起来，像环住一个亲人一样，环住了老唐的肩膀。赵邦说，老唐，大河不去海南岛，大河去的地方叫秦皇岛，也是很不错的一个地方。

老唐像是听懂了，噢了一声，说，我烧水去了。

老唐把雨伞递给了赵邦，赵邦接过了。赵邦回头的时候，看到六个老人把操场上的海皮抬了回来。他们把海皮丢在他们平时经常打牌的八仙桌上。海皮跑累了，翻着白眼直喘粗气，像桌上一道巨大的菜。

这是一个平常的清明。赵邦叫了一班人，把大河抬到了光棍潭的草地，挖了一个深坑，埋了下去。大河是从北方来的，却客死在南方，这让赵邦有些过意不去。不远处就是农庄，旗杆上大大的"黄"字迎风招展。赵邦笑了，想这人生就是奇怪。自己在这短短的时间里，做了那么多意想不到的事。比如说，赵红梅的离开，和大河的到来……

这天傍晚，赵邦和海皮还有七个老人一起吃饭，厨房里还在蒸着清明果。赵邦他们吃饭吃得悄无声息，但海皮吃饭有点儿急了，不一会儿就打起了嗝。这时候，祠堂的门被猛地撞开，村主任赵杨胡同撑着一把伞出现了。赵帮和海皮还有七个老人都把目光从饭碗里抬起来，落在赵杨胡同的身上。目光的意思是，怎么了？

赵杨胡同说，赵邦，你个杀坯，你的命真大。

后来在赵邦的脑海里，一直浮现着这样一个镜头：牛二麻装着一车黄沙，把拖拉机开成飞机的速度。牛二麻很兴奋，目光投得很远。阳光很好，照在一个叫上虞的县城。牛二麻的拖拉机在一个火车道口熄了火，然后一列火车正在匀速前进。那黑乎乎的铁头，吭哧怪叫着，轻易地把拖拉机扬了起来，抛向天空，然后又坠落在地上。那肯定是一个阳光粉碎的午后，火车在稍作停顿后继续前行。在赵邦的脑海里，只剩下拖拉机被抛起时的慢镜头。这个慢镜头，配着男高音帕瓦罗蒂的歌声。驾驶室玻璃碎裂的声音很刺耳，那些玻璃碎成无数，像是绽放开来的冰花一般。赵邦认为，那就是透明的子弹。而牛二麻被从驾驶室里撞了出来，飞起来，铁臂阿童木一般飞出去很远。对于火车而言，他这个大块头，充其量也就是一件衣服的重量。现在，他肯定是一件会飞的破衣服。

赵邦不知道赵杨胡同是几时离开祠堂的，他只记得天开始暗下来，海皮和七个老人悄无声息地离开。灯亮起来，一些小虫子开始围着灯光载歌载舞。赵邦一个人坐在八仙桌边，他想，清明节，一辆拖拉机和一匹马，同时走了。他没有往牛二麻身上想一想，一点也没有。

八

在李才才家的院子里，赵邦说，你给我再买一匹马来，要买一匹年轻一点的好马。

李才才冷笑了一声说，我不贩牲口了。

赵邦说，难道贩人了？

李才才纠正赵邦说，我那是婚姻介绍，不是贩人。你说得真难听。

赵邦说，我不管，你得给我找一匹马来。童年的也行，童年的马容易忘掉故乡。

李才才说，你想得美。我没空，我日理万机，我怎么会有空去北方。

赵邦没再说什么，他从随身带着的皮包里，掏出了两万块钱，扔在李才才的面前，转身走出了李才才的视线。

当代中国最具实力中青年作家书系

一个清晨，赵邦正在祠堂天井里吊嗓子。他爱上了越剧，竟然置办了一套行头。他穿着贾宝玉的服装对着天井里的那棵桂花树唱金玉良缘将我骗。海皮在练倒立，他的脚贴在墙上，脚趾头从破回力鞋里钻出来。老人们在练健身器材，只有老唐在生煤饼炉，他要开始烧水了。

这时候，祠堂的大门被徐徐推开，干瘦的李才才系着领带穿着奶黄色的衬衣出现了。李才才说，赵邦，你要走狗屎运了。赵邦转过身来，他那戏装的颜色很夺目，把李才才吓了一跳。李才才说，呀呀呀，你怎么变成一个古代的人了。

然后，李才才拍了拍手掌，一匹骡子驮着一个女人从祠堂外进来了。骡子的脖子上挂着铃铛，每走一步就呛啷啷地响起来。骡子身上的女人，穿着大红的衣衫，脸蛋也红扑扑的。骡子走到李才才面前停住了。

李才才说，赵邦请看，这是你要的马。

赵邦笑了，说你骗谁呀，马能长成这模样。

李才才说，这是马和驴子通奸生下来的，马的儿子，就是小马。

赵邦说，你这奸商，你是在糊弄我。如果你把这玩意儿说成是马，那我就敢把蚯蚓说成是龙。

那我搭你一个女人好了，她叫康红梅。李才才振振有词地说，康红梅，女，二十七岁，河北沧州人，家庭出身贫农，初中学历，未婚。自幼习武，会螳螂拳和十八路地炮拳，从十三岁开始就养马。康红梅，你给我下来。

康红梅麻利地从骡子上跳了下来，她抽了抽鼻子，迅速地奔向厢房。她一定是闻到了厢房里传来的马的气息。赵邦一直看着她，这是一个短脖子短手短腿的女人，但是动作敏捷，很像是练过武的人。康红梅奔到厢房门口，突然看到空空如也的墙上，有一只黑色的镜框。黑镜框镶着白纱，镜框中是一匹马的照片。康红梅像是明白了什么似的，她扭头对赵邦笑了，说，喂，你愣着干吗，给我提水。

赵邦仍然一动不动。倒是海皮看到骡子，笑了。他兴奋地跳起来，很快找来水桶，从水井里拎了一桶水，飞奔到康红梅身边说，姐，姐，给你水。

赵邦想，这世道变了，海皮的嘴竟然变得那么甜。

海皮像一阵旋风一样，一会儿搬来扫把，一会儿搬来新鲜的玉米秆和番薯藤。他把祠堂里一个春天的早晨撞得支离破碎。

康红梅也像风一样旋转着，她和海皮配合得非常默契。她简直是一架活着的风车。赵邦缓慢地转过身去，对着桂花树轻声唱：问紫娟，妹妹的诗稿今何在啊……赵邦的声音无比苍凉，他突然觉得，每一个未来的日子，都薄雾一样的蒙着一层忧伤。这时候，赵邦想起了前妻赵红梅，听说镇工办梁主任被逮起来了，那她怎么办？想到这儿，他就有了一些伤感。他一抬头，看到了满满一天空的暮春。

其实这时候本来就是暮春了。微熏的风从遥远的地方奔来，跌进赵邦的怀里。赵邦看着从天而降的一头骡子，一个火红的女人，这让他有些不知所措。康红梅转过身来，笑了，露出一口白牙。她举着扫把说，来，过来帮我冲水，我们把小河安顿好。

赵邦说，小河是谁。

康红梅用手指了一下那匹骡子说，喏，是那匹马。

赵邦的脸上就滚落黄豆大的泪珠，赵邦想，不管怎么样，新的生活就要开始了。但是，那肯定不是赵邦想要的马，赵邦的马肯定要长得高大英武，赵邦的马肯定还生活在北方。

赵邦想了想说，康红梅，你能帮我照顾好七个老人吗？

康红梅点了点头。

赵邦说，那我就放心了。

一个充满薄雾的清晨，早起的康红梅打开了祠堂大门。她打了个哈欠，依稀看到前面不远的地方，走着一个中等个子的男人。男人背着一只旅行包，像一个登山运动员一样，他就是赵邦。赵邦要亲自去北方找马了，这大概将会是一次漫长的旅程。这时候康红梅突然发现，祠堂的照壁下面，站着七个老人。他们把身子贴在照壁上，像一幅画一样。他们竟然比康红梅起得还早，在目送着赵邦的远去。

多么清新的空气啊。康红梅抬起头来，狠狠地吸了一口。这时候阳光穿透了云层，拨开厚重的南方大雾，温暖地落进康红梅的眼眶。那匹叫小河的骡子，竟然长长地鸣叫了一声。夏天正式开始。

俄狄浦斯的白天和夜晚

上午

　　早上醒来的时候她看了一下墙上的钟，已经九点了。一些阳光从窗帘的缝隙里漏进来，洒在那床绵软的被头上。这是一床轻巧的云丝被，昨天下午她把被头搬出窗外，晾在竹竿上，被春天的阳光拍打了整整一个下午。晚上睡觉的时候，被子给了她特别的温暖，她闻着被头上残留的阳光气息，睡得很踏实。她还做了一个梦，梦中男人出现了，男人是个大胡子，但是他把胡子刮得青青的，棱角分明的脸和一副很浓的眉，让她喜欢。后来男人用下巴轻轻触摸着她的脸，她感到痒痒的。她笑了起来，是那种圆润的声音。后来她吃了一惊，看到男人因为突然用力而涨红的脸，她又笑了，放开了自己的身子。梦中醒来后她盯着那缕阳光看，昨晚梦中的那些细节让她脸红。她的手指纤长而不失肉感，手指在她的身体上散步，她把身子扭曲了一下。然后她听到自己心底里发出的声音：该起床了。

敲门声响起的时候是九点十五分，敲门声很轻缓，像是犹豫不决的样子，明显地没有力度。她趿上拖鞋去开门，开门前她从猫眼里看到门口站着的一个男孩子，十七八岁的样子，尽管个子很高但却仍然显嫩。他胸前抱着一摞碟片，眼神闪烁不定。她搬到这儿才一个月，刚刚安顿好家。她知道他就住在对门，大概是个高中的学生。他的父亲不太能够见得到，好像很忙的样子。她从来没有见到过他的母亲。

她把门开了一条缝，她说有什么事吗，依然是圆润而丰满的声音，像春天泼出去的一杯温暖的水。他说我想看碟，我们家的碟机坏了，不好意思吵醒了你，我想在你们家把这些碟看完。他的语速很急，好像事先想好了该说些什么话。他说话的时候显出了一种腼腆，这样的腼腆让她对他添了几分好感。她把门打开了，说那你进来吧。她给他倒了一杯开水，让他在客厅坐下，他就在客厅里打开了影碟机和电视机。在给他倒开水的时候，她扫了一下那些碟片，一张是《天堂电影院》，还有一张是黑泽明的《流浪狗》，还有几张凌乱地堆在茶几上。他好像很快地进入了角色，目光从来没有离开过电视屏幕。于是她去洗漱，她还穿着棉布睡衣，趿着一双软拖鞋。这个春天让她感到懒洋洋的，还有那绵软的阳光，和温暖的风。阳光和风钻进她的身体，把她的肉体和骨头毫无痛感地拆离开来，让她软成一摊泥。

他盯着电视屏幕，其实那是一些他早就看过的碟，他是看着这个女人搬进来的，那时候在楼梯口碰到了，女人朝他笑了一下。他十八岁，上高中二年级。他的父亲是个出租车司机，白天和黑夜经常颠倒着使用，休息的时候喜欢叫一些同事来搓麻将。他的母亲两年前就不在了，生了一场重病，没能治好。女人出现的时候，他常注意着女人的行踪，有时候他静静地站在阳台上，听只隔一堵墙的隔壁的阳台上传来的歌声。那是女人的欢呼，让他听了开心。他还会趴在阳台上看女人在楼下的空地上走过，女人是去买菜的，她穿着白色的套裙，细腰丰臀很有女人的味道。他就看着这个女人一寸一寸在视野里消失。

他的目光盯着电视机，但是余光却看着女人的一举一动。女人在刷牙和洗脸，然后女人对着一面镜子拔眉毛，拔了很长时间的眉毛。除了电视机发出的声音以外，屋子里很安静。女人穿着睡衣，女人穿着睡衣的样子让他感到温暖。这是一个骨肉匀称的女人，是他喜欢着的女人。女人突然问，你爸干吗的。他把目光投过去，看到女人在对着镜子涂口红，这是一个喜欢打扮的女人。我爸是个出租车司机。他说。女人笑了一下，又对着镜子抿了一下嘴。女人不再说话了，她开始搞卫生，她有多大了，应该有三十多了吧，最少也有三十岁了，他这样猜测着。后来他觉得这样的猜测没有意义，于是他不再猜了，他把目光又收拢到电视屏幕上，看他曾经看过的那些影碟。

十点五十分的时候，女人停止了家务，她坐到他的身边，她说你很喜欢看碟？说这话的时候她顺手拿起了几张放在茶几上的碟片，仔细地看着。她看到一张《半生缘》的碟，封面上站着忧郁的吴倩莲。女人说这不是张爱玲的小说改编的吗。他说是的，很安静的一部电影。他闻到了女人身上的气味，那是一种只有居家女人才会有的气味，淡淡的洗发水的味道和香水的味道掺和着，这是一个干净的女人，这样的女人很容易让人恋家，让人不愿离开家在外奔波。他一抬头，突然看到了挂在墙上的照片。女人在照片里幸福地依偎在一个男人身边，女人披着婚纱，男人穿着西服。男人理着一个平头，是一个小眼睛但却很精神的男人。显然那是一张婚照，从时间上来猜测，这张照片拍了也有好几年了。因为照片上的女人是披肩的长发，而现在这个女人剪的是清爽的短发。

女人问你妈是干什么的？他愣了一下，又笑了，他说我妈两年前就没有了。说这话的时候他想哭，但是他没有哭出来，他呈现给女人的表情是笑容。女人还是不好意思地笑了，女人说对不起我不该问那么多。女人接了几个电话，又去了一趟卫生间，他听到了卫生间里马桶响起了水声，他的心就往上拎了一拎，他在想象着女人上卫生间时细碎的情景。

女人后来又坐回到他的身边，女人在修手指甲，女人的手是很漂亮的一双手，十指长长，泛着一种近乎透明的玉色。女人的指甲像几只安静的淡色小甲虫，伏在她的手指头上。女人的手指甲并没有养长，看来女人喜欢的仍然是干净。女人一边修指甲一边往指甲上吹吹气。后来女人说了一句话，很温柔的一句话，你就在这儿吃中饭吧。说这话的时候是十一点十分，他下意识地抬眼看了一下墙上的挂钟。他本来想要表示一下感谢，但是最后由于不好意思他还是没能说出来，不过他对留下吃饭表示了认同。女人起身，她去淘米，洗青菜，很小巧的一捆青菜，有几个胡萝卜，几只蛋还有一小片肉。很清爽的几个菜。女人的清爽使他愈加留恋这个一门之隔的处所。

下午

他们在一起吃中饭。菜就放在茶几上，一边看碟一边吃饭。

其实他根本没有心思看碟。一个是胡萝卜炒豆腐干，一个是西红柿炒蛋，一个是青菜腐皮，还有一碟溜肉丝。女人就坐在他身边，坐得很近，并且给他盛了饭。以前他吃父亲送来的快餐，或者自己直接叫快餐，两个男人的生活让他对一些生活细节变得马虎。现在女人往他碗里夹菜，女人开始一些小问题的提问，她一定是出于对对门邻居的好奇才问的。她问你读几年级了，他说高二。她问你想考哪一所学校，他想了想说浙大或者北大吧。她又问你多高。他说一米七八。她抬眼看了他一下，这是一个英俊的孩子，她笑了，把眼睛笑得弯弯的，眼角有了细小的皱纹。她的笑容充满了妩媚，她笑着把筷子含在嘴里不动，这样的小动作让她充满性感。他突然脸红了，一些隐秘的念头跳出来让他脸红。女人脸上仍然挂着笑，女人说，有很多女生喜欢你吧。他想了一想，他想是的，有许多女生其实都喜欢他，特别是小倩。于是他点了一下头说，是的。

后来他鼓起了勇气，他问女人，你先生是干什么的。女人愣了一下，但是她脸部的表情马上舒展开来，女人说是个海员，风里来浪里去的。女人好像不太愿意多谈她先生的事，她又往他碗里夹了一筷子西红柿，她说多吃西红柿，对你身体有好处。他的心里涌着一阵阵热浪，他想如果每天都能这样吃饭该有多好，家里有这样一个女人该有多好。他的母亲去世两年了，去世以前母亲一直病恹恹的，母亲很瘦弱，母亲一句话也没留就走了。那时候他站在母亲身边哭，那个出租车司机也抹起了眼泪。其实司机老是和老婆吵架，一直吵到老婆查出得了重病，才不吵了，小心伺候她。司机的理由只有一个，那就是老婆苦，老婆没有享他一天福。

当代中国最具实力中青年作家书系

吃完饭女人把碗收到了厨房里，她没有立即洗碗。一点钟了，女人说你先看着碟，我想睡一会儿，我每天都睡午觉的，你要想睡你就睡沙发上。女人进了卧室，门合上了。他没有睡意，他看着乏味的影碟，说乏味是因为他看过这些碟片的。他只是找了个理由来和对门的女人交往。他走到阳台上，从六楼看下去，楼下空地上有一大片的阳光。他看到了晒在阳台上的女人的衣服和长裙，那是一条棉质的长裙，充满了柔软的力量。他还看到了女人的粉色内衣和内裤，像长着翅膀一动不动的大蝴蝶，异常美丽。他吸了吸鼻子，闻到了衣服上散发出来的洗衣粉的残留气息，这种气息在阳光照耀下升腾，他甚至能看到衣服上正在往上冒的水汽。他伸出手，手指触到了那条深蓝底的碎花棉布裙，那是一种粗糙中显现的软度，裙子呈半潮湿状态，他的手上也沾上了一些潮气。他轻轻抚摸着裙子，他想象着女人穿着这样一条裙子去街上买菜，去茶楼喝茶，去商场里购物，包括买化妆品。他甚至想象了女人去赴一个男人的约会，他对女人并不熟悉，但是他这样想了一下，他觉得不应该这样去想象一个女人的。

后来他仍然坐到了沙发上。下午的安静很容易让人入睡。他把电视机的音量开小，然后在沙发上眯起了眼睛。他又看到了对面墙上披着婚纱的女人和理着平头的小眼睛男人，这是一张效果并不太好的婚纱照，至少他是这样认为的。后来他睡着了，他想他一定是睡着了。他醒来的时候只有两点二十分，也就是说他其实在沙发上只睡了很少一点时间。他醒来的时候看到屏幕上的蓝屏，碟片已经放完了，蓝屏上有陈佩斯亮着光头托着新科牌VCD的图像。他没有再放碟片进去，他突然对碟片完全失去兴趣，他为自己找了这样一个不高明的理由而感到沮丧。

女人仍然没有起床，他就坐在沙发上想象着女人的睡姿。女人仍然穿着睡袍，她是侧卧的，还是仰卧的，或者有一段时间会将自己的身体蜷曲起来俯卧，也或者抱着一个软枕头睡得很放松。他走到了卧室的门边，后来他把脸贴在了门上听着里面的动静。门忽然拉开了，女人的头发蓬松着，她显然是吓了一跳，她看到他的脸涨红了，不知所措地站在门口。女人说你怎么啦，你想干什么。他什么也没说，只是回过头来走向沙发并在客厅的沙发上坐定。女人把身子靠在墙上，女人看了他很久，他很窘迫，坐在沙发上一动不动。女人笑了，女人又去洗漱。后来女人带着牙膏和洗面液的清香再次坐到他的身边。

女人说你下午不看碟了吗，为什么不看碟。他终于抬起头勇敢地迎向女人的目光，他说我不看碟了，我只想在你家坐坐。女人说你为什么想在我家坐坐，你是不是早就想来我家坐坐了。他说是的，我早就想来坐坐了，我也不知道为什么想来你家坐坐。女人说那你以后还想坐就过来吧，我没有工作，家里也闷得慌，你陪我聊聊天。他们有一搭没一搭地说话，觉得气氛有些怪怪的。后来女人用手托起了他的下巴，女人把眼睛仍然笑成弯月的形状，女人温柔地说，你是不是喜欢我。他不敢看女人的眼睛，他只是点了一下头，他闻到了女人手指上的清香，女人擦着美加净护手霜。

三点十分的时候，女人站起身来走进了厨房，女人说你过来。他走了过去，他看到一把明晃晃的菜刀和一只鸡，鸡就蜷缩在女人的脚边，它睁着一双惊恐的小眼睛。女人说你帮我杀鸡吧，我不敢杀鸡的。他其实也没有杀过鸡，他犹豫了一下，但是他没有说他也没杀过鸡，他拿起了那把菜刀的时候有些紧张，就好像是让他去杀一个人似的。女人拎起了鸡，她把鸡脖子上的一些毛拔掉了，鸡开始挣扎起来，它好像不太愿意别人去碰它脖子上的毛。一小碗清水已经准备好了，女人说来吧你动手。他一手拎住鸡头，一手拿着那把菜刀。女人则抓着鸡翅和脚。菜刀锋利的刃钻进了鸡脖子，一些细小的血球顺着菜刀流出来，血越来越多，流向那碗清水。那碗清水先是有丝丝缕缕浮浮沉沉的血在其中，后来血色越来越浓。鸡挣扎了几下，不动了，它已经没有力气了，但是它的眼睛仍然睁着。它的命运就是这样，从一开始被孵化成鸡就决定了有朝一日被人宰杀。女人拿来一盆滚烫的开水，把鸡放进了盆子里。这时候电话铃响了，女人迈着碎步冲向客厅。女人说你帮我褪毛吧，等一下水冷了就褪不下鸡毛了。

　　他呆在厨房里帮女人褪鸡毛，一股热气中夹杂着鸡骚味，他不太愿意闻这样的味道，他也是第一次为一只鸡洗热水澡。电话像是女人的海员老公打来的，因为他听到女人在向电话那边汇报家里的一些事，女人说家里一切都好你放心好了，女人说等着你呢，女人还问你什么时候，女人说下个月几号回来。他想女人的老公下个月就要出海回来了，女人会过上几天高兴的日子了。他褪鸡毛的时候有些心不在焉，但是很快，一只鸡洁白的裸体就呈现在了他的面前。他支着耳朵听女人打电话，女人打了很长时间的电话，后来好像通话的对象也有了变换。女人的声音无比温柔，还吃吃地笑个不停。他褪鸡毛以后不愿意再为女人清理鸡内脏了，他不想给鸡开膛剖肚。他洗净了手，走回到客厅里。女人看了看他，好像对一个熟悉的家里人说话一样，女人说褪完毛了吗。他说好了，这只鸡很肥。电话那头大概在问女人跟谁说话，女人笑了，说我跟新认识的一个朋友说话呢。后来女人又吃吃地笑了很久，挂断电话后女人进了厨房，她去忙了。

他就坐在沙发上。他不想开碟机了，只想那么坐着，他甚至想在晚上仍然和女人一起吃晚饭，和女人吃饭是多么温馨的一件事。他的双手相互绞着，因为他无所事事。他把手指头卷起了麻花的形状，又解开来，又卷上，又解开来，乐此不疲。女人终于忙完了，女人重又坐到他的身边，女人说谢谢你帮我杀了鸡还帮我褪了鸡毛。他笑了一下。抬眼看看墙上的挂钟，四点二十分了。女人终于说，你晚饭在哪儿吃？他想了想，他本来想说就在女人这儿吃的，他还可以吃上鸡肉呢，但是他没好意思说出口，所以他就没说话，仍然绞着自己的手指头。女人大概看出了他的心思，女人伸出了手抚摸着他的头发，那是一头浓密的并且略略有些卷曲的头发。女人的手指滑了下来，摸到了他的眉毛和眼睛，又摸到他的鼻子，还有棱角分明的一张嘴，长而笔挺的人中。女人用两只手捧住他的脸，女人的动作细腻而且满含柔情。女人说真是个傻孩子啊，女人嘴里喷出的气息溅到了他的脸上，很好闻的一种味道。女人努起了嘴，女人的嘴在他的脸上轻轻触了一下。后来他把头靠在了女人的胸口，女人就那样轻拍着他的背半抱着他。他一点也不知道自己是什么时候开始流泪的，他曾经一度对一个教数学的女老师很有好感，后来那个女老师调走了。许多女生在他的周围像蝴蝶一样飞来飞去，但是他却没有和她们交往的激情。他闻到了女人胸前好闻的气味，那是女人特有的气息。他的脸就压迫着女人的胸，那是一个绵软而温暖的地方，让人留恋的地方。他不知道自己怎么会流泪的，反正后来他看到女人高高挺着的胸前洇了很大一片湿漉漉的水。那是他的泪水，他紧紧抱住女人，把眼泪洒在女人胸前。

女人轻轻推开了他，女人又笑了，她笑的时候鼻梁附近会有

当代中国最具实力中青年作家书系

许多小小的细纹，那是一组好看的细纹，不是每一个女人都会有的。鸡肉的香味从厨房里飘了出来，女人已经在炉子上炖鸡肉了。女人终于说，我晚上有点私事，吃完饭马上就要出去的，所以我不能留你吃晚饭了，你不会生气吧。他摇了摇头，他说那我走了，他站起身来离开女人家的时候，突然用嘴角触了触女人的脸颊，女人被这突如其来的动作吓了一跳，但是她没有表示反感。她说你真像我的孩子，她又说，你去吹一个发型，保证有更多的女同学跟着你。

他打开门回自己的家，打开门之前他看了一眼墙上的挂钟，五点零六分。他还看到女人把自己窝在沙发里，妩媚地朝他摆了摆手。

傍晚

他下楼的时候是傍晚五点二十八分，他只是想下楼去那片空地上走走，他已经像一只鸟一样在六楼呆了一天了。他走到五楼的时候，看到了一个高个子的男人匆匆上楼。男人有着一副浓眉，他是一个络腮胡子，但是他的胡子刮得很干净，青青的有些性感。他奇怪地看着那个男人，他看到男人没有进五楼的门，那么男人一定是上了六楼，男人不是他家的客人，那么男人一定就是女人的客人。他有些不太舒服，因为明明女人说晚上有事要出去一下，原来是女人有一个客人要来。他重又折回六楼，男人已经没有了影踪，也就是说男人一定进了女人家的门。

他回到自己家里，双手不停地绞着，他不知道自己想要干些什么，脑子里塞着一团麻。后来他走到了小房间，小房间和女人家的客厅是相连的，他把耳朵贴在了小房间的墙上。他果然听到了男人和女人的笑声，很响亮放肆的笑声。他感到心痛了一痛，他不知道心为什么会痛起来的。后来男人和女人的声音越来越小，好像听到了茶几被撞的声音。他想象着男人和女人在干些什么，但是他想象不出什么来，他脑子里全是两个人的笑声。

　　他一直像一只壁虎一样贴在墙上，他完全听不到一丝动静了却还是把脸贴在墙上。后来他感到整个身子都麻木了他才直起了身子。他在自己家客厅里又坐了很久，后来他终于站起身来走出门去，他站在女人的家门前举起了手，但是手却没有落下去。他知道这样做很不礼貌，但是他还是希望能打扰他们一下，这大概是出于对那个胡子刮得青青的男人的不满。

　　他的手还是敲了下去，发出了轻微的声音，接着他又敲了一下，再敲了一下，一连敲了好几下，每一下都越来越响，发出的声音单调而沉闷。女人惊恐的声音响起来，女人大约已经悄悄走到了门边，女人说谁。他说是我，我忘了拿碟片了，我想拿碟片。女人的声音显然有些不太耐烦了，她的声音里甚至有些生气的成分。女人说明天吧，明天拿不行吗。女人后来不再说话了，他也没再敲门，已经完全没有再敲门的意义。他把自己的身子靠在了墙上，有些伤心。

　　他回到自己家里，坐在沙发上一动不动。电话铃响了起来，他没有去接，铃声好像很嚣张的样子，在屋子的每一个房间里蹿来蹿去。电话铃第二次响起来的时候，他站起身接了电话。是小倩打来的，小倩是他的女同学，常和他在一起玩。小倩说你来夜排档好不好，我们在火车站的夜排档吃饭。他想了一想，说好的。

　　他离开家的时候，已经傍晚六点三十五分。他走下了楼梯，

当代中国最具实力中青年作家书系

然后走进一堆灰黑的夜色中。他开始跑步，他是一个跑步的好手，拿过学校运动会三千米的冠军。火车站在几里以外的一座小山脚下，那儿的夜排档生意很红火。他闻到了排档上传来的气味，这些气味让人突然觉得肚子一下子空了。而此时他又想到了那只他亲手宰杀的鸡，他想那只鸡现在一定被那个男人享用着，他狠狠地咽了一下唾沫，喉结滚动了一下。

夜晚

晚上他喝了许多瓶啤酒，他想他一定是有些醉了，那完全是因为他惦记着对门的女人和那个把胡子刮得青青的男人。小倩和一帮男女同学在一起等着他，他们看到一个穿李宁服的高个子向这边跑步过来，看到高个子在他们身边坐了下来，看到高个子一声不响地拿起开瓶器打开啤酒，并且往嘴里倒。他喝了好些啤酒，后来说话时舌头都大起来了。同学们都笑，同学们都说他像是失恋的样子。小倩很不开心，小倩其实是很喜欢他的，小倩终于从他手里夺过了酒瓶，小倩说你不要再喝了好不好。

同学们离开夜排档的时候，小倩和他没有离开，小倩和他去了这座城市的一条江边。他们去散步，小倩紧紧搀扶着他，她生怕他一不小心跌倒了。小倩知道他喝多了，但是小倩喜欢搀扶着他的感觉。他说小倩你知不知道我的妈妈已经不在了，我的妈妈离开我已经有两年了。小倩愣了一下说知道啊，全班同学都知道啊。他说小倩你喜欢我吗。小倩的脸红了，小倩知道自己的脸红了，因为她烧得厉害，但是在夜色的掩护下没人能看到她脸红了。

后来他和小倩分了手，向自己家里走去。他把两只手插在裤袋里，摇晃着走路。走到自己家楼下的时候，看到空地上停了不少的警车，有一些居民围在那儿，警灯还在闪烁着。他的酒一下子醒了，他想会不会是对门的女人出了事。一些警察穿着黑警服从楼梯鱼贯而下，楼梯里的灯从一楼到六楼都开得亮亮的。他看到其中一个警察手里拎着一只透明的塑料文件袋。袋里盛着的竟是一把寒光闪闪的菜刀，菜刀上还沾着许多血浆。他的头一下子痛起来，他很相信自己的感觉，他认定这把菜刀就是他用来帮女人杀鸡的那把菜刀。他的酒完全醒了，他想跑上楼去，但是他一点力气也没有。警察上了车，然后车子拉响了警报，很凄厉的一种声音，渐渐地远去，那声音像是一条狗拖着的黄色大尾巴。他的耳朵里灌满了许多声音，邻居们杂七杂八的声音响了起来。他把耳朵里的声音整理了一遍，并且慢慢地在这堆像丝一样杂乱无章的声音里理出一个头来。他把那个头拎了起来，终于看到一个穿睡衣的声音甜润笑起来一双眼睛成弯月的女人，和一个个子高高胡子刮得青青的英俊男人，他们一起睁着惊恐的眼睛，倒在了一堆稠稠的血泊中。他们甚至能听到自己的血从血管里流出来的声音，听到菜刀砍进身体的噗噗声，他们的脑子一定在快速旋转，他们想来不及看一眼这个世界了，他们果然没能再看一看这个精彩的世界，尽管他们离开人间时仍然睁大着眼睛。他们还没有来得及把味道鲜美的鸡肉全部吃光，就发生了一件他们做梦也没有想到的事情。

这些都是他的想象，他就站在楼下的空地里，他的想象完全正确，的确就是发生了一起命案，一男一女都倒下了，这一男一女他都见过。空地上的人渐渐散了，留下他一个人，显得有些孤单。他抽了抽鼻子，好像闻到了风中传来的血的腥味。他看到自

当代中国最具实力中青年作家书系

己家里透出的灯光，那一定是开出租车的父亲已经回到了家里。他向楼上走去的时候脚步沉重，不知道走到楼上用去了他多少时间。他只知道推开门的时候，看到客厅里父亲正和另外一男两女在搓麻将，他们只字不提命案的事情。他抬头看了一下墙上的壁钟，时间显示是晚上十点四十八分。父亲朝他看了一眼，父亲说你在哪儿吃的晚饭，你早点休息吧，你看你的脸色多苍白。然后父亲打出了一张牌，牌落在桌面上的声音清晰地传到了他的耳朵。他走到阳台上，阳台上的风有些大，血腥的味道更加浓烈。以前他能在这儿听到女人的歌声，现在和以后，都听不到了。

他把手伸进裤袋的时候，触到了一块丝巾。那是一块淡黄的丝巾，他不知道丝巾是怎么会到自己的裤袋里的，后来他终于想起自己在女人的阳台上抚摸那条棉布裙子时，顺手抓起了一块晾着的丝巾放到了自己的裤袋里。现在他把丝巾拿了出来，丝巾在风中飞扬着，他能从丝巾上闻到女人的脖子留在丝巾上的馨香。他轻轻地松了手，丝巾像一只纸鸢一样飞起来，飞向浓重的夜色。

有人敲门。他去把门打开，看到了两个穿着黑色制服的警察，他看到他们都很年轻，比他大不了几岁，他们胸前佩着的警号闪着银光。警察笑了一下，说正忙着哪。他看到父亲的嘴巴张大了，因为他们每个人的面前都堆着一小堆钞票，他们一定以为警察是来抓赌的。警察说对门发生了命案，你们居然有心情搓麻将，真是一个奇迹。父亲把麻将牌一捋，说我们正要歇手了，我们是第一次赌博。警察又笑了，摆摆手说，你们继续吧，我们不是找你们，我们是找他。

警察的话让父亲感到紧张，父亲说他怎么啦，他不会就是凶手吧。警察拿出一些碟片，警察说这些碟片是你的吗。他点了点头，他看到的是一张《半生缘》的碟片，吴倩莲仍然一脸忧郁地站在碟片封面上。警察说你跟我们走一趟，我们有些事情要问问你。他说好的，然后回过头对父亲说那我走了，你以后开车自己小心。父亲突然哭了，他说怎么会是我的儿子呢，我的儿子怎么会呢。警察说你不要这样子，我们没说是你儿子干的，我们想问你儿子一些事情。他也对父亲笑笑，说没什么的，你们搓麻将吧。

他跟着两个警察下楼，楼道黑漆漆的，警察打开了每户人家门口的电灯。楼道一下子亮堂起来，但是他却希望走漆黑的楼道。他说不要开亮灯好吗，我不喜欢那么亮的灯光。警察没说什么，他们一前一后把他夹在中间，他们果然没有再开灯。他走到楼下空地上的时候，看到了停着的一辆警车。他向警车走去时，突然听到了一个男人的一声长嚎，异常凄厉地划破了夜空。这个男人在喊一个名字，那是他的小名，男人的呼喊让他的眼睛湿了。他感到这个马虎的中年男人，辛苦忙碌开出租车的男人，还是爱着他的。他又笑了一下，走进了警车。

公安局里灯火通明，两个警察手中仍然拿着许多碟。他们领着他到一块巨大的玻璃窗前站定了，这是一种只能看得清里面不能从里面看清外面的玻璃。他看到里面坐着一个人，他正在抽烟，这是一个很眼熟的男人。警察问你认识他吗？他说很眼熟，他开动脑筋想起来，他终于想起这个男人就是女人墙上照片里的男人，他理着小平头，有一双小而精神的眼睛。他还是一个海员，在电话里告诉自己的女人他要一个月后才回到家里。

他的脸一下子白了，他对警察说那个人明明说要一个月后才从海上回来的，怎么突然出现了。警察笑了一下，说你的碟片怎么会跑到对门去的。警察让他坐下来，给了他一杯开水。他就捧着那杯开水，他想他一定喝了许多杯开水，他想起了那个女人把他抱在怀里，拍着他的后背。他想起那个女人温软的胸，他的眼泪打湿了她胸前很大的一块。他想起了女人曾经努起嘴，在他的脸颊上亲了一口。他还想起那时候他真的好想抱紧她，真想叫她一声妈。他喜欢那个女人，他喜欢这个女人一直一直都出现在他的生活中。

后来他开始讲，他说我抱着一摞碟片去敲门的时候是早上九点十五分。

他抬头看了一下公安局这间屋子的墙上，壁钟显示现在是晚上十一点五十七分……